中公文庫

七人の中にいる

今邑　彩

中央公論新社

目次

ご　案　内

　そろそろ初雪の便りも聞かれる頃となりましたが、皆様には、お変わりないこととお慶び申し上げます。
　すでにお聞きおよびのとおり、われらがペンション「春風」のオーナー村上晶子さんとシェフ中条郁夫さんが、この度、めでたくご結婚されることとなりました。今後、いっそうペンションが温かく、みんなの憩いの場となることを祈りつつ、気の置けないいつものメンバーで盛大にお祝いしようではありませんか。つきましては、今年のクリスマスイヴには、ペンション「春風」へとお集まりいただきたく存じます。

発起人　三枝　良英
　　　　　　　敦子

OUR GUESTS

24 DEC. 1993

NAME 佐竹治郎　BUSINESS 道場主　AGE 43才

ADDRESS 杉並区下高井戸

MESSAGE 村上晶子さん、郁夫さん、ご結婚おめでとうございます。

NAME 三枝　良英　BUSINESS 会社役員　AGE 七十四

敦子　七十

ADDRESS 北区 赤羽

MESSAGE 娘のように思っていた晶子さんの結婚、心から祝わせていただきます。

NAME 見城 美彦　BUSINESS 作家　AGE 26

ADDRESS 文京区 白山

MESSAGE ご結婚をお祝いいたします

NAME 村上あずさ　BUSINESS 学生　AGE 20

ADDRESS 文京区 白山

MESSAGE 晶子ちゃん おめでとう！ 先越されちゃった（なーんてね）

NAME 影山　孝　BUSINESS 会社員　AGE 34

友子　主婦　29

ADDRESS 調布市布田

MESSAGE ご結婚おめでとうございます。六年前の私たちを思い出します。

NAME 北町浩平　BUSINESS プログラマー　AGE 35

ADDRESS 川崎市中原区

MESSAGE 祝ご結婚！うらやましい限りです。トホホ……

七人の中にいる

第一章　イヴの惨劇

1

薬が効いてきたのか、さっきまで咳《せき》こんでいた子供は、トロンとした眠そうな目付きで、心配そうに覗きこんでいる母親を見上げていた。

葛西一美《かさいかずみ》は、我が子の額に手をあて、その手を自分の額にあててから、小首をかしげた。

「何やってるんだ。ハイヤーが来たぞ」

子供部屋のドアが開いて、夫の友行《ともゆき》が顔を出した。

「やっぱり行くのよそうかしら」

「今更何を言ってるんだ」

「だって、まだ熱が下がらないみたいなのよ」

一美は不安そうに言った。

「心配ないよ。ただの風邪だ。一晩ぐっすり眠れば明日には熱はさがる」

「小児科の医者の言うことが信用できないのか」

「でも――」

友行は苦笑した。

「登喜《とき》ちゃんに任せて大丈夫かしら」

「大丈夫だよ。留守にするったって、ほんの二時間かそこらじゃないか。早くしなさい」

友行はそれだけ言うと、ドアを閉めようとした。

「あ、あなた、ちょっと」

一美は夫のそばに小走りで駆け寄ると、曲がっていたネクタイを直した。

「これになさったの？」

昨年のクリスマスにプレゼントした、ブランド物のネクタイをそっと撫《な》でながらささやいた。

寄り添っている夫婦のそばを遠慮がちに擦《す》り抜けるようにして、お手伝いの登喜子が入ってきた。手には水枕を持っている。

一美は素早く夫から離れた。

「登喜ちゃん、一行《かずゆき》のことお願いね」

「はい。あたし、坊っちゃんのおそばにずっとついてますから」

登喜子がまかせておけと言うように、鳩胸を突き出した。

「無理言って悪いね。きみもクリスマスイヴの夜くらい、早く帰って、ボーイフレンドと過ごしたかっただろうに」

友行が幾分からかうような目付きで言うと、

「そんなあ。あたし、ボーイフレンドなんていませんから」

今年、十九になる娘はぱっと顔を赤らめた。

「例のクリーニング屋の青年、何て言ったっけ？」

「渡辺君ですか」

登喜子は目を丸くした。

「彼はきみのボーイフレンドじゃないのか」

「とんでもない。違いますよっ」

登喜子はいよいよ顔を赤くして否定した。

「あんな田舎者、メじゃありませんよ。それに年下なんですよ。冗談じゃありません」

照れてるのか、怒ってるのか、登喜子は口を尖《とが》らせた。

登喜子はたしか茨城の出身のはずだが、たぶん茨城は田舎のうちに入らないんだろうなと思いながら、友行は子供部屋を出た。

「それじゃ、行ってくるからね」

一美は愛しそうに、寝ている子供の頭を撫でた。

「ママ、ここにいてよ」

子供は掠《かす》れた声でそう呟くと、掛け布団から青白い手を出して、母親のスカートをつかんだ。

「ママを困らせないでね。すぐに帰ってくるから。登喜ちゃんもいるし、いい子にしてるのよ」

一美はそっと子供の手をはずすと、それを大事なものをしまうように、掛け布団の中に入れた。

「あ、それからね、登喜ちゃん。一行が喉が乾いたって言ったら、りんごをすりおろして——」

一美は言い忘れたというように、登喜子の方を振り返った。

「ハチミツを混ぜたのを食べさせてあげればいいんですね」

登喜子は澄ました顔で、先回りして言った。

「え、ええ、そう。じゃ、くれぐれもお願いね」

もう一度念を押すと、寝ている子供の方に柔らかな視線を投げかけ、ようやく一美は階下に降りて行った。

やれやれ。まるで長旅にでも出るような騒ぎじゃないの。たかが、行きつけのレストランに食事に行くだけのことなのにさ。

登喜子は腹の中でそう毒づいて、肩を竦《すく》めた。持っていた水枕を手早く枕と交換すると、

「カズ君。ご本でも読もうか」

と、ベッドの中の子供に話しかけた。母親似の五歳の少年は、半分ほど瞼《まぶた》のおりかけた目でかすかに頷《うなず》いた。

登喜子は絵本を取り上げると、ベッドのそばに寄った。

「むかし、むかし、あるところに、おじいさんとおばあさんがいました。あるひ、おばあさんが――」

登喜子は幾分面倒くさそうな、単調な声で本を読み始めた。

数頁《ページ》読んで、あくびをかみ殺しながら、ふと見ると、子供はもう寝息をたてていた。

なんだかこっちまで眠くなっちゃった。

登喜子はあわわと大きくあくびをすると、絵本を放り出した。部屋の照明のスイッチを切り、一行の姉にあたる八歳の女の子のベッドにごろりと横になった。

数分もしないうちに、登喜子は軽いいびきをかきはじめていた。

2

「おい、肇《はじめ》。ほんとに誰もいないんだな」

暗闇に包まれた豪壮な邸宅を見上げながら、安物のナイロンのジャンパーの襟をたて、両手をポケットに突っ込んだままの青年が言った。

「いねえよ。間違いない。あそこのお手伝いからちゃんと聞いたんだから。それに窓が真っ暗だろうが。誰かいたら明かりがついているはずじゃねえか」

ジャンパーの青年よりも、頭ひとつ分だけ背の低い、糸屑《いとくず》のような目にエラの張った青年がそう答える。ともに二十歳をすぎているようには見えなかった。

「クリスマスイヴには、毎年、家族揃って、レストランでお食事だとよ。帰ってくるのは、十時すぎのはずだ。金持ちはやることがこちとらとは違うよな」

肇と呼ばれた青年はいまいましそうに言い捨てると、カーと殊更に音をたてて啖《たん》を口の中に溜め、それを、ペッと地面に吐いた。

「そのお手伝いって、住み込みじゃないの」

二人の青年の背後にいた、額の真ん中で髪を分け、それをモナリザのように胸のあたりまでのばした娘が、やはり邸宅を見上げながら言う。

いでたちは、ナイロンのジャンパーにジーンズという、髪が長くなかったら、少年に間違われそうな恰好だった。

「やつは通いだよ。いつも七時に帰るって言ってた。もう八時すぎだ。とっくに帰ってるはずさ」

肇は、先日、友達の車を借りたのでドライブでもしないかと思い切って誘ったときの、登喜子の顔を思い出しながら言った。

あのスベタめ。見下すような目付きでおれを見やがった。何様のつもりでいるんだ。あの家のお嬢様のつもりでいるのかよ。お手伝いとクリーニング屋の店員なら、誰が見たって、お似合いってもんだろうが。

「犬は？」

長身の青年が、ポケットから煙草を取り出して、火をつけながらたずねた。

「犬？」

「犬、飼ってるんだろ」

「飼ってないよ」

「飼ってないのか。金持ちって、みんな犬飼ってると思ってたよ」

「若奥様が犬嫌いらしい。おれたちにとっては幸いなことにな」

肇はくっくと笑った。

「なんか、変な警報装置とかついてないだろうな。中に入ったらサイレンが鳴り響くとか」

長身の方の青年がせわしなく煙草をふかしながら言った。頬のあたりにまだ子供っぽさが残っているような青年だった。

「ねえよ、そんなもん。なあ、洋一《よういち》」

肇がせせら笑うように、かたわらの青年を見上げた。

「おまえ、ビビってるのかよ」

「ま、まさか」

「脚、震えてるんじゃないのか」

「ば、馬鹿いえ」

「彼女にいいとこ見せてやれよ」

肇はにやにやしながら小声でそう言い、肘《ひじ》で青年をつついた。

「たしか、医者だって言ったな、あのうち」

「おお、しかも、笑っちゃうぜ。年寄りの先生の方は産婦人科が専門だとよ。腹の子を無事に生むための費用をちょっくら借りるにはお誂《あつら》えむきだろうが。おろすんじゃない。ちゃんと生むんだからな。お医者だったら、むしろ喜んでくれるってもんさ」

にやついていた肇の目がふいに険しくなった。

「さあ、どうするんだ。いつまでこんなとこで立ちんぼしてるつもりだよ。嫌ならやめてもいいんだぜ」

「や、やるよ」

洋一と呼ばれた青年は慌ててそう言うと、喫《す》いかけた煙草を投げ捨てた。そして、それをスニーカーのつま先でゆっくりと踏みにじった。まるで、その吸い殻が、自分の良心のかけらででもあるかのように。

そして、ジャンパーのポケットから手袋を出すとそれを両手にはめた。

3

「あ、運転手さん。そこで停めてちょうだい」

突然、葛西一美が鋭い声で言った。

「停めろって、どうしたんだ？」

友行が驚いたように妻を見た。

「わたし、やっぱり引き返すわ」

一美はそう言うと、バッグとコートを引き寄せて、ハイヤーからおりる準備をしはじめた。

「引き返すって？」

「一行のことが気になってしょうがないのよ。登喜ちゃん一人には任せておけないわ。

あの娘《こ》、ずぼらなとこがあるもの」

「まだそんなこと言ってるのか。大丈夫だよ。ただの風邪なんだから」

友行は呆《あき》れたように言う。

両親の間に挟まっていた、長女の緑《みどり》がポカンとした表情で、言い争う父と母の顔を交互に見比べていた。

「あなたたちはこのまま行って。わたしはタクシーでも拾うから」

ハイヤーが路肩で停車すると、一美は素早くおりて、夫にそう言った。

「し、しかし――」

友行が妻の突然の気まぐれにうろたえていると、

「こんな所で停まって、どうしたんだ」

背後からついてきたもう一台のハイヤーが停まって、銀縁の眼鏡に、首に小意気なスカーフを巻いた初老の男がおりてきた。

一美の父、葛西謙三《けんぞう》だった。

「一美が引き返すって言うんですよ」

友行は苦い表情で義父に訴えた。

「引き返す？　レストランには予約を入れてあるのに」

謙三は眉間に皺《しわ》を寄せた。謙三がおりてきたハイヤーから、謙三の妻、良子《よしこ》も何事かという表情でおりてきた。

「一行のことが心配なの。熱もまだ下がってないみたいだし。こんな気持ちで、お食事しても何も喉を通らないわ」

一美は甘えるように父に言った。

ふだんは、婿《むこ》養子の立場を察してか、何かと夫に尽くすタイプの妻だが、こんなときは、やっぱりお嬢様育ちの地金が出るな、と友行はいささかうんざりしながら思った。

「ただの風邪なんだろう?」

謙三は婿の方を見た。

「ただの風邪です。心配はありませんよ」

友行はおざなりに答えた。

「謙介《けんすけ》のときもそう言ってたじゃないの」

一美がややヒステリックに声をあげた。

謙三の顔にはっとした色が浮かんだ。

「でも肺炎を併発して死んだわ。お父様、そのこと、お忘れになったの」

一美は、亡くなった弟の名前を出した。

「あれは――」

謙三の声が詰まった。

「紺屋《こうや》の白袴《しろばかま》は一度でたくさんよ。お食事なら、お父様たちだけでなさって。わたしは帰ります」

一美はきっぱりと言い切ると、くるりと背中を向けた。

「あたしも帰る。ママと一緒に帰る」

ふいにハイヤーの中から緑が泣き叫んだ。

「カズ君、一人で可哀そうだもの。あたしも帰る」

「どうしますか、お義父《とう》さん」

やれやれと言うように、友行は謙三に問い掛けた。

「仕方がない。我々も引き返すか」

謙三は苦笑しながらそう答えた。

「そうしますか」

友行も苦笑を返し、

「運転手さん、申し訳無いが、戻ってください」

と告げた。

嬉しそうな顔で一美が再び車に乗り込んできた。

4

ガチャンと何か割れるような音がした。登喜子ははっと目を覚ました。暗闇の中でもそもそと上半身を起こす。

あらやだ。いつのまに寝込んでしまったんだろう。

目をこすりながら慌てて起き上がると、闇の中で声を殺して泣くような啜《すす》り泣きが聞こえた。

「カズ君？」

部屋の明かりをつけると、目を覚ました一行が半分ほど起き上がって、顔を真っ赤にして泣いていた。

「どうしたの。どっか痛いの」

登喜子はそばに駆け寄った。

「ときちゃん。のどかわいた。なんか飲みたい」

一行は掠れた声で訴えた。

「なんだ。喉かわいたの。今、りんごジュース作ってあげるから」

登喜子は一行が泣いているわけが分かって、ほっとしたように言った。

「うん」

一行は泣き止んで、涙目で登喜子を見上げた。

5

「すっごーい。さっすが金持ち」

　リビングらしき部屋に忍び込んだ、髪の長い少女は目を丸くして、あたりを見回した。

「わあ本物。これ、本物だよ」

　盗みに入ったことも忘れて、大理石の暖炉に近寄ると、少女はうっとりしたような表情で、ひんやりとした大理石を両手で撫で回した。

「家族の写真かな」

　フカフカのソファの座り心地を試していた洋一が少女に近付いてくると、マントルピースの上に飾られていた写真立てを手に取った。

　写真には、六人の老若男女が写っていた。初老の夫婦らしき男女に、若い夫婦らしき男女。若い方はそれぞれ、男女の幼児を抱いていた。

「これが、肇が言ってた産婦人科の先生かな。それで、これが息子夫婦か。子供が二人いるんだね」

　少女は写真を見ながら無邪気に言った。

「違うよ。息子夫婦じゃない。きっと婿養子だよ、この若先生の方は」

　洋一が冷静にそう反駁《はんばく》した。

「あらどうして」

　少女は不思議そうな顔をした。

「これ見ろよ」

　マントルピースの上にあった、もうひとつの写真立てを取り上げて、それを少女に見せた。

　そこには、五人の男女が写っていた。こちらの方が古びていた。

「ここに写っている中年の夫婦は、こっちの写真の老夫婦と同じだろ」

「うんそうだね。顔が似てる」

「子供が三人写ってるだろ。このセーラー服を着た娘、こっちの写真の、子供抱いてる女に似てるじゃないか」

　青年は二つの写真立てを比べながら説明した。

　古い方の写真には、上品そうな中年の夫婦と、その子供らしい、セーラー服の少女、中学生らしい少年、四、五歳の幼児の三人が写っていた。

「あ、そうか。嫁じゃなくて、娘ってわけか。洋一って、頭いいっ」

　少女はあらためて惚れ直したとでもいうような目付きで、青年の顔を見上げた。

「頭良いってほどのことじゃないよ」

　洋一は照れたように頭を掻《か》き、マントルピースの上のしゃれた小箱の蓋《ふた》をなかば無意識のように開けた。

かぼそい奇麗なメロディがふいに流れた。オルゴール箱だった。メロディに聞き覚えがあった。

「あ、それ、『ホーム・スイート・ホーム』じゃない」

少女が懐かしそうな目になった。オルゴールのメロディに合わせて、小さくハミングした。

「ホーム――?」

洋一は思い出せない顔。

「ほら、『埴生《はにゅう》の宿』よ。秋の合唱コンクールで、うちのクラスが選んだ曲」

「あ、そうか。どっかで聞いたことがあると思った」

洋一の寄せられた眉が晴れた。

「懐かしい。この歌、よく中学のそばの小山に登って、三人で練習したじゃない。おぼえてる?」

「おぼえてる。肇のやつ、最初から最後まで調子っぱずれでさ――」

洋一が笑いながらそう言いかけたとき、

「おまえら、何やってるんだよ」

アイスピックのように鋭い声が寄り添う二人に突き刺さった。はっと振り返ると、肇が凄《すご》い形相で二人を睨《にら》みつけていた。

「何やってるんだよ、そこで」

「何って――」

「ここへ音楽鑑賞しに来たのか」

「……」

二人は悪戯《いたずら》を見付けられたようなばつの悪い顔になった。洋一は慌ててオルゴールの蓋を閉めた。

思い出は一瞬のうちに消え、目の前には寒々とした現実だけがあった。

「おまえらも早く、金かき集めろよ。十時までには間があるからって、誰が訪ねてくるとも限らないんだからな」

肇は威《おど》すように、低い声音で言った。

少女はふと思った。肇は変わったな。東京へ出てきて、たった三年でずいぶん変わってしまった。田舎にいたころは、もっと快活でひょうきんな性格だったのに。

もっとも、酒を呑むと粗暴になる父親にずいぶん虐待されて育ったらしいから、根っから明るい性格というのではなかったのかもしれない。

それにしても、この三年で、なんだか針鼠《はりねずみ》のようにとげとげしい性格になってしまった。顔つきも、変な具合に痩《や》せて、目付きが悪くなった。何をやってもうまくいかなくて、転々と仕事を変えているせいだろうか。それとも、あたしが洋一の方を選んでしまったから……？

少女は、二言めには、「なめるんじゃねえよ」と、暗い目をして吐き捨てるように呟くのが口癖になった、この幼なじみのことを、少し怖いと思いはじめていた。

二人が写真を見ている間に、肇は黙々と「仕事」をしていたらしく、戸棚の引き出しという引き出しは乱暴に引き出されていた。

「これなんか、売り飛ばしたら、かなりの金になるんじゃないのかな」

洋一が、高価そうな青い壺を撫でながら言った。

「馬鹿。ブツには手を出すなよ。どうやって売りさばくっていうんだ。現金だけだ。手をつけるのは現金だけだぞ」

肇が言った。びっくりするほど冷静な声だった。少女は、肇はこれがはじめてではないのではないかと疑った。そう疑いたくなるほど、手際がよく落ち着いていた。

「ここはこんなもんだろうな。あと、あるとしたら寝室か」

肇は二階を見上げた。

6

登喜子は台所に入ると、冷蔵庫からりんごをひとつ取り出した。流しの包丁を手にして、りんごの皮を剝《む》きはじめた。

半分ほど剝き終わったとき、ふと手をとめて、聞き耳をたてた。

変だな。今、人の話し声がしたみたいな気がしたけど。奥さんたち帰ってきたのかしら。

ひょいと腕時計を見る。

まだ九時前だった。葛西家の人達が食事から帰ってくる時間ではない。

空耳かしら。

そう思い直し、またりんごの皮を剝き出した。が、今度は空耳とは思えないような、大きな音がした。何かが落ちたようなガタンという音。

誰？

登喜子の心臓がドクンと大きく打った。

カズ君が起きてきたのかな。

「カズ君？」

登喜子は包丁を手にしたまま、台所のガラス戸を開けて声をかけた。

廊下に人影が立っていた。

一行ではなかった。

その人物も驚いたように立ちすくんで、登喜子の方を見詰めていた。

7

ぎゃっというような異様な声がした。リビングにいた二人の若者は、思わず、「作業」の手をとめ、互いの顔を見合わせた。

肇が二階を見てくると言って出て行った直後だった。

肇の声ではない。女の声のようだった。二人は競いあうようにして、リビングを出ると、声の聞こえてきた方へ駆け付けた。

廊下に人影がボンヤリと立ち尽くしていた。肇だった。

肇の足元には、誰かがうずくまっていた。白いセーターを着た若い娘のようだった。

「肇。どうした――」

洋一はそう言いかけて、途中で絶句してしまった。うずくまった女の身体の下から、赤い液体がじわじわと輪を広げていたからだ。

「な、なにやったんだ」

「こいつが――こいつがいたんだ。帰ったと思ったのに」

肇は霞《かすみ》のかかったような目をして呟いた。

「台所から、包丁持って出てきて――おれのこと、泥棒っていいやがった。だから、おれ、包丁取り上げようとして」

肇の手から血まみれの包丁がカタンと廊下に落ちた。

血だまりの輪が少しずつ広がって、肇の白い靴下のつま先が真っ赤に染まりはじめていた。

「あのお手伝いか」

洋一はしゃがれ声でたずねた。

肇は頷いた。

「ど、どうする」

「どうもこうもねえよ。殺《や》っちまったもんは仕方ないじゃねえか」

肇は唇を歪めてにやりとした。細い目が血走ってすわり、顔は血の気がひいて真っ白になっていた。

タートルネックのセーターにも、ズボンにも返り血をべっとりと浴びていた。

「どっちにしろ、こうするしかなかったんだ。こいつには顔を知られてる。うちの者が帰ってきたら、おれのことを喋るに決まってる。おれあな、刑務所になんか行きたかねえんだよ」

「肇。まさか、おまえ――」

「それにな、このアマ、生意気なんだぜ。おれがせっかくドライブに誘ってやったのに断りやがったんだ。何様のつもりでいるんだ。なめるんじゃねえや」

「……」

洋一は声も出せずに、呆然と幼なじみを見詰めていた。今目の前にいるのは、洋一のよく知っている肇ではない。

一匹の獣にすぎなかった。

8

門の手前で停まったハイヤーから真っ先に飛び出してきたのは、ピンク色のドレスを着た少女だった。一人で門を開けると、前庭を駆け抜けて行く。

「緑、だめよ。玄関には鍵がかかってるんだから」

一美はハンドバッグから鍵を取り出しながら声をかけた。

「合鍵のあるとこ、知ってるもん」

少女は、嬉しそうにピョンピョン跳ね回りながら、玄関の前の観葉植物の鉢植えの中から、鍵を取り出して、手を振り上げ、母親に見せた。

一美は苦笑した。いつか、一美が鍵をなくしたときの用心にと、あそこに合鍵を隠すのを見ていたらしい。

緑は、合鍵でクリスマス飾りのついた玄関ドアを開けると、逸早《いちはや》く中に飛び込んで行った。

一足遅れて、玄関にたどりついた一美は、娘が脱ぎ捨てていった靴をきちんと揃え、ハイヒールを脱いだ。開け放したドアから、夫と両親が笑いながら、前庭を抜けてやってくるのが見えた。

「登喜ちゃん」

一美は正面階段の下から二階に声をかけた。が、返事はない。ハイヤーの中からリビングに明かりが灯っているのが見えたから下かもしれない。

そう思いかけたとき、奥の方から、「ママっ」という緑の声を聞いた。続いて、何か割れるような大きな音。

「どうしたの。まさか花瓶を落としたんじゃないでしょうね――」

そう言いながら、リビングに入った一美の声が途中で途切れた。

目の前の光景に、ただ目を見開いて立ち尽くした。

荒れたリビングには見知らぬ若者が三人いた。その中の一人、全身血まみれの男が、片手で緑の身体を抱き込み、片手に持った包丁の切っ先を、娘の細い首筋にあてていた。

「声をたてるな」

若い男は圧《お》し殺した声で言った。

「やめて――」

一美の手からハンドバッグが滑《すべ》り落ちた。

声を出したくても、喉がひりついて、唾さえ出てこなかった。

「動くなよ。そこにじっとしていろ」

男は低い声で言った。一美は蛇に睨まれた蛙のように動けなかった。緑が脅《おび》えたような目で母親をじっと見詰めている。

男の顔に見覚えがあった。たしか、この男は——

「声を出すなっ」

男の声が鋭く響いた。しかし、それは一美に向かって発せられた言葉ではなかった。談笑しながら、リビングに入ってきた友行と謙三たちが戸口の所で凍り付いたように立ち尽くしている。

「中に入ってこい。変な真似したら、このガキの首、掻《か》き切るぞ」

「き、きみたちはなんだ」

謙三が一喝した。

「見りゃ、わかるだろう。強盗だよ」

肇はせせら笑った。

「その赤いのは血か」

さすがに医者らしく、そうたずねた声は冷静になっていた。

「そうだよ。トマトケチャップこぼしたわけじゃないぜ」

「誰を刺した？」

　重ねてたずねる謙三の声が震えた。

「誰だか知りたいか」

「一行っ」

　一美がはっとしたような顔になると、身を翻《ひるがえ》してリビングを出て行こうとした。

「動くなって言っただろ」

　肇は鋭く制した。

「お手伝いだよ。この包丁でおれに向かってきやがった。だから、しょうがなく刺したんだ」

「金がめあてか」

　謙三が明らかにほっとしたような表情で言った。刺されたのが孫の一行ではなかったことを知って、とりあえず安堵したのだ。

「まあね」

「だったら、あり金全部くれてやる。これを持って、とっととうせろ」

　謙三はそう言うと、背広の内ポケットから革の財布を取り出し、それを肇の足元まで投げてよこした。

「さすがに気前がいいな」

肇はにやりと笑い、洋一の方をちらと見ると、目で「拾え」と命じた。

「まだあるだろ。そっちの若先生も出して貰おうか」

肇は少女を抱き抱えたまま、視線を友行の方に移した。

友行も黙って、財布を取り出すと、放り出した。

「おい、どこかでロープとガムテープを探してこいよ」

肇が洋一に言った。目は相変わらず血走っていたが、声は落ち着き払っていた。

「そんなもの、どうするんだ」

洋一はぎょっとしたように聞き返した。

「鈍いやつだな。こいつらを縛るに決まってるじゃないか。おれにずっとこのガキを押さえてろって言うのか。いいかげん、手がくたびれてきたぜ」

「ああ、わかった」

洋一はぎこちなく頷くと、リビングを出て行った。

「そんなことしなくても、警察には知らせない。きみたちのことは見なかったことにする。だから、その子を放して、早く出て行ってくれ」

謙三は哀願するように言った。

「そんな話を信じろっていうのか」

肇は歯を剝き出して笑った。

「本当だ。こっちだって、クリスマスイヴに警察騒ぎなんか起こしたくない。その金はくれてやる。さっさと出ていけ」

「歳末助け合いにはちと早いがね。それともクリスマスプレゼントのつもりか」

　肇の口元は笑っていたが、目には凶暴な光が宿りはじめていた。

「どうとでも考えろ」

「気にいらねえな」

　肇は低い声で呟いた。

「お手伝いのことはどうする。あの女、廊下でくたばってるぜ。それでも警察に知らせないつもりか」

「………」

　謙三は黙った。額から脂汗《あぶらあせ》が滲《にじ》み出ている。

「それとも、自分の家族さえ助かったら、お手伝いの小娘の命なんてどうでもいいのか。それがお医者さまの考えることなのかよ」

「わ、私に説教する気か。ドブ鼠が」

「ドブ鼠？」

　肇の顔にさっと険悪なものが走った。

「ドブ鼠っておれのことかよ」

「………」

「え？　おれのことかよ」

「い、いや。悪かった。つい口が滑った」

「へえ、口が滑ったのか」

　肇は何を思ったのか、抱き抱えている少女の首筋を包丁の刃でスーとこすった。一美がひいっという声をあげた。緑の白い首筋からは、一筋の血がたらりと落ちた。ショックで痛みを感じないのか、緑は目を一杯に見開いたまま、泣きも叫びもしなかった。

「おっと。おれもつい手が滑っちまったよ」

　肇はおどけて見せた。

「や、やめてくれ。その子に手を出さないでくれ。私が悪かった。謝る。きみをドブ鼠などといったのは私の言い過ぎだった」

　それまでの冷静さをかなぐり捨てて、謙三は悲鳴のような声を出した。血など見慣れているはずの医者でも、可愛い孫娘の首筋からたれた一滴の血には、気を動転させるものがあったらしい。

「土下座しろ」

　肇が言った。

「え？」

「悪いと思うなら、土下座して謝れよ」

謙三の顔に困惑が浮かんだ。

「できないのか。それじゃ、本当に悪いなんて思ってないんだな。おれのことをまだドブ鼠だと思ってるんだな」

「そ、そんなことはない」

「じゃあ、土下座しろよ」

「……」

謙三は自尊心と戦っていた。

「これを見てもまだ土下座する気にならないのか」

肇は笑いながら、腕の中の少女の首にもう一筋、傷をつけた。

「お父様っ。土下座でもなんでもしてちょうだい」

悲鳴をあげたのは一美だった。

「わ、わかった」

謙三はとうとう膝を折った。床に膝をつき、両手をつくと、「すまなかった」と白髪の混じった頭をさげた。

「頭の下げ方が足りないな。床にこすりつけろよ」

謙三は言われた通りにした。

「へへえ。これは見物だな。お医者さまに手をついて頭を下げられたのは生まれてはじめてだよ。いつもこっちが頭さげていたのにな」

ビニール紐《ひも》とガムテープを持って、戸口のところで立ち尽くしていた洋一は、信じられないものでも見るようにその光景を見ていた。

肇は楽しんでいる。初老の医師とその家族をいたぶることに快楽を見いだしはじめている。

そう思うと、背筋がぞっとした。

「これからは口のききかたには気を付けた方がいいな、センセイ。そうでないと、孫娘の首が幾つあっても足りないぜ。あんたの口が滑ると、こっちの手もまた滑るかもしれないからな。今度はもっとザクッとさ――」

肇は、洋一の姿に気が付くと、いらいらしたようにどなった。

「そんなとこで何ボケッとしてるんだ。早く、こいつらを縛れよ」

「おい、もうやめようよ」

洋一は震えながら言った。

「やめる?」

肇は目を剝いてみせた。

「なんでやめるんだ」

「こんなことするために来たんじゃない。もうたくさんだよ」

「なにがたくさんだ。おれは今までこんなに楽しいクリスマスイヴを過ごしたことはないぜ」

「洋一の言うとおりだよ。もうやめよう、肇」

　青ざめきった顔でもう一人の相棒が言った。

「これからが面白いんだ。ここでやめられるかよ」

「あたしたちのこと、警察には言わないって言ってるんだし。もう行こうよ。お金もそれだけあれば十分じゃないか」

「おめでたいな。このジジイの言うことを真に受けてるのか。嘘に決まってるだろ。おれたちがこのまま出てみろ、すぐに警察に通報するに決まってる」

「いや、そんなことはない。警察には知らせるが、きみたちのことは絶対に言わないと約束する」

　床に膝をついたまま、謙三が必死の形相で言った。

「犯人の顔は見なかったことにすればいい。お面か、ストッキングでも被っていたことにすれば」

「それは良い考えだな」

　肇が猫撫で声を出した。

「良い考えだが、あんたたちが必ずそうするという保証はどこにもない」

「嘘じゃない。本当だ。必ずそうすると誓う。だから、もう出てってくれ。それだけで足りないなら、預金通帳でも印鑑でも好きなものを持って行くがいい」

「気前のいいこったな。この程度の金はどうってことないってわけか。医者ってのはそんなに儲《もう》かるのか。よし、わかった。あんたの言葉を信じよう。警察を呼んでもいいが、絶対におれたちのことは言うなよ」

肇はそう言い、一美の方を妙な目付きで見た。

「奥さん。あんたもだぜ？」

「い、言わないわ」

「おれが、なじみの津川《つがわ》クリーニングの店員だってことはな」

肇は薄笑いを浮かべた。洋一は厭《いや》な予感がした。なぜわざわざそこまで言うんだ？

「奥さん、あんた、おぼえてるだろ、おれのこと。たいてい、お手伝いとしか話したことなかったけど、一度だけ、あんたと口きいたことあったよな」

「お、おぼえてないわ」

一美は美しい顔を引き攣《つ》らせた。

「おぼえてない？　そりゃつれないね。おれの方は死ぬまで忘れないつもりだったのに。いつもこのうちに来るたびに思ってたよ。あんなスベタのお手伝いじゃなくて、あんたが出てきたらいいなって」

「……」

「だけど、あんた、冷たかったよな。おれさ、一度、街であったとき、挨拶したんだぜ。でもさ、あんた、顔をそむけて、そ知らぬ顔で通り過ぎていったよ。そこのハンサムなご亭主と仲良く腕組んでよ」

「ご、ごめんなさい。わたし、少し目が悪いの。き、きっとあなたのことが分からなかったのよ」

一美は振り絞るような声で弁解した。

「へえ、その奇麗なおめめに入らなかったってわけか。クリーニング屋の御用聞き風情はね」

「そ、そうじゃないわ。ほんとうに気が付かなかったのよ」

「おい、何してるんだ。早く、こいつら縛っちまえよ」

肇は血走った目を洋一の方に向けた。

「え、だって、さっきもう出て行くって」

洋一はうろたえたように言った。

「それにしたって、このまま出ていくわけにはいかねえよ。こいつらを縛るのは時間かせぎだ。すぐに警察に連絡されちまったら、おれたちがアパートから荷物運び出す暇もないじゃないか」

肇は妙に優しい声で言った。

「そうか。それもそうだな」

洋一はほっとしたように頷くと、手近にいた一美から後ろ手に縛りはじめた。

全員が両手両足を縛り上げられ、口にガムテープを貼られたのを、蛇のような目でじっと眺めていた肇は、満足そうに言った。

「よし、これでいい。さてと。観客がおとなしくなったところで、本日のショーのメインイベントといくか」

肇は意味不明のことを言い出した。

メインイベント？

洋一は怪訝《けげん》に思った。

何をするつもりだ。突然、心臓がひっくりかえりそうになるような、厭な胸騒ぎをおぼえた。

何をするつもりだ、肇。

「そこの白髪の大先生は、見もしらぬおれたちドブ鼠のために、大金を恵んでくださった。おれたちもただの鼠じゃないことを証明するために、何かお返しをしないとな」

肇は乾いてひび割れた唇を赤い舌を出してなめた。

肇。やめろ。何をするのか知らないが、やめるんだ。

洋一はそう叫びたい衝動に駆られた。

「それでいいこと思い付いたんだよ。あんたたちがきっと喜んでくれることをさ。これから見せてやるよ。ドブ鼠からの最高のクリスマスプレゼントだ」

肇。今ならまだ引き返せる。あのお手伝いのことは弾《はず》みだった。殺す気なんかなかった。弾みでああなってしまっただけだ。でも、もし、おまえがこれ以上のことをしたら、おまえは、いや、おれたちはもう引き返せなくなる——

洋一は心の中でそう叫んだ。しかし、それはなぜか言葉にはならなかった。悪夢の中のできごとのように、叫んでいるのに、言葉は口からひとつも出てこないのだ。

「子供のころさ、一度だけサーカスってやつを見に連れてって貰ったことがあるんだ。そのとき、凄いものを見たんだ」

肇はなにかに憑《つ》かれたように喋り続けていた。目が異様な輝きを放っている。

「女の子の首をチョン切るんだぜ。それなのに、あとでちゃんとつながるんだ。凄いだろう。そんなの見たことあるか。あんたたちも見たくないか」

ガムテープを貼られた一美の顔から目が飛び出しそうになった。何かを本能的に察したように震え出した。狂ったようにいましめを解こうと身もだえする。

「それをさ、これからおれが見せてやるよ」

肇は、髪を振り乱して暴れる一美の方を見ながら、幼い少女の首に突き付けていた包丁をゆっくりと離した。

「ようく見てろよ。一瞬で終わるからな」

肇は包丁を振りかざした。

「やめろ――」

洋一は声にならない声をあげた。

「もしかしたら失敗して、元に戻らないかもしれないけど、そのときは勘弁な」

そう言って、白い歯を見せて笑うと、肇は振りかざした包丁を一気に手の中の少女の首に突き立てた。

9

一行はずっと泣いていた。

最初は声を殺した啜り泣きが、だんだん声がもれて、今では声を放って、手放しで泣いていた。

登喜子はあれから戻ってこない。「りんごジュースを作ってやる」と言って、下へ降りて行ったきり、戻ってこなかった。

「ときちゃん……」

登喜子の名前を呼びながらベッドから起き出した。裸足《はだし》のまま、椅子に座らせてあったお気にいりのテディベアのところまで歩いて行くと、それを抱き取った。去年のクリスマスに、サンタクロースからプレゼントされたものだった。

「ときちゃん」

テディベアを抱き、お手伝いの名前を呼びながら、一行は子供部屋のドアのノブを回した。

「ママ」

廊下をぺたぺたと歩きながら、いつのまにか、登喜子ではなく、母親を求めていた。階段を一段ずつおりた。家の中はしんと静まり返っている。

「ママ」

空気のなかに、母親の匂いが漂っていた。母親がつけていた香水の残り香がかすかに。

一行は立ち止まった。廊下に何かあった。誰かうずくまっている。白いセーターと赤と青のタータンチェックのスカート。登喜子だ。廊下にはペンキでもぶちまけたような赤い水たまりができて、そこから人の足跡のようなものが転々とついていた。

「ときちゃん。ねてるの？」

一行は近付いて声をかけた。登喜子は動かなかった。目を開けたまま寝ていた。

ときちゃん。なんでこんなとこでねてるの。

血だまりの中に裸足で立ったまま、一行はあたりをきょろきょろと見回した。

みんなどこへ行っちゃったんだ。パパもママも、お姉ちゃんもおじいちゃんもおばあちゃんも。ずるいや。みんな、ぼくを置いてどこかへ行っちゃうなんて。

どこからかかすかな物音がした。聞き覚えのあるメロディだった。一行はそのメロディに導かれるように、音の方に近付いていった。メロディはリビングの方から聞こえてきた。

一行は腕からずり落ちそうになった大きなテディベアを抱き直し、ドアが開いたままのリビングの中を覗いた。

パパもママもそこにいた。おじいちゃんもおばあちゃんも。みんなそこにいた。静かなもの言わぬ物体として。そして、ソファの上に投げ出された、首が半分取れかかっているように見える、大きな人形は、お姉ちゃんによく似ていた……。

一行を導いたメロディは、炉棚から床に落ちて、蓋の開いたオルゴール箱から奏でられたものだった。

曲名は「ホーム・スイート・ホーム」だった。

第二章　七人の客

1

フロントの電話が鳴った。

村上《むらかみ》晶子《しょうこ》はすぐに受話器を取った。

「はい。ペンション『春風』ですが」

「晶子ちゃん？」

聞き慣れた声が耳に飛び込んできた。

「あずさなの？」

「うん」

「あんた、どこへ行ってたのよ。マンションの方に何度も電話かけたのよ」

「忙しかったんだもん。留守電にメッセージ入れておいてくれればよかったのに」

「苦手なのよ。ああいうのに喋るの」

「晶子ちゃんらしいや」

電話の向こうであははと笑う声。声からすると元気らしい。

「それで、どうなの。クリスマスイヴには帰ってこれるの」

晶子はたずねた。

「もちろん帰るよ。晶子ちゃんの晴れの日なのに、あたしが出席しないわけにはいかないじゃない。あ、そのことなんだけどさ、部屋、まだ空いてるかな。あたし、一人じゃないんだ。晶子ちゃんに紹介したい人がいるんだけど——」

「紹介したい人って、あなた、まさか」

「変な風に気を回さないでよ。紹介したいって言っても、恋人とかじゃないの。晶子ちゃんの『披露宴』に花を添えるスペシャルゲストを連れて帰ろうと思ってさ」

「スペシャルゲスト？」

晶子は思わず問い返した。

「そ。聞いたら腰ぬかすよ」

「誰なのよ」

「見城美彦」

「ケンジョウヨシヒコ？」

「そうだよ。驚いた？」

「誰それ？」

ガタガタと受話器を取り落とすような音がした。

「知らないのっ」

　悲鳴のような声だった。

「知らない。誰なのよ」

「うそ。信じられない。新聞の書評欄とか読まないわけ？」

「たまにしか読まないわ。書評って言うのは――」

「今話題沸騰の、若きハードボイルドの旗手、見城美彦よ」

「へえ」

「もう気が抜けるような相槌《あいづち》うたないでよ」

「その見城とかいう人を連れてくるの？」

「その見城とかいう人を連れて行くんだよ。せっかく苦労して話つけてあげたのに、張り合いのないヒトだなあ」

　あずさはぶつくさ言った。

「ごめん。あたし、あんまりミステリー小説なんか読まないから」

「そんなことだろうと思って、見城センセイの処女作、速達で送っておいたからさ。ざっと目だけでも通しておいてよ。今日あたり届くと思うから」

「それで、あなた、いつ帰ってくるの？」

「えーとね、明日の夜くらいかな」

「くらいかな、じゃなくて、ハッキリしなさい。食事の支度とかあるんだから」

「明日の夜です」

「二十三日の夜ね？　何時頃？」

「八時頃には着くと思うけど」

「その見城という人も一緒なのね？」

「もちよ。彼の車で行くんだもん」

「分かった。待ってるから」

「じゃね。あ、それから、オトーサンによろしく」

あずさは笑いを含んだ声でそう言うと、さっさと電話を切った。

どうしてあたしが晶子ちゃんで、あの人がオトーサンなのよ。

晶子は思わず切れた電話に向かって文句を言った。

今年二十歳になる娘のあずさは、なぜかもの心ついた頃から、晶子のことを「ママ」とは呼ばなかった。

2

「あずさちゃんから書籍小包が来てるぞ」

表に郵便物を取りに行っていた郁夫《いくお》が戻ってきた。手に何通か封書を持っている。

「今、電話あったのよ」

晶子はフロントの中から言った。

「あずさちゃんから？」

郁夫は晶子あての小包と一通の封書を手渡しながらたずねた。

「オトーサンによろしくですって」

「オトーサン？」

郁夫はぽかんとした。

「あなたのことよ」

「ああそうか。オトーサンか。きみと結婚したんだから、そういうことになるのか。なんだか照れるな」

郁夫は幾分複雑な顔で頭を掻いた。

「あなたのことはオトーサンで、あたしのことはいまだに晶子ちゃんなのよ」

「きみが若い母親だから、お母さんて呼ぶのが照れ臭いんだろ」

「そんなの変よ。あなただって若いじゃない。あたしより二つ年下なんだから。それなのに、あなたはオトーサンで、あたしが晶子ちゃんだなんて。何考えてるのかしら、あの子――」

晶子は小包と一緒に渡された封書の裏を返しながら言った。ただの手紙にしては、やや重みのある白い定形封筒の裏には差出人の名前は書いてなかった。

誰かしら。

晶子はふと眉をひそめた。

「あずさちゃん、いつ帰ってくるって？」

郁夫がたずねた。

「明日の夜ですって」

晶子は封書に視線を落としながら言った。宛名はワープロで打たれていた。消印は東京の麴町《こうじまち》になっている。麴町あたりに住んでいる知人に心あたりはなかった。考えられるのは、泊まり客の誰かである。時々、礼状のようなものをくれる律義な客がいた。それかもしれない、と晶子は思った。差出人のところに名前がないのは、たんに名前を書き忘れただけだろう。

「二十三日か」

フロントの奥の壁にかかったカレンダーの方を見ながら、郁夫は呟いた。

「あ、そういえば」

思い出したように、晶子はやっと封書から目をあげた。

「見城美彦って知ってる？」

「ケンジョウ？」

　郁夫もきょとんとした。

「いや、知らないな」

「新進気鋭のハードボイルド作家なんですって。その人を連れてくるって言うのよ、あずさが」

「へえ」

「作家だなんて、どこで知り合ったのかしら。わたしに似て、あまり小説なんか読む子じゃないのに」

「もしかしたら、それ、その作家の本じゃないか」

　郁夫が機転をきかして言った。

「そうみたい。さっき電話で本送ったって言ってたから」

　晶子は書籍小包の方をいささかげんなりした目で見た。ずしりと重たい。この重さからすると相当分厚い本に違いない。

「もうこのクソ忙しいときに、なんで、ハードボイルドなんか読まなくちゃならないのよ。興味ないのに」

「そう言いなさんな。あずさちゃんなりに、おれたちのことを祝おうとしてくれてるんだよ」

「それは分かってるけど」

晶子ははにかんだように笑ったが、すぐに不安そうな表情になって、

「あなた、本当にいいのね？」

「いいって何が？」

郁夫は怪訝そうな顔をした。

「籍のことよ。あたしの方に入ってくれるってこと」

「それなら何度も話しあったじゃないか。おれは構わないよ、中条の姓を捨てたって」

郁夫はこともなげに言った。

「それに、そんなこと、婚姻届けを出してしまってから言うなよ。おれはもう村上郁夫なんだからな」

婚姻届けだけはすでに役所に提出してあった。

「だけど、中条家って、鎌倉だか室町の頃から続いた由緒正しい家柄なんでしょ。それをアッサリ捨ててしまうなんて――」

「おれが良いって言ってるんだからいいじゃないか」

郁夫はやや不機嫌な表情になった。

「でも、なんだか、あなたのご両親に申し訳無くて」

「弟が結婚して、中条の家は継いでいるんだよ。今更、おれがどうしようと関係ないさ。

二十のときに、どうしてもコックになりたくて、両親の反対を押し切ってフランスへ行ったときから、中条の家は捨てたも同然なんだ。何度も言ったように、おれにとって中条の姓は子供の頃から重すぎたんだよ。このへんで柄に合わない重荷はキレイサッパリおろしてしまいたいね」

郁夫の話では、郁夫は中条家の実子ではなく、子供の出来なかった中条夫妻のたっての希望で、小学生のとき、親戚筋から貰われてきたらしい。養父は、郁夫の実母の兄にあたる人だという。

ところが、貰い子をすると実子ができるという言い伝えどおり、そのあとで弟が生まれたらしい。

「それに、口に出してはけっして言わないが、中条の両親だって、かれらの血を濃くひく弟の方に家を継がせたいと思ってるに決まってる。おれがこうなってむしろほっとしてるんだよ」

「それならいいけど……」

晶子は口の中でつぶやいた。もっとも、郁夫が両親の反対を押し切ってまでコックへの道を貫いてくれたおかげで、こうして二人は出会えることができたのである。

晶子が亡くなった夫とこの軽井沢の地に小さなペンションを経営するようになったのは、今から、十一年前のことだった。

もとは、ある会社社長の別荘だったのだが、その会社が倒産したことで、安く売り出されていた物件だった。夫と爪に火を灯すようにして溜めこんだ貯金をはたいて、清水《きよみず》の舞台から飛び降りるつもりで、ここを買い、ペンション経営をはじめた。

部屋数は七部屋。二十人泊めるのがやっとという、ささやかなペンションではあったが、かえってそのアットホームなところが受けたのか、一流の調理人だった夫の料理の腕前が人気を呼んだのか、あるいは、晶子の気さくな人柄が愛されたのか、年を追うごとに固定客がついてくれた。

しかし、経営が軌道に乗り始めた矢先に、夫が肺癌《がん》で倒れた。六年前のことである。一粒種のあずさを遺して、三ヵ月の闘病生活の果て、夫は帰らぬ人となった。まだ三十三だった晶子は途方に暮れた。苦労をともにしてきた最愛のパートナーを失った寂しさ悲しさもさることながら、優秀なコックを失ったことの痛手も大きかった。

客が集まった人気の最たる要因は、なんといっても、夫の作る料理にあった。新しいコックを雇ってみても、夫の腕前を上回るどころか、追い付くのさえ難しい有り様で、結局、いらだった晶子と衝突して、みんな一月ともたずに辞めていった。

しかたなく、晶子は自分で厨房《ちゆうぼう》に立つようになったが、材料の仕入れから何まで全部独りでやらなければならず、過労のあまり倒れてしまった。

おまけに、味の方もプロの腕前にかなうはずもなく、客足は目に見えて減り出した。

このままではこのペンションを手放すことになるかもしれないと頭を抱えていた矢先、客としてフラリと現れたのが、中条郁夫だった。

郁夫は、青山の高級レストランで働いていたらしいが、そこのコック長とささいなことでぶつかり、店を辞めたばかりだった。

三年前のことである。

そして、この三年の間に、一つ屋根の下で暮らすうちに、いつしか晶子と郁夫の間には、オーナーとコックという関係以上の絆《きずな》が芽生えていた。

それが結婚という具体的な形に煮詰まったのは、この夏、晶子が身体の不調に気付いた頃からだった。妊娠していた。打ち明けると、郁夫は生んで欲しいと答えた。結婚という言葉を先に言い出したのは郁夫の方だった。

晶子は迷った。郁夫の申し出は嬉しかったが、彼が晶子よりも年下であることと娘のあずさのことを考えると、おいそれと再婚して、二人めの子供を生む決心がつかなかった。

しかし、晶子に最後の決断をさせたのは、そのあずさの一言だった。

東京の大学に受かったあずさは、大学に近いワンルームのマンションを借りて、そこで一人暮しをはじめていた。帰郷したときに、おそるおそる相談してみると、あずさはけろっとした顔で、「いいんじゃない？」と答えた。

「いいんじゃないって、ママが再婚するってことは、戸籍上、あの人があんたのパパになるってことなのよ。わかってるの」

娘の人ごとのような反応に、晶子は呆《あき》れて言った。

亡くなった夫は子煩悩《ぼんのう》で、独り娘のあずさを嘗《な》めるようにかわいがっていた。そのせいか、あずさは父親っ子だった。その父親が癌《がん》で死んだとき、ショックから拒食症にかかったくらいだった。

「いいわよ、べつに。あの人のこと嫌いじゃないもん。どっかパパに似てるとこあるしさ。晶子ちゃんが惚れた気持ちも分からなくもない。それにさ、夫婦になっちゃえば、これから給料払わなくても済むじゃない。晶子ちゃんも老け込むにはまだ早いよ。再婚して、もう一花咲かせたら?」

まるでどちらが母親だか分からないような言い草だった。

しかし、一番心配していた娘のあっけらかんとした反応のおかげで、ようやく決心がついた。とは言っても、籍だけ入れて、結婚式を挙げるつもりはなかったのだが、二人のことを知った、三枝《さえぐさ》という古くからの常連の老夫婦が、何もお祝いしないのは寂しいから、なじみの客だけ集めて、ここでささやかな披露宴をしようじゃないかと言い出した。晶子が前夫の村上と結婚したときも、若く貧しかったので結婚式を挙げられなかったことを夫妻は知っていたのである。

「披露宴」は数日後に迫ったクリスマスイヴの日に決まっていた。

「予約をもう一度確認するけど、ゲストは三枝さんご夫妻に、影山《かげやま》さんご夫妻。それと北町《きたまち》さんに――」

郁夫が言った。そこで少し詰まる。

「佐竹《さたけ》さん」

晶子が付け加えた。

いずれも、このペンションとは三年以上のつきあいをもつ常連ばかりだった。

「それに、あずさちゃんが連れてくる作家先生か。しめて七人だね」

「そういえば、三枝さんと佐竹さんは今日みえるんだったわね。三枝さんの方は、軽井沢駅に着くのは三時頃って言ってたけど」

晶子は腕時計を見ながら言った。

「あ、そうだな。そろそろ駅に迎えに行くか」

郁夫はそう言うと、ズボンのポケットから車のキーを取り出した。

最初は厨房だけが彼の職場だったが、ここ半年ほど、客の送り迎えなど、他の仕事も率先してやってくれるようになっていた。単なるコックではなく、オーナーとしての自覚が出てきたようだ、と晶子は頼もしく思っていた。

郁夫が出て行くと、晶子はフロントのカウンターを出た。フロント脇のサロンの椅子に座ると、あずさが送ってきた書籍小包の封を切った。案の定、読みごたえのありそうな分厚いハードカヴァーの本が出てきた。タイトルは、「ホーム・スイート・ホーム」。

晶子の胸がなぜかドキンと鳴った。

タイトルがバタ臭いように、装丁もどことなく翻訳本のようだった。読書家とはお世辞にも言えないから、これを読み終えるのに、丸一週間はかかりそうだと思った。

中を開くと、見返しに、「村上晶子様。見城美彦」と、やや神経質そうな字体でサインがしてあった。晶子はペラペラと頁《ページ》を繰《く》った。本の奥付に著者の略歴が紹介されていたが、顔写真の類いは付いていなかった。

著者の略歴も読まず、本をテーブルの端に押しやると、差出人の名前のない封書の方を手に取った。

封を破って、ちらと中を見ると、数枚の写真が入っているようだった。やはり、客の誰かが送ってくれたのだ、と直感した。手紙だけでなく、ここで撮ったスナップ写真をわざわざ送ってくれる客も少なくなかった。

北町浩平《こうへい》というビデオマニアの常連客など、自分で編集したビデオテープを毎年送ってくれる。こういうのを見るときが、この仕事を続けていてよかったとつくづく思える、幸福なひとときだった。

しかし、晶子が幸福な気分に浸《ひた》っていたのは、ほんの僅《わず》かの間にすぎなかった。封筒から取り出して、何気なく写真を見た晶子の顔色が一瞬にして変わった。

そこに写っているものを見て、衝撃のあまり、呼吸の仕方すら忘れてしまった。

こ、これは――

それは楽しい思い出を写したスナップ写真などではなかった。

喉を掻き切られた中年男が血の海の中で息絶えているところを写した凄惨な写真だった。

3

写真は全部で七枚あった。どれも同じ男を同じ場所で、フラッシュをたいて、ほぼ連続して写したものである。右下に日付と時刻がプリントされていた。七枚とも、日付は、1992・12・24とあった。去年のクリスマスイヴに写したものらしい。最初の一枚は、午後八時十分に撮影され、最後は、午後九時十二分に撮影されていた。

時刻順に並べて見ると、七枚の写真はあるストーリー、見る者の心臓を凍らせるような、恐ろしいストーリーを形作っていた。

一枚めは、倉庫の中のような薄暗い場所で、両手両足を縛られた男が恐怖に顔を引き攣《つ》らせて何かわめいている写真。フラッシュに浮かび上がった青白い顔に晶子は見覚えがあった。

二枚めは、同じ男の顔が苦痛に歪み、男の右脚の大腿部《だいたいぶ》から血が流れていた。三枚めは、男の左脚からも血が流れている。四枚めは、男の右肩が血に染まっていた。五枚めは左肩。六枚めは右胸。

そしてラストは、喉を真横一文字に掻き切られた死体が血の海の中で横たわっている写真だった。

被害者の首はパックリと赤い傷口を見せて、半ば肩から離れかかっていた。

晶子は思わず吐きそうになって、口を押さえた。つわりの吐き気だけではなかった。この七枚の写真が、悪質な悪戯でも、トリック写真でもないことを知っていたからだ。これは実際の殺人を写したものだった。その事実のリアルさに吐き気を催したのである。

被写体の中年男は、もう十一年以上も会ってはいないが、彼に間違いない。

彼が死んだことは知っていた。去年の暮れ、彼の遺体が、芝浦《しばうら》の使われていない倉庫の中から発見されたことを新聞記事で読んだからだ。両手両足を縛られた恰好で、拷問でもされたのか、致命傷となった喉の傷以外に、五カ所もナイフ状の凶器で傷がつけられていたという。

この写真は明らかに彼を殺した犯人が自ら撮影したものに相違なかった。犯人は、彼を傷つけるたびに、カメラを構え、フラッシュをたき、苦痛に呻《うめ》く被写体の姿を容赦なく撮り続けたのである。

なぜ。なぜ、こんな写真をあたしのもとに送りつけてきたのだろう。

晶子は混乱する頭で吐き気を我慢しながら思った。額や脇の下からじっとりと脂汗が噴き出してきた。

彼の死は、その後の報道では、暴力団がらみのものではないかと報じられていた。彼が小さなスナックを経営するかたわら、覚醒剤の売人のようなことをしていたらしいこと、その関係で、ある暴力団と付き合いがあったことなどが、警察の捜査で明らかになっていた。

おそらく、殺され方の凄惨な手口から見て、その筋の者に制裁を加えられたのではないかという見方がされていた。

あれから一年。彼を殺した犯人が逮捕されたというニュースは聞かなかった。

晶子は、ガタガタと震える手で、写真と同封してあった紙を取り出した。B5のワープロ用紙である。ワープロで文字が打たれていた。

「1972年、12月24日。この日をおぼえているか。忘れていたなら、思い出させてやるよ。おれは両親と姉を殺した犯人をけっして許さない。一ぴきの豚はようやくつきとめて、始末した。そして、その豚の口から共犯者がいたことを知った。あと二ひきの豚が残っている。いや、正確にはあと一ぴきの豚か。もう一ぴきは、残念ながら、おれが始末する前に、天の手で始末されたらしいからな。今年のクリスマスイヴの夜、この写真のような姿になるのは、村上晶子、おまえとおまえの家族だ。イヴに会うのを楽しみにしているよ」

晶子はそのメッセージを最後まで読むことができなかった。こみあげてきた吐き気をこらえきれず、サロンの床に茶色い胃液を吐いた。

忘れようとしても、忘れられない、あの二十一年前の悪夢が、あのときの生々しい血の匂いとともに、晶子の脳裏に鮮明に蘇《よみがえ》っていた。

4

去年の暮れ、肇を殺したのは、暴力団などではなく、二十一年前の事件の関係者だったのだ。

あの事件。田園調布に住む裕福な医者一家がクリスマスイヴの夜に押し込み強盗に惨殺されたという事件。

たしか、あのあとの報道では、殺された葛西という医者一家には、一人だけ生存者がいたということだった。五歳になる幼児だった。名前を一行と言った。風邪をひいて二階の子供部屋に寝ていたので、犯人には気づかれなかったのだ。

なぜいつも七時には屋敷を出るお手伝いの登喜子が、あの夜に限って、まだ残っていたのか、なぜ十時まで帰らないはずの葛西家の人達が、一時間も早く帰ってきたのか、肇は不思議がっていたが、すべては風邪を引いた幼児のためだったことを、晶子たちはあとで知った。

それはほんのささいな運命の悪戯だった。もし、あの夜、葛西一行という少年が風邪をひいていなかったら、あんな酷《むご》い惨劇は起こらなかっただろう。

晶子は何度もそのことを考えた。葛西一美が、息子の身を案じて途中で帰ってくるようなこともなかったに違いない。登喜子は定刻どおりに葛西家を出て、あの家には誰もいなかっただろう。晶子も洋一も肇も、ただのコソ泥になっただけだっただろう。

しかし、少年が風邪をひいていたということが、すべてを変えてしまった。晶子たちを、血まみれの殺人犯に変えてしまったのだ。しかし、晶子も洋一も直接手は下してはいなかった。すべては肇の仕業だった。

肇が人質にしていた少女を殺害したあと、晶子はそのあまりの残酷さと、部屋中にたちこめた血の匂いに気分が悪くなって気を失ってしまった。妊娠していたせいもある。五カ月の胎児が腹の中にいたのである。

洋一に抱えられて外に出たのをおぼえている。だから、あのあとで何が起きたのか、肇が残った家族に何をしたのか、新聞の報道を読むまでは何も知らなかったのである。

あの事件のあと何カ月も、警察に追われる夢を見て、晶子も洋一も何度もうなされて夜中に跳び起きた。肇とはつとめて会わないようにしていた。もはや埋めようのない深い溝が、晶子たちと肇の間にはできてしまったからだ。

晶子と洋一はあの悪夢を忘れようと必死だった。アパートを変え、籍だけ入れて、子供を生んだ。新しい住所を肇には知らせなかった。洋一は、板前として働ける料理屋を見付け、寝る間も惜しんで働いた。いつか自分の店を持つというのが表向きの理由だったが、本当は、馬車馬のように働くことで、いっときでもあの悪夢を忘れたかっただけだということを晶子だけは知っていた。

晶子もあずさと名付けた娘を育てることに夢中になった。

恐れていたにもかかわらず、捜査の手は晶子たちにまでは伸びてこなかった。時の流れがいつしか、悪夢の輪郭を薄れさせ、ついに十五年の時効が成立した。しかし、時効の成立とひきかえのように、洋一の命が奪われた。

昨年の暮れに、ずっと音信不通になっていた肇の死を、小さな新聞記事で知るまでは、晶子の中で、あの悪夢はすでに過去の遺物としてなりをひそめていた。

それが今、二十一年たって、よりにもよって、晶子が再び妊娠し、洋一にどことなく似た雰囲気のある中条郁夫という男と第二の人生を歩み出そうと決心したその矢先に、あの血生臭い悪夢が、まるで殺しても死なない死霊のように、無気味な薄笑いを浮かべて、晶子の前に立ち上がったのである。

この写真とメッセージの送り手はもうわかっていた。両親とまだ幼い姉を殺された、あの五歳の幼児、葛西家の唯一の生き残り、葛西一行に間違いない。

当時五歳の幼児は、今では、二十六歳の青年になっているはずだった。

5

「晶子さん、どうしたんです」

サロンの床にうずくまっていた晶子に、背後から声がかかった。はっと振り返って見ると、エントランスのところに、片手にボストンバッグをさげ、片手にレインコートを抱えた、体格の良い中年男が立っていた。

客の一人、佐竹治郎《さたけじろう》だった。

「急に吐き気がして」

晶子は慌《あわ》てて立ち上がろうとした。めまいがした。

「大丈夫ですか」

「大丈夫です。ちょっとつわりがひどくて」

晶子は汗でへばりついた前髪を掻きあげながら、弱々しく笑った。妊娠していたことをこのときばかりは感謝した。

不審そうな佐竹の顔が、「つわり」と聞いた途端に、納得したような色に変わったからである。

「部屋で休んだ方がいいんじゃないですか」

佐竹はボストンをフロントのカウンターに置くと、近付いてきて、晶子に手を貸そうとした。

「いいえ、もう大丈夫ですから。いやだわ、こんなところを佐竹さんに見られるなんて」

少し落ち着いたのか、羞恥心《しゅうちしん》のようなものが晶子の顔を赤らめさせた。

「ほんとうに大丈夫ですか。無理しない方がいいですよ。村上さんはいないんですか」

「三枝さんご夫妻を迎えに駅まで――」

そう言いかけた晶子ははっとした。佐竹の鋭い一重の目が、テーブルの上に散らばったままになっていた、七枚のスナップ写真に注がれていたからだ。見られた。佐竹の目が一瞬大きくなったような気がした。異様な写真に釘付けになったように、視線が動かない。

「これは一体――」

佐竹は写真を数枚手にとると、トランプのように手の中で広げ、茫然としたようにそれを見詰めた。

「さっき届いたんです。わたしあてに。その手紙と一緒に」

もはや隠しようがない。晶子は立ち上がりながら、仕方なくそう言った。できれば、誰にも知られたくない過去だったが、この男には打ち明けなければなるまいと思っていた。いや、たとえ、写真を見られなかったとしても、もし誰かに打ち明けなければならないとしたら、この男を選んでいただろう。

「一体どういうことなんです。悪戯にしては悪質すぎる」

ワープロ文を読み終わると、鋭い目になって、晶子を見た。やはり刑事の目だ。警察を辞めて一年以上になるはずだが、この人はまだ刑事の目を持っている。

「悪戯じゃありません……」

「何か心あたりがあるのですか」

晶子は小さく頷《うなず》いた。

「話してくれませんか」

穏やかだが、有無を言わせない声だった。

「話します。でも、その前にここを片付けてから。いつものお部屋は開いているから、そこで待っていてくれませんか」

晶子はそう答えた。

佐竹は何か言おうと口を開きかけたが、黙って頷くと、フロントのカウンターに置いたボストンバッグを持って、階段を上っていった。佐竹がいつも利用する部屋は二階にあった。

晶子は写真をかき集め、手紙と一緒に封筒に押し込むと、それをスカートのポケットにしまった。洗面所で、口と手を洗い、モップを持ち出してサロンの床の吐瀉物《としゃぶつ》を奇麗に拭《ぬぐ》うと、自分の部屋に行った。

新聞の切り抜きを集めたスクラップブックを探し出し、それを持って、佐竹が待っている部屋に行った。

クリスマス・オーナメントの付いたドアをノックすると、堅い表情をした佐竹が顔を出した。

6

晶子から話を聞き終わると、佐竹治郎は暗澹《あんたん》とした表情で、スクラップブックに貼られた古い新聞記事を見詰めた。

「この事件の生き残りである葛西一行が、渡辺肇を殺した犯人だと言うわけですか」

しばらく黙っていたが、スクラップブックから目をあげて、佐竹は重たい口を開いた。

「メッセージの文章から見ても、そうとしか考えられないわ。それに、肇の遺体には喉の致命傷を入れると、全部で六ヵ所の傷があったとあるでしょう？　その記事を読んだときは気が付かなかったけれど、もし肇を殺したのが葛西一行だとしたら、犯人がつけた六つの傷にはちゃんと意味があったんです。あのとき、肇が殺した被害者は、お手伝いを入れると、全部で六人だった。葛西一行は、殺された人の数だけ、肇の身体に傷をつけたんだわ――」

晶子は身震いしながら言った。

「傷をつけた理由はそれだけじゃないでしょうね。むろん拷問の目的もあったんでしょう。どこでどうやって、渡辺肇のことを知ったか知らないが、拷問して、あなたや村上さんのことを聞き出したんでしょう」

佐竹は考えこみながら淡々とした声でそう言ったが、ふと思い付いたというように、

「一行がその後、どうなったのか知っていますか」

とたずねた。

晶子は力なく首を横に振った。

「知りません。たぶん、親戚かどこかに引き取られたのではないかと思いますけど」

「当時五歳の幼児ならそんなところでしょうね。今年で二十六になっているわけか」

佐竹はつぶやき、

「どう見てもトリック写真のたぐいには見えないな。やはり、これは犯人の手で写されたとしか思えませんね。とすれば、一年前の渡辺肇殺しは、一行の犯行と見るしかないか」

佐竹はもう一度、七枚の写真を手に取ると、それをじっくりと見ながら言った。

「一行はこれを自分の手で現像したようですね。ポラロイドではないし、こんな写真を

街の写真屋に出すわけにはいかないはずだ。おそらく、自分の暗室を持っているに違いない。暗室を持っているとなると、それなりにカメラのことには詳しいカメラマニアかもしれない」

「やはり警察に知らせた方がいいでしょうか」

晶子はおずおずと、佐竹の顔色を窺《うかが》いながらたずねた。

「そうした方がいいことは分かっているんですけど……」

「たしかにそうした方がいい。警察の組織力をもってすれば、葛西一行の行方をつきとめ、逮捕するのは、そんなに難しいことではないでしょうから」

佐竹は厳しいとも言える声音《こわね》で答えた。晶子の目に絶望の色が浮かんだ。

二十一年前の事件はすでに時効が成立していた。

ただできれば警察沙汰にはしたくはなかった。法的には罰せられなくても、人間の社会には、社会的制裁というものがある。もしマスコミにでもこのことが漏《も》れたら、晶子は社会的に葬り去られかねないのだ。

それに、自分一人が制裁を受けるなら、まだ我慢ができる。自業自得と、甘んじて受けることもできる。しかし、娘のあずさのことを考えると、どんな雄々しい勇気も萎《な》えてしまう。あずさは何も知らないのだ。二十一年前、両親が何をしたのか。しかも、まだ共に十代だった晶子と洋一が、なぜ、よりにもよってクリスマスイヴに他人の家に強盗に入らなければならなかったのか。その本当の理由を知ったら、外見は快活そうに見えるが、根は神経の細い、繊細なところのある娘のことだ、自殺でもしかねなかった。晶子は自分のことより、それを恐れた。あずさにだけは知られたくない。どんなことがあっても、あの娘には。そして、郁夫にも。

「とは言うものの、今のあなたにそれをさせるのは、あまりにも酷だということは分からないわけじゃない」

佐竹のまなざしが和らいだ。兄のような目付きで、うなだれている女を見詰めた。

「本当を言うと、警察には行きたくありません。娘に知られたくないのです。どんなことをしても、あの子にだけは」

晶子は声を詰まらせた。鼻がむずがゆくなったかと思うと、涙が頬を滑り落ちた。慌てて、手で拭いた。

「それと、ご主人にも、でしょう?」

佐竹が無表情に付け加えた。

「ええ……」

妊娠していることが分かって、郁夫からプロポーズされたとき、晶子に返事をためらわせた理由は、たんにあずさのことや、年齢のことだけではなかったのだ。

「おそらく、犯人も、あなたが警察には知らせないと踏んで、こんな殺人の証拠写真を送りつけてきたのでしょう。だが、このまま手をこまねいていると、犯人は、確実にこのメッセージ通りのことを実行しますよ。これはただの威しではないような気がする。元刑事としての勘ですが」

佐竹は夏の日焼けのさめやらない、赤銅色の額に気難しげな皺を刻んだ。

「予告と取った方がいい」

「わたしもそんな気がします。一体どうしたらいいんでしょう。わたしだけならともかく、あずさや郁夫さんにまで危害が及ぶようなことがあれば、わたしは――」

「凶行を未然に防ぐには、とにかく、葛西一行のことをもっと知るしかない。彼が今どこにいて、どんな青年に成長したのか。それさえ分かれば、彼の魔手があなたがた家族に伸びる前に、彼をつかまえることができるかもしれない」

佐竹は自分に言い聞かせるように呟いた。

「もう一度聞きますが、二十一年前の事件に、あなたも村上さんも直接手は下してないのですね。すべては渡辺の仕業だったというのは本当ですね」

佐竹は腹の底まで見通すような目で、晶子の目をじっと覗きこんだ。

晶子は目をそらさなかった。

「本当です。死人に口なしとばかりに、肇にすべての罪をかぶせてしまおうと思って、こんなことを言ってるわけじゃありません。本当にあたしたちは何もしていません。あんなことになるなんて夢にも思っていなかったんです。あのとき、村上は勤めはじめた料理屋の先輩格の板前とトラブルを起こして店を首になり、お金に困っていました。あたしも喫茶店のウエイトレスの仕事をしていたのですが、妊娠していることが分かり、つわりがひどくて、仕事を続けることができなくなってしまったんです――」

晶子は当時の自分たちの追い詰められた生活状況を話した。

しかも、赤ん坊が生まれたら出て行くというのが条件のアパートに住んでいた、晶子と洋一は、結婚して無事に子供を生み、赤ん坊がいてもおいてくれるようなアパートに移る必要があった。それには、何十万という、晶子たちにとっては大金が必要だったのだ。

「途方に暮れたあたしたちは、幼なじみの肇に相談しました。私たちは中学の頃から親友同士で、中学を出たあと、同じ列車で上京してきたのです。でも、職を転々としていた肇も私や洋一と似たような生活状態で、どうしようもありませんでした。

そんなとき、クリーニング屋に勤めていた肇が、お得意先の葛西という医者の家に泥棒に入る計画をもちかけたのです。わたしも洋一も最初はとんでもないとはねつけました。でも、肇に説得されて、それしか方法がないと思うようになったんです。これが真相です。わたしたちは何もしてないから悪くないなどと開きなおる気はありませんが、葛西家の人たちには指一本触れてはいません。むしろ肇を止めようとしたんです。でも、肇はお手伝いを弾みで殺してから、狂ったようになっていました——」

「事実はあなたの言う通りだったんだろうと私は信じますよ。この三年、私なりにあなたのことは見てきたつもりです。あなたは我身可愛さにでたらめを言ったりする人ではない。まして、人を殺すことなど、あなたには絶対にできないということも。ただ、葛西一行が果してそう思っているかどうかは疑問ですが」

佐竹は考えこみながらそう言った。

「それは——」

晶子は目を見開いた。

「渡辺肇が葛西にでたらめを吹き込んだとも考えられるからですよ」

「肇が?」

「この写真を見ていると、ふとそんな気になりました。肇は犯人に拷問されながら、助かりたい一心で、事実をねじ曲げて、犯人に話したとは考えられませんか」

「……」

晶子の両腕にさっと鳥肌がたった。それは考えられる。あの事件のあと、いよいよ坂道を転げ落ちるように荒《すさ》み出した肇のことを考えると、それは十分ありえた。

「つまり、事実を全く逆に、まるであなたたちが主犯であったかのように話したかもしれないのです。もし、葛西が渡辺の話を真に受けたとしたら、彼は、本来なら渡辺に向けなければならない憎悪を、もしかしたら、あなたがたに向けてしまっているのかもしれない」

「そんな」

晶子は言うべき言葉をうしなった。佐竹の推理が的外れではないだけに、ぞっとして震えが止まらなかった。

「とにかく、一刻も早く、葛西を捜し出して、あなたがたがあの事件に無関係とまではいかなくても、彼の家族には指一本触れていなかったことを信じさせることが先決です。もし、彼が血に飢えた殺人鬼というのでなければ、あなたがたへの報復はあきらめるかもしれない」

佐竹は言葉を慎重に選びながら言った。

「でも、そんなことどうやって」

「クリスマスイヴまでにはあと二日あります。この二日の間に葛西の居所をつきとめることができれば」

佐竹はじっと床を見詰めて、唸《うな》るように呟いた。

「幸いといっては何だが、葛西一行は凶行の日をクリスマスイヴと決めているようです。二十一年前に家族が殺された日に復讐を果すことにこだわっているらしい。ということは、少なくとも、二十四日まではあなたにもあなたの家族にも手を出すことはないということです――」

そう言いながら、佐竹は何を思ったのか、座っていたソファからふいに立ち上がった。

「ぐずぐずできないな」

そう言い、腕時計をちらと眺めると、レインコートを抱えた。ズボンを探って車のキーらしきものを取り出す。

「さ、佐竹さん」

晶子はあっけに取られて、佐竹を見た。

「ぐずぐずできないって、まさか」

「ここで手をこまねいていても仕方がない。葛西一行のことを調べてみます。何か分かり次第、連絡はいれますが、一応自宅の電話番号を教えておきますから、何かあったらそこに電話してください」

そう言って、佐竹はキビキビと、ベッドの備え付けのメモにボールペンで数字を書きなぐるとそれを晶子に渡した。

「もし留守だったら、留守電にメッセージを入れておいてください。外にいても定期的に確認しますから」

晶子はただ呆然としていた。

「運がよければ、警察にもご家族にも何も知られずに、葛西をつかまえることができるかもしれません。時間との競争ということになりそうですが」

佐竹は戸口のところで、そんなことを言って、はじめて白い歯を見せて笑った。

「警察に知らせなくてもいいんですか」

晶子は乾いた喉から声を振り絞《しぼ》るようにしてたずねた。

「そうしたくはないんでしょう?」

「え、ええ……」

「だったら、しょうがないですね。警察の組織力を使えば、葛西を捜し出すことはもっとたやすくなりますが、同時に、あなたが払う犠牲も大きいものになる。あなたの過去が知られれば、ご主人との今後の生活もギクシャクしたものになるだろうし、娘さんや、おなかの子供の将来のこともある。それに、このペンションも経営していくのが難しくなるかもしれません。今まで隠し通してきたことなら、一生隠し通すべきです。ご家族のために」

「………」

「刑事をしていた頃の私なら、間違ってもこんな考え方はしなかったと思いますが、今は違う。それに、あなたに不幸になって欲しくない。あなたには幸せになって貰いたいんです」

佐竹の次の言葉はドアの向こうから聞こえてきた。

「妻の——美好《みよし》の分まで」

妻の——美好の分まで。

佐竹治郎のその言葉が、佐竹が立ち去ったあとも晶子の胸に残った。

7

佐竹の妻には一度だけ会ったことがある。三年前の夏、佐竹夫婦がはじめて泊まり客としてやって来たときである。ちょうど中条郁夫がコックとして勤めはじめた頃だった。当時四十だった佐竹と一回り半も年の離れた若い妻は、バンビのような目をした快活な女性で、同性の目から見ても、魅力的な可愛い人だった。

宿泊カードに、佐竹は職業を「公務員」と書いていたが、すぐに西荻窪《にしおぎくぼ》署に勤務する刑事だということを妻の美好がばらしてしまった。

刑事と聞いたときは、古傷に触れられたように、晶子はどきりとしたものだが、むろん、佐竹は刑事として来たのではなく、久し振りに取れた休暇を妻とともに楽しみに来ただけだった。

無口でもっさりとした熊のような佐竹が、体格も性格も自分とは正反対の、明るくにぎやかな妻をかわいくてたまらないというまなざしで見ていたことを、晶子は今でもありありと思い出すことができた。

しかし、翌年の秋、佐竹は妻を失った。買い物に出掛ける途中、美好は、家のすぐそばの路上で何者かにひき逃げされたのである。しかも、それはただの事故ではなく、目撃者の話によると、ひき逃げ犯は、まるで美好を狙うかのように、何時間も家の前で待機しており、ひいた後も、わざわざバックで戻ってきて、もう一度ひき直したというのである。美好は頭蓋骨《ずがいこつ》を潰《つぶ》され、内臓をめちゃめちゃにされて死んだ。しかも、そのとき、妊娠六ヵ月の身で、すでに人間の形を取りはじめていた胎児が、美好の破裂した腹部からはみ出していたという。

佐竹にとっては、四十を越えてはじめて出来た我が子であり、誕生を指折り数えて待ち望んでいた子供でもあった。

美好の衣類に付着していた車の塗料から、ひき逃げ犯はすぐにつかまった。以前、佐竹が逮捕したことがある婦女暴行犯の弟で、兄をつかまえた刑事への逆恨《さかうら》みが動機だった。

この事件を機に、何を思ったのか、佐竹は刑事という職業を捨てた。今は、亡父が遺した剣道の道場を復活させて、近所の子供たちを集めて、剣道を教えているらしい。

佐竹治郎は、今の晶子に、刑事という職業の犠牲にしてしまった愛妻の面影を重ね合わせているのかもしれなかった。

晶子のほうも写真を見られてしまったからとはいえ、うしろ暗い過去を何もかも打ち明ける気になったのは、自分のために家族を失う苦しさを、この男なら理解してくれるに違いないと思うところがあったのかもしれなかった。

表で車のクラクションが続けざまに鳴った。窓辺に立って、ふと見ると、下の路上で、二台の車が擦れ違おうとしていた。いわば、挨拶代わりのクラクションだった。一方は出て行く佐竹の車で、もう一方は、郁夫の運転するワゴンだった。

駅まで三枝夫妻を迎えに行った郁夫が戻ってきたのである。

晶子は部屋に取り付けられた洗面室の鏡で顔と髪を手早く直すと、すぐに下に降りて行った。

階段を降りて行くと、ちょうど、三枝夫妻の荷物を両手に下げた郁夫がエントランスに入ってくるところだった。背後に老夫婦の姿が見える。

「いらっしゃい」

晶子はつとめてにこやかな笑顔を見せた。

「今、佐竹さんと擦れ違ったよ。どこへ出掛けたんだろう」

フロントの前に荷物を置くと、郁夫が言った。

「さあ。用ができたとかおっしゃって」

晶子は幾分うろたえながらそう答えた。

「どうかしたの？」

郁夫が怪訝そうな表情で晶子の顔をじっと見た。

「どうかしたって何が？」

晶子はどきりとした。

「顔色がばかに悪いからさ。身体の具合でも悪いのか」

郁夫は心配そうに言う。

「そんなことないわ。さっき、つわりがひどくて、ちょっと吐いたから」

晶子はすぐに夫から目をそらすと、宿泊カードにペンを走らせている三枝夫妻の方へ行った。

「晶子さん。あとでお部屋の方に来てくださる？」

三枝敦子《あつこ》が言った。年齢は七十と聞いているが、染めているのか、髪が黒々としているせいで、まだ五十代に見える。小柄で、福々しい二重あごをした品のある婦人である。

「あなたにぜひ見ていただきたいものがあるのよ」

敦子は嬉しそうに目を輝かせた。

「なんでしょう？」

晶子は目を丸くした。

「見ていただくじゃなくて、着ていただく、だろう」

夫の三枝良英《よしひで》が笑いながら横から口をはさんだ。手入れされた銀髪を奇麗に後ろに撫で付けた、人品卑しからぬ、という表現がピッタリくるような老紳士である。

東京で、社員を三百人ほど抱える食品会社の社長をしているという。八年ほど前から、甥にあたる副社長に実質的な会社の経営は任せて、悠々自適《ゆうゆうじてき》の隠居生活を送っており、妻と連れ立ってあちこち旅行するのが唯一の趣味だという。

南軽井沢に別荘を持っているのだが、他に家族がいないので、夫婦二人で泊まってもおもしろくなく、廃屋《はいおく》同然になっているのだそうだ。

洋一が生きていた頃からの常連で、今回のゲストの中では一番古いおなじみさんだった。

「何かしら？」

晶子はもの問いたげな顔で三枝夫婦の顔を見比べた。二人とも悪戯を思いついた子供みたいな表情で互いの顔を見ている。

「お部屋に来れば分かりますよ」

晶子は三枝夫妻の荷物を持つと、夫妻がいつも利用する部屋までついていった。老夫妻は、一階の一番奥の角部屋を愛用していた。

部屋の中にはいると、三枝敦子は、さっそく大きな衣装用のバッグを開き、中からあるものを取り出した。

晶子は目を見開いた。

それは純白のウエディングドレスだった。

胸にリボンが一つついているだけの、ごくシンプルなデザインだったが、それがかえって、少女めいた、すっきりとした清楚《せいそ》さを醸《かも》し出している。

「わたしが縫ったのよ」

敦子は、驚いて声も出せないでいる晶子の胸にドレスをあて、やや得意げに言った。

若い頃から敦子は洋裁を趣味にしており、その腕前はプロ級だと聞かされていたことがある。いつだったか、あずさの服も作って貰ったことがあった。

「サイズが合えばいいんだけど。ウエストは少しゆったりめに縫い直しておいたんだけれど」

「ああ、それでこの前、電話で――」

二週間ほど前に、東京の敦子から電話がかかってきて、いきなりスリーサイズを聞かれたので面食らったことがあったが、このドレスのためだったのかと合点がいった。しかし、とすると、敦子は、これをたった二週間で縫いあげたことになる。

「これ、わたしのために？」

晶子は言った。

「寝る間も惜しんで縫ったのよ――と言いたいところだけれど、そうではないの。これは前からうちにあったものなのよ。娘のために縫ったの」

「え？」

たしか三枝夫妻には子供はいないと聞いていた。娘が一人いたが、これは八歳のときに不慮の事故で亡くなったとも。

「娘って」

「亡くなった娘のために作ったのよ」

「でも、前にうかがった話では、お嬢ちゃんは八つのときに亡くなったと――」

こんなウエディングドレスを着るほど大きくはなかったはずだ。

「ええそう。あの娘《こ》はたった八つで亡くなったわ。でも、わたしたちの中ではまだ生きているのよ。だから、わたしはあの娘の服を縫い続けたの。九歳になって、十歳になって、十一になってって考えて。成長した姿を想定しながら、何枚も何枚もね。そして、あの娘が二十五になったとき、わたしはそれを縫ったの。あの娘に着せて、うちから送り出してやるために」

晶子は言葉もなく敦子を見詰めた。敦子は穏やかな微笑を浮かべていた。ふと、敦子がミシンに向かって一心に幻の娘のために服を作る姿が、晶子の脳裏をよぎった。

この人は、三十年以上も、死んだ子供の年を数えながら、服を作り続けていたのだ。

「ほらいつだったか、あずさちゃんにあげた服。あれもほんとうは娘のために作ったのよ」

「そうだったんですか」

晶子はようやく溜息のような声を出した。

「むなしかったわ。徹夜して作っても、誰にも喜ばれず、袖も通されずに、簞笥《たんす》にしまっておくだけだったんですもの。でも、もしあなたに着て貰えたらって思ったの。よかったら、クリスマスイヴに、これを着て戴《いただ》けないかしら」

哀願するような目で言う。

「喜んで。でも、わたしに着れるかしら。二十代の娘さんのイメージで作られたものなのでしょう？」

晶子はもう一度ドレスを見た。

「大丈夫よ。あなたからサイズを聞いたとき、わたしが想定したサイズとそんなに違わなかったし、直せる所は直してきたから。ね、お願い。わたしたち、外に出てますから、ここで着てみてちょうだい」

「え、今すぐですか」

「だって、もしサイズが合わなかったら、すぐに直せるじゃない。そのために携帯用のミシンまで持ってきたのよ」

そう言いながら、敦子は夫を促して、部屋の外に出た。

晶子はしばらく、ドレスを抱えたまま、ためらっていたが、着ていたものを脱ぎはじめた。下着姿になると、おそるおそるドレスに腕を通した。

白いドレスは誂《あつら》えたようにぴったりだった。目尻に皺ができ、あごの肉も若干たるみはじめてはいたが、二十代のころと、体型はそれほど変化していなかった。この二十年近くというもの、贅肉がつくほどのんびりとした生活を送ったことがなかったおかげだった。

幾分気恥ずかしい気分で、外にいる三枝夫妻を呼びいれると、ドレスを着て部屋の真ん中に立った。

「まあ――」

敦子は、白いドレスを着て立っている晶子を一目見るなり、そう言って絶句した。夫の方も感慨無量という顔で、目を細めている。

「なんとか着れました。直すところはどこもないみたいです。似合いますか」

モデルのようにくるりと回ってみせた。

「正子《まきこ》だわ。正子が生き返ったみたい。ねえ、あなた。正子よ。正子が戻ってきたのよ」

敦子は夫に向かって涙目でそう言った。三枝良英は言葉もなく、うんうんと頷いていた。

8

三枝夫妻の部屋を出て、フロントに戻ってくると、郁夫が、サロンの椅子に座って、テーブルに出したままになっていた、見城美彦の本を読みふけっていた。

「見せたいものって何だったの」

晶子が近付いて行くと、本から顔をあげて、すぐにそうたずねた。

「ないしょ。クリスマスイヴに教えてあげるわ」

晶子は唇に人指し指をあてて、そう答えた。

郁夫は肩をすくめてみせたが、手にした本を持ち上げて、

「これ、今ちょっと読みはじめたんだが、なかなかおもしろそうじゃないか」

と言った。

「あらそう」

晶子は興味のない様子で答える。

「先に読んでもいいかな」

「どうぞどうぞ。その方がわたしとしても助かるわ。あとでどんなストーリーだったか教えてよ。そうすれば、読んだような振りをして、作家センセイと話ができるわ。あずさにも怒られないですむし」

晶子は願ってもないというように、そう言った。

「横着なやつだな」

郁夫は苦笑しながら、本をめくって、奥付のところを開き、

「でもこの作家、まだ若いんだな。文章が達者だから、三十すぎているのかと思ったら、まだ二十六じゃないか」

と、独り言のように呟いた。

「二十六……？」

晶子の顔からすっと血の気がひいた。

「二十六なの、その見城って人？」

「なんだ。著者紹介のところも見てなかったのか」

郁夫は呆れたように言い、

「略歴を見ると、そうなってるよ。一九六七年生まれ、ってことは、今二十六ってことじゃないか——なんだ。どうしたんだよ。そんな噛みつきそうな目をして」

郁夫は驚いたように晶子を見た。

「本、貸して」

晶子は夫の手からひったくるように本を奪った。食い入るような目で、さっきは目もくれなかった著者紹介のところを見た。

——見城美彦。1967年、東京生まれ。大学中退後、単身渡米。三年ほどかの地で放浪生活を送る。本書はその間に書き上げられたものである——

初版が発行されたのが、四年前の十月。この本はすでに六刷りになっていた。けっこう売れているらしい。

「これ、どんな話なの」

晶子は夫を見た。

「なんだよ、目つりあげて」

「どんな話なのよ」

「話って、まだ読み始めたばかりで分からないよ。プロローグのところをようやく読み終えたところだもの」

「そのプロローグのところでいいわ。どんな話だった?」

心臓が痛いほど鳴っていた。ホーム・スイート・ホーム。このタイトルを見たとき、なんとなくどきりとした。今、その理由が分かった。オルゴールだ。あのとき、葛西家のリビングのマントルピースの上にあったオルゴール。あれのメロディが、「埴生の宿」、つまり、「ホーム・スイート・ホーム」だった。晶子はそのことをふいに思い出したのである。

見城美彦の年齢が二十六歳。そして、そのデビュー作のタイトルがあのオルゴールの曲名。これは偶然の一致だろうか。

まさか――

晶子の顔つきに気圧《けお》されたように、郁夫は言った。

「プロローグの部分から推察すると、どうも復讐の話みたいだな。子供の頃に家族を皆殺しにされた男がさ、二十年たって、犯人たちをつきとめて、一人ずつ家族が殺されたのと同じ方法で殺していくって話らしいよ」

第三章　彼かもしれない

1

東京方面に向かって車を走らせながら、佐竹治郎は、さてこれからどうするかと、煙草に火をつけながら、幾分途方に暮れた思いで考えていた。

村上晶子の前では、元刑事のプライドも手伝って、まかせておけとばかりに大見栄を切ってしまったが、なにせ二十一年前の事件の生き残りの幼児の行方をたった独りで探すわけだ。いざとなると、さてどこからはじめたらいいものかと考えこんでしまった。

警察にいた頃は、捜査にあたっては、常にペアを組む相棒がいたから、自分の判断だけで勝手に動くことはなかったし、何よりも、警察手帳をちらつかせることで、半ば強制的に市民の協力を仰ぐことができた。

しかし、今はそのどちらもない。自由であることの不便さは、ありとあらゆる束縛を離れてみてはじめて身にしみるものだとあらためて思った。

男も女も大人も子供も、人間誰しも、多かれ少なかれ、自由になりたいと望んで生きているのだろうが、本当に、すべての束縛から離れることができたとき、そこにあるのは自由を楽しむ余裕ではなく、何をしてよいのか分からないという途方に暮れた気持ちだけではないだろうか。

全きの自由とは孤独以外のなにものでもないからだ。この中に放り込まれたとき、たいていの人間は、その底無し沼のような孤独の深さに神経が参ってしまう。

本当に自由を欲し、その自由を自在に飼いならすことができるのは、よほど大きなエネルギーに恵まれた者、すなわち天才と呼ばれる人種だけなのかもしれない。

凡人に与えられる自由とは、しょせん、囲いの中の自由、つながれた鎖の長さ分の自由にすぎないのではないか。鎖が行動の範囲を狭めるかわりに、孤独の深さを癒《いや》してくれるのである。

佐竹は、妻の美好を失い、警察を辞めてから、そう強く思うようになっていた。

年の離れた妻を愛してはいたが、時々、もしこの女がいなかったら、家庭がなかったら、自分はもっと自由に生きられるのに、と思うこともあった。

佐竹が妻帯したのは、割合遅くて、三十八のときだったが、家庭を持つと同時に、急に死ぬことが怖くなった。家庭はひとつの財産である。財産を得ると、その財産を失うことが怖くなったのだ。そんな風に臆病になってしまった自分がふがいなくて、いっそこんなものがなければと思ったことも一度や二度ではなかったが、実際に失ってみると、自分の考えが甘かったことに気が付いた。鎖につながれていたからこそ、その鎖を断ち切りたいともがくのであり、せめて鎖の長さ分だけでも動いてみようと行動に出ることができたのだ。鎖をはずされてみると、自由に動き回るどころか、何をしていいか分からず、その場にうずくまるしかなかった。

今の佐竹がちょうどそんな状態だったが、煙草一本を喫い終わる間に、ようやく行動のめどがついた。

とりあえず、あいつに会ってみようか。

喫い切った煙草を灰皿に押し付けながら、佐竹はそう決心した。

あいつというのは、大学時代の友人で、今はある中堅どころの出版社で、雑誌の編集長をしている、吉川《よしかわ》という男だった。そんなことを思いついたのも、ほんの一週間ほど前、同窓会めいた集まりで、吉川と会い、名刺を貰ったばかりだったからである。

大学を出て吉川はすぐに週刊誌の記者になった。例の事件は、彼がその記者になりたての頃に起こったはずだ。当然、あれだけの世間を騒がす大事件だから、週刊誌にも取り上げられただろう。吉川も新米記者として取材に奔走《ほんそう》したのではないか。

彼なら、あの事件について詳しいことを知っているかもしれない。生き残りの幼児の行方についても。ふとそんな気がしたのである。

たしか、名刺によれば、吉川の勤める出版社は神田にあるはずだった。

2

「おい、一体どうしたんだい」

郁夫はそう言って、不審そうに晶子の顔を見た。

「な、なんでもないわ。なんだか面白そうな話ね。話を聞いたら、わたしも読みたくなっちゃった。やっぱり、先に読ませて」

晶子は無理やり笑顔を作ると、見城美彦の本を胸に抱き締めた。

「なんだ、気まぐれだな」

郁夫は呆れたように笑った。

「さっきは先に読んでくれる方がたすかるみたいな言い方してたのに」

「気が変わったのよ。話を聞いたら、面白そうだから。それに、せっかくあずさが送ってくれたんだから、読まなければ悪いじゃない」

晶子は必死に言った。さきほどとはうってかわって、一刻も早く中を読みたかった。もうこれは単なる偶然ではない。この小説は明らかにあの事件を下敷きにしている。そう直感したからだ。

見城美彦は葛西一行ではないか。そんな降ってわいたような疑惑が頭の中に渦巻《うずま》いていた。早くそれを確かめたい。

「分かったよ」

郁夫は苦笑しながら立ち上がった。

「どうせ、これから夕食の仕込みにかからなくちゃならないからな。小説なんか読んでる暇はない」

そう言って、一階にある厨房の方へ行こうとした。郁夫がそれ以上、追及する気がないらしいことにほっとしていると、

「あ、そうだ。佐竹さんだが、夕食までには帰ってくるんだろう？」

郁夫が足を止めて、振り返った。

「さ、さあ、どうかしら」

晶子はどきりとして曖昧に答えた。

「どうかしらって、聞かなかったのか」

郁夫は眉間に皺を寄せた。

「ついうっかりして」

「困るなあ。きみらしくもない」

「たぶん、戻らないんじゃないかしら。そういえば、帰るとしても遅くなるって言ってたから」

晶子は慌てて言った。佐竹は葛西一行の消息をつかむまでは戻ってこないつもりだろう。

「帰るとしても？」

郁夫が言葉尻をとらえて聞き返した。

「帰らないこともあるのか。一体、どこへ行ったんだ」

「分からないわよ。あたしの知らない間に出て行ったんですもの。とにかく、彼の分は用意しなくてもいいわ」

「そうか」

郁夫は納得したように頷いたが、なんとなく釈然としないという表情をしていた。

「あ、それと」

何か思い出したように、また言った。

「さっきの手紙、誰からだったの」

「手紙？」

晶子はぎょっとした。声が裏返りそうになった。

「ほら、その本と一緒に渡しただろ。差出人の名前がないみたいだったけど、誰から？」

「ああ、あれ。まだ見てないのよ。たぶん、前にうちに泊まったお客さんからだと思うわ。お礼状か何かじゃないかしら」

咄嗟《とっさ》にそう答えた。

「それなら、あとでおれにも見せてくれよ」

「え、ええ」

晶子は引き攣った笑顔で言った。郁夫の後ろ姿を見ながら、あなたに見せられるものなら、こんな苦労はしないわよ、と晶子は腹の中でつぶやいた。

もし夜になっても、郁夫があの手紙のことをおぼえていたら、あれは中学時代の友人から来たものだったことにしようと、晶子は思った。客からの礼状なら、郁夫にも見せないと不自然だ。しかし、晶子あての私信なら、郁夫もよもや見たいとは言わないだろう。

晶子はサロンに残って、食い入るように、見城の本を読み始めた。

一気にプロローグを読み終わると、それまでの緊張が解けたように、椅子の背もたれにもたれかかり、はあと溜息をついた。

間違いない。ただの偶然にしては似すぎている。あの事件を下敷きにしていることは疑いようがない。

むろん、そっくりそのままというわけではなく、医者の一家というのを、会社経営者の一家に、強盗犯を無軌道な五人の若者に、と若干の創作の手は施《ほどこ》してあったが、あの事件を知っている者が読んだら、すぐに連想しそうなストーリーの運びだった。

それに、見城美彦という名前も、いかにもペンネーム臭い。本名は葛西一行ではないのか。

晶子は茫然とした思いで、見返しのところのサインを眺めた。もし、見城が一行だとしたら、どんな気持ちで、このサインをしたのだろう。

ハードボイルドの書き手にしては、女性的な流麗な字体だった。一見弱々しくさえ見えるその字体が、妙に無気味なものに見えてきた。これはただのサインではなく、晶子への復讐の予告が込められているのではないか。ふいにそんな思いに囚われた。

あずさと親しくなったのも、あずさが晶子の娘と知っていたからだ。それで、近付いたのだ。

晶子は立ち上がった。いてもたってもいられない気分になってきた。とにかく、見城美彦の本名を調べなければ。そう思った。

あずさに電話して聞いてみようか。かなり親しいようだから、本名なども知っているかもしれない。

晶子はフロントの電話を取ると、あずさのマンションの番号を押した。受話器は二度のコール音を鳴らしただけで、すぐにはずされた。

「はい。村上でございます」

あずさのハスキーな声がした。

「あ、あずさ。ママだけど——」

「ごめんなさい。声が遠くてよく聞き取れないんですけど」

あずさの声が答えた。

「え？」

晶子は幾分うろたえて、かなり大きな声を出した。もともと晶子の声は細く通りの悪い方だった。中学のときのあだ名が「キリギリス」

こんなあだ名がついたのも、キリギリスのように小さく痩せていて、声が細かったからだろう。

「あずさ。ママよ。今度は聞こえた？」

「まだ聞こえないんです。もっと大きな声でお願いします」

国際電話じゃあるまいし、そんなに声が遠いなんてことがあるのかしら、と晶子は首をかしげながらも、さらに大声を張り上げようとすると、

「なーんちゃって、これは留守番電話でした。ひっかかった方、ゴメンナチャイ。ご用の方はメッセージをどうぞ」

晶子は口をぽかんと開けたまま、ピーという機械音を聞いていた。

「馬鹿」

つい腹だちまぎれにそうどなると、ガチャンと電話を切った。あとで、これを聞いて、あずさは大笑いするつもりだろう。そう思うと、娘の身を案じる気持ちが一瞬、吹き飛んで、晶子は腹がたってしかたがなかった。

もし見城が一行だとしたら、娘を人質に取られているようなものだ。そう考え、はっとした。あのとき、二十一年前のクリスマスイヴの夜、肇は、お手伝いを殺したあと、真っ先に家の中に入ってきた一行の姉を人質にした。一行はそのことを知っていたに違いない。

それは、一行の姉、葛西緑だけ縛られていなかったことや、死亡推定時刻などから、警察やマスコミがそう推理し、その旨《むね》の報道があとでされたからだ。週刊誌等に、幾分おもしろおかしく、あの夜、葛西家で何が起こったのか、六人の遺体の状況などから、様々な識者の推理というのがなされたのを晶子はおぼえていた。

あの事件のことを扱った記事は欠かさず目を通していたからだ。

もし、一行がもっと大きくなって、あの夜、彼の家族がどんな状況のもとで殺害されたのか、知ったとしたら、「目には目の」の方法を選ぶのではないか。

だが、幸か不幸か、渡辺肇には家族はいなかった。若いときに一度結婚したらしいが、すぐに妻と離婚した肇には子供もいなかった。しかし、犯人にとって、第二のターゲットである晶子には娘がいる。だから、一行はまず晶子の娘のことを調べあげ、偶然を装って近付いたのだ。あの本とワープロ文の手紙で、晶子が遅かれ早かれ、彼が復讐者であることを気付くことを計算にいれた上で。

晶子はもう一度見城の本を取り上げ、その奥付を開いた。そこに出版社の電話番号が記してあった。出版社は風林書房という、あまり聞いたことのない名前だった。

受話器を取り上げると、編集部の番号を押した。すぐにつながった。電話を取った女性の編集者に、「私は見城美彦さんのファンだが、この作家の本名を知りたい」と言うと、相手は、やや警戒したように、「申し訳ありませんが、そういうことはお答えしかねます」と言って切ってしまった。

言い方がまずかったのだろうか、と晶子はがっかりしながら受話器を元に戻した。

どうやったら、見城が葛西一行であることを確認できるのか。考えあぐねているうちに、佐竹治郎のことが頭に浮かんだ。思わず、スカートのポケットに手を入れて、二階の部屋で渡された電話番号を書いたメモを取り出した。

まさかまだ自宅には帰っているはずもないが、留守電にしてあると佐竹は言っていた。メッセージを残しておけば、いずれ聞いてくれるだろう。そう考え、みたび受話器を取り上げると、佐竹の家の番号を押した。

三度のコール音のあと、

「佐竹です。ただ今、留守にしております。ご用件のある方は――」

と、落ち着いた声で、きわめてオーソドックスな応答があった。

あずさにも言ったように、この手の機械に話し掛けるのは苦手だったが、緊急を要する場合である。しのごの言っている暇はなかった。

ピーという機械音が鳴った。

「あの、わたし、村上晶子です。実は、佐竹さんに調べて貰いたいことがあるんです。見城美彦という、ハードボイルド作家の本名を知りたいのです。彼が一行かもしれません。見城は見るに城。美彦は美しいひこと書きます。よろしくお願いします」

晶子は誰かに聞かれるのを憚《はばか》るように、囁くような声でメッセージを吹き込んだ。受話器を置いてから、なんとなくあたりを見回して、ほっと安堵の溜息をついた。郁夫は厨房にいるのだろうし、三枝夫妻は部屋で、旅の疲れを取っているのだろう。

とりあえずこれでいい。そう思って、電話のそばを離れようとしたとき、その電話が鳴った。

3

「晶子ちゃん?」

受話器を取ると、かけてきたのは、驚いたことにあずさだった。

「もうっ。やっとつながった。さっきからずっとかけてたんだよ」

「それはこっちのセリフよ。さっきマンションに電話したのよ」

晶子はさきほどの人を食った留守番電話のことを思い出して、むかっとしながら言った。

「あはっ。それじゃ、もしかして、あの留守電聞いた？」

能天気な声である。

「なんなのよ、あれは。人、馬鹿にして」

「もしかして、ひっかかった？」

「ひっかかったわよ。どういうつもりなのよ」

「ああいうの、はやってるんだよ。さっき、うち出るとき、セットしておいたの。へえそう。ひっかかったのか。今時、あんなのにひっかかるの、晶子ちゃんくらいなもんだよ」

「悪かったわね」

だいぶ雑音が入る。マンションからかけているのではないらしい。隣に誰かいるのか、笑い声が聞こえた。男の声のようだった。

「あずさ、どこからかけてるの。そばに誰かいるみたいだけど」

「運転手がね」

あずさが笑いながら言った。

「運転手?」

「そ。これ、自動車電話」

「車からかけてるの?」

どうせボーイフレンドか何かとドライブでも楽しんでいる最中なのだろう。

「そうだよ。あのね、実は——」

あずさは用件を言いかけたが、晶子はそれを遮《さえぎ》って、

「あんたに聞きたいことがあるのよ。見城美彦という作家のことだけど」

「本、届いた?」

「届いたわ——」

「読んでくれた?」

「ええ、少しね」

「おもしろいでしょ?」

「ええ、まあね。それで、その見城って名前だけど、本名じゃないんでしょ」

「もちろんペンネームですよ」

「あなた、彼の本名知ってるの?」

「そりゃ、まあね」

含み笑い。

「何て言うの？」

晶子は唾を飲みこんでから、思い切ってたずねた。

「どうしてそんなこと知りたいの」

「ちょっとね、興味があるもんだから」

「晶子ちゃんもファンになっちゃったのか」

「ま、まあそんなとこね」

「もう、母と娘でオトコの趣味が似てるっつうのも困りもんですわ」

「そんなんじゃないわよっ」

なんて呑気な娘なんだろう。そんなことを言ってる場合ではないというのに。

「怒らないでよ。待って。今、ご当人にかわるから。本人から直接聞けば」

「なんですって。本人ってまさか」

さっきの男の笑い声。あれがまさか？

「どうも、はじめまして。見城です」

若々しい男の声がした。

「あ、どうも、わたし――」

晶子はしどろもどろになった。いきなり当人としゃべるはめになるとは思わなかったので、頭の中が真っ白になってしまった。

「何か、ぼくのことできたいことがあるとか？　どんなことでしょうか」

「あ、あの、見城美彦というのは、ペンネームですよね？」

「はい」

「失礼ですけど、ご本名は？」

「本名ですか」

少し間があった。

「ええ」

本当のことを言うだろうか。

「もったいぶるわけではありませんが、そちらに着いてからお教えしますよ。それでいいですか」

「そちらに着いてからって――」

晶子は啞然として聞き返した。

「今、そちらに向かってるんですよ。九時前には着くと思いますが」

「今って、今ですか」

晶子は驚いて、わけの分からない聞き方をした。

「ええ、今です」

見城は律義に答えた。

「ちょ、ちょっと、娘にかわって貰えませんか」

晶子は慌てて言った。どうなっているのだ。さきほどの電話では、来るのは明日の夜だと言っていたではないか。

「もしもし、あずさです」

「あんた、どういうことなのよ。来るのは明日だって——」

「あ、ごめん。あれはあたしの勘違いでした」

あずさはけろっとした調子で言った。

「勘違いでした？」

「センセイは今日のつもりでいたんですって。だから、今日、帰りまーす」

「でも、夕食のしたくが——」

「夕食なら食べていくからいりません。もし、お部屋がまだ空いてないようだったら、今晩だけ、どこかホテルにでも泊まるっておっしゃってますけど」

「部屋なら空いてるわ——」

「だったら、問題ないじゃない。それじゃね、あとは会ってのお楽しみ」

あずさが電話を切ろうとしたので、晶子は思わず悲鳴のような声をあげた。

「あずさっ」

「何よ。凄い声出して。鼓膜破れそうになったよ」

「き、気を付けるのよ」

「気を付けるって何に？」

まさか、隣の男にとも言えない。

「だ、だから、運転よ。運転に気をつけて」

「あたしが運転してるんじゃないよ」

「あ、そう。だったらその、とにかく、気を付けるのよ」

晶子は自分でも何を言ってるのか分からなくなっていた。

「変な晶子ちゃん」

爽《さわ》やかな笑い声を残して、娘からの電話は切れた。

晶子はぐったりとして、その場にしゃがみこんでしまった。

4

「そういえば、そんな事件があったなあ」

吉川直二《なおじ》は飲んでいたマムシドリンクのストローから口を離すと、思い出すように、ぎょろ目を煤《すす》けた天井に向けた。

神田にある、吉川の勤める出版社の雑誌編集部である。

すでに八時を過ぎていたが、デスクにはまだ若い編集者が残って仕事をしていた。

「あの事件の生き残りの幼児がいただろう？　五歳になる男の子で、名前は一行」

佐竹は吉川の記憶を促すように言った。

「ああ、いたいた」

吉川は思い出したように、回転椅子の上にかいていたあぐらの膝をピシャピシャとたたいた。

「その子供だが、事件のあと、どうなったか知らないか」

佐竹は身を乗りだしてたずねた。

「五歳の幼児なら、家族を失って、どこかに引き取られたはずだと思うが」

「たしか、親戚かどこかに引き取られたんじゃなかったかなあ」

吉川は、雑然と書籍や原稿用紙を積み重ねた机の上から、マゴノテを取り出すと、それを器用に襟首《えりくび》に差し込んで、背中を掻きながら言った。

「その親戚って？　今どこに住んでる？　名字は？」

「ああ思い出した。親戚というか、子供の祖父母にあたる人だよ、引き取っていったのは」

吉川はマゴノテを動かすのをやめて言った。

「祖父母？　しかし、その祖父母も一緒に──」

佐竹が怪訝そうに言いかけると、

「いや、殺されたのは母方の祖父母だったはずだ。おれの言ってるのは、父方の祖父母のことだよ。つまりさ、一行の父親の両親ってことだ」

「ということは、一行の父親は葛西家の養子だったのか」

「どうもそうらしい」

「その祖父母というのは、今どこにいるんだ」

「さあ、どこって言ったかなあ。東京じゃないことは確かなんだが。どこか地方だよ。そこに一行は引き取られていったはずだが」

「今もその祖父母と暮らしているんだろうか」

「さあ、どうかねえ——おい、なんでそんなこと訊くんだ。何か捜査に関係あるのか」

吉川は不審そうな顔をした。

「警察はもう辞めたよ」

佐竹は苦笑した。

「あ、そうだったな。じゃ、なんで調べてるんだ」

いよいよ不審そうな顔になる。

「ちょっとな、知り合いに頼まれて」

佐竹は笑ってお茶を濁した。

「へえ」

吉川はまたガリガリと背中を掻き始めたが、

「そういえば、その葛西一行という子供のことなら、やつに聞けばもっと詳しいことを知ってるかもしれないな」

ふと思い出したようにつぶやいた。

「やつって？」

「ＡＢＳテレビのディレクターをしている男だよ。松原《まつばら》というんだが。うちのカミさんのいとこなんだ」

「うちのカミサンのいとこか。まるでコロンボみたいな言い草だな」

「ほんとにそうなんだよ」

「だけど、なぜ、テレビのディレクターが？」

「来年放映するスペシャル番組に、あの事件のことを取り上げるって、いつだったか、一緒に酒を呑んだときに言ってた」

「それは本当か」

「こんなこと、嘘言っても仕方ないだろう」

「でも、なぜ今更、あんな古い事件を――」

「古い事件だから取り上げるんだよ。それに、取り上げるのはあの事件だけじゃない。あのときのやつの話だと、要するに、『あの人は今』風の企画だとか言ってたな」

「あの人は今？」

「ほら、よくあるじゃないか。昔、一世を風靡《ふうび》した歌手とかタレントとかで、今は芸能界を引退した連中をわざわざたずねて行って、今どんな暮らしぶりをしているか探るって、悪趣味な番組がさ。あれを、実際の事件や事故の関係者でやろうってことさ」

「つまり、昔の事件や事故の犠牲者をたずねて、どういう生活をしているか取材するってわけだな」

「ま、そんなとこだな。だから、あの事件だけじゃなくて、六年前に国内旅客機が山中に墜落して、小さな女の子だけが奇跡的に助かったという事故があっただろう。あれとか、一家五人でドライブ中に、父親が運転を誤って、崖下に転落した乗用車の中から、赤ん坊だけが無事に救出されたのとか。ああいった、いっとき世間を騒がせて、なるべく子供が生き残ったような事件ばかり集めて、生き残った子供の成長ぶりを視聴者とともに見ようという狙いらしい。子供を出せば当たるという、明らかに視聴率狙いの番組だわな」

「それに、例の事件が？」

「ああ。あのあと、松原とは会ってないが、その葛西という子供のことも取材を進めているんじゃないかな。やつに会ってみるか」

「ぜひ」

「どっかに名刺があったはずだが」

吉川はそう言いながら、背広のポケットから、セカンドバッグから、机の引き出しまでひっくりかえしたあげくに、

「ああ、これだ」

と、取り出して佐竹に渡した。コーヒーと思われる染みのついた名刺には、「ABSテレビ・ディレクター・松原武史《たけし》」とあり、勤務先と自宅の電話番号が記されていた。

「どうも。世話をかけたな」

佐竹はそれをコートのポケットに押し込むと、座り心地の悪いパイプ椅子から尻をあげた。

出版社を出ると、表に停めておいた愛車に乗り込もうとしたが、近くに電話ボックスがあるのに気付くと、たいした収穫ではないが、一応、一行が父方の祖父母に引き取られたということを晶子に知らせておいてやろうと思った。差し込みかけた車のキーを引き抜くと、電話ボックスに入った。

テレホンカードを差し込み、手帳を見ながら、ペンションの電話番号を押した。しかし、話し中になっていた。佐竹はしかたなく、受話器を置いて、カードを抜き取ると、ボックスを出ようとした。が、ドアを開けかけて気が変わった。

ふと自宅の留守電に用件が入っているか確かめてみようと思ったのである。晶子から

何かメッセージが入っているかもしれないし、それ以外の用件も気になった。再びカードを差し込むと、自宅の番号を押す。暗証番号を押して、留守電の内容が聞ける状態にすると、用件が一件だけ入っていた。

予感どおり、晶子からだった。「見城美彦という作家の本名を調べて欲しい」という、晶子のメッセージを聞きながら、佐竹は今出てきたばかりの出版社の明かりの灯《とも》った窓を見上げた。

見城美彦か。

聞いたことのある名前だった。著作は読んだことはなかったが、新聞の書評欄で、いっときこぞって取り上げられた名前だったような気がする。

とりあえず、もう一度吉川のところに戻って、この見城という作家のことも聞いてみるか。

佐竹はそう決心すると、電話ボックスを出た。

吉川は編集者といっても、文芸畑ではなく、彼が今やっている雑誌も、政治・経済・時事を主に取り扱っているものだが、小説も掲載していないわけではない。新聞の書評に多く取りあげられた注目度の高い作家なら、名前くらいは知ってるかもしれない。たとえ、吉川が知らなくても、なにせ顔の広い男だから、さきほどのディレクターのことのように、この作家のことを詳しく知っている人物を紹介してくれるかもしれない。

そう思ったからである。

佐竹は古びた出版社の階段を大股《おおまた》でまた上って行った。

5

表でプップーと車のクラクションの音がした。

夕食を済ませて、サロンでくつろいでいた三枝夫妻のために、コーヒーを運んできた晶子はどきりとした。

「あずさちゃんじゃないのか」

厨房から出てきた郁夫が言う。

コーヒーをテーブルに置いて、晶子は玄関まで出てみた。駐車場に白っぽい、スポーツカータイプの車が停まっている。ドアが開いて、あずさらしい若い女と、続いて、背の高い痩せた青年がおりてきた。

「晶子ちゃーん」

晶子の姿を認めると、肩から大型のショルダーバッグをさげたあずさが大きく手を振った。ハーフコートに黒のスパッツのようなものをはいていた。

あずさと肩を並べて近付いてきた青年が軽く頭をさげた。ダークブルーのブルゾンに色の抜けたブルージンズ。やはり肩から大きなショルダーバッグをさげ、片手にビジネスケースのようなものをさげていた。夜だというのに、黒いサングラスをかけている。

「いらっしゃい」

晶子は強張《こわば》りそうになる顔につとめて笑みを浮かべながら言った。

口元は笑っていたが、目だけは、サングラスをかけた青年の顔に食い入るように注がれていた。

どこかに、一行の両親である、葛西友行か葛西一美の面影はないか。そう思って目を皿のようにして見詰めていたのである。

しかし、顔の三分の一を覆っている黒いサングラスのせいで、顔形からはなんとも判断がつきかねた。

一メートル八十くらいはあるのではないかと思われるほど、背が高く、ブルゾンに包まれた肩はばも広かったが、顔立ちは女顔とでもいうのだろうか、色白で、口元など少女のように赤くふっくらしていた。

黒いサングラスが男っぽく、いかつい印象を与えていたが、サングラスを取れば、びっくりするほど優しい顔立ちをした青年ではないだろうかと、晶子はふと思った。

気のせいかもしれないが、記憶のなかの、葛西一美にどこか似ているような気がした。

「紹介します。こちらが今をときめく見城美彦センセイ」

サロンに入ると、荷物を置き、あずさはもったいぶった態度で連れの青年を紹介した。

「まだときめいてないよ。それに、そのセンセイってのはやめてよ」

見城は苦笑いしながら言った。

「母です」

あずさはかまわず、晶子を紹介した。

「娘がお世話になっております」

晶子がそう言うと、見城はえっというように軽くのけ反《ぞ》った。

「ほんとうにきみのお母さん？」

信じられないというように、あずさの方を見る。

「若いでしょ。あたしを十八のときに生んだんですって。あたしくらいのときにもうハハオヤやってたなんて信じられない」

「てっきりお姉さんかと思ったよ」

見城は全くお世辞に聞こえない、びっくりしきったような声音で言った。演技なのか、本気なのか、晶子には全く見当がつかなかった。

「それで、あちらがママチチ」

あずさは郁夫を紹介した。「ママチチ」と言われた郁夫は、幾分困惑したような顔で、挨拶した。

「そして、あちらが、常連の三枝さんご夫妻」

テーブルについて、ゆったりと食後のコーヒーを楽しんでいた三枝夫妻は、にこやかに頭をさげた。

「さあ、そんなとこに突っ立ってないで、座ったら。夕食まだなら、何か用意するけど」

郁夫が言った。

「夕飯なら食べてきましたから、おかまいなく、オトーサン」

あずさが椅子に座りながら、澄ました顔で言う。

「じ、じゃ、コーヒーでもいれようか」

郁夫がいささかどぎまぎしたように言った。

「あたしはコーヒーでいいですけど、見城センセイは紅茶党だそうですから、そこんとこよろしく、オトーサン」

「そのオトーサンっていうの、やめてくれないかな」

郁夫はたまりかねたように苦情を言った。

「あらどうして。もう婚姻届け出したんでしょ。だったら、戸籍上は、あたしの立派なチチではないですか、オトーサン」

「それはそうだけど、どうも言い方が茶化してるみたいで」

郁夫は頭を掻いた。

「そうだよ。きみの言い方が悪いよ。文字で書けば、カタカナで書くみたいな、人を食った言い方に聞こえるぜ。おれのセンセイみたいにさ」

見城がすぐに同意した。

「そうかしら。あたし、まじめに言ってるんだけどなあ」

「そう言うときの顔つきがぜんぜんまじめに見えないよ」

と見城。

晶子は若い二人を見ているうちに、頭がクラッとした。まるで恋人同士のように見える。あずさはこの男とどの程度の付き合いをしているのだろう。そんな不安が頭をもたげてきた。

「あの、さっき電話で言ったことなんですが、見城さんの本名は——」

晶子は思い切って口をはさんだ。

「ああ、あれですか。本名はカサイと言います」

見城はあずさの方に向けていた笑顔を晶子の方に振り向けると、アッサリと言った。

「カサイ——」

一瞬、晶子の頭の中が白くなった。やっぱり。身体中から力が抜け落ちるような気がした。この男は堂々とわたしに名前を名乗ったのだ。葛西一行だと、悪びれもせず。サングラスで目の表情が見えないのがよけいに無気味だった。口元は白い歯を見せて笑っていたが、目は冷やかに憎悪をこめて晶子を見ているのではないか。そんな気がした。

ガシャンと大きな音がした。

はっと足元を見ると、手に持っていたトレイが床に転がっていた。

「ああ、びっくりした」

その音に驚いたように、あずさが言った。

「ごめんなさい。つい手が滑って」

晶子は慌てて身をかがめるとトレイを拾いあげた。

「粗忽《そこつ》者の母で困りますわ」

あずさがすかさずそんなことを言って、みんなを笑わせた。晶子だけが笑う気になれなかった。

「それで、名前の方は?」

念のために聞いてみた。

「わあ、晶子ちゃん、なんか凄く興味持ってない? 怪しいな。オトーサンに言い付けちゃうから」

「なにを馬鹿なこと想像してるのよ。そんなんじゃないわ」

「え、まだ何も言ってないよ。そんなんってどんなん?」

「……」

「名前はそのままですよ」

娘にからかわれている晶子に助け舟を出すように、見城が答えた。

「そのままって？」

晶子はぽかんとした。

「だから、美彦ってのは本名なの。字も同じよね」

あずさがじれったそうに言う。

「それじゃ、カサイヨシヒコさん？」

晶子はあっけにとられながらたずねた。

「そうです」

「カサイというのは、どういう字をあてるの」

「竹冠の笠に、井戸の井で、笠井」

見城は指で宙に文字を書いてみせた。

「そっちのカサイなんですか」

晶子は思わずそう言ってしまった。

「どっちのカサイだと思ったんですか」

見城の口元にうっすらと笑いが浮かんだ。

「い、いいえ、べつに」

晶子はしどろもどろになって、今度は落とすまいというように、トレイを胸に抱き締めた。

「変な晶子ちゃん。なんか昼間っから、おかしいよ。妊娠して、ホルモンの具合とかが狂ってるのと違う？」

あずさがズケズケと言った。

「妊娠されてるんですか」

見城が呟くように言った。

「そ。あの中に、あたしの弟か妹が入っているってわけ」

「そうなんですか。それじゃ、二重のおめでたですね」

見城の黒いサングラスの奥の目がじっと蛇がカエルを狙うように、自分の腹部に注がれているような気がして、晶子は半ば無意識に、トレイで腹部を隠した。

6

「見城美彦？」

吉川は回転椅子にあぐらをかいたまま言った。靴下を脱ぎ、足の裏を刺激すると健康にいいとかで、しきりに、踵《かかと》や土踏まずを拳《こぶし》でたたいたり、押したりしている。

人と話すときには、とにかくじっとしていない男で、マゴノテで背中を掻いたり、足の裏をたたいたりと忙しい。以前、夏に自宅を訪ねたときは、たしか、テーブルに足をのせて水虫の薬をつけていた。

「知らないか」

佐竹は言った。

「いや、名前は聞いたことがあるな」

「ハードボイルドの作家だと言うんだが」

「ふーん。なに、その作家の本名を知りたいのか」

「ああ。それと、出来れば、今までの経歴とかもね」

「その作家と、さっきの話と何か関係があるのか」

吉川は探るような目でじろりと旧友を見た。

「もしかしたら、例の生き残った子供、葛西一行がこの見城という作家ではないかと思ったもんだから」

「ほおう」

吉川は興味を持ったように目を見開いた。

「著者の本名とか略歴なら、著作物の奥付に載っているもんだろう。それを見れば、すぐに分かるんじゃないのか」

吉川がそう言いかけたとき、

「編集長」

と、吉川の机に背中を向ける恰好で、さきほどから書き物をしていた、若手の編集者がいきなり回転椅子をくるりと回して向き直った。

「見城の本ならここにありますよ」

そう言って、自分の机の隅から分厚いハードカヴァーの本を取り出した。

どうやら、この若手の編集者は、吉川と佐竹の会話を背中で聞いていたらしい。

「どれ、見せてみろ」

吉川はあぐらをかいたまま手を延ばした。編集者は椅子から立ち上がって、本を渡した。

吉川は本の頁をペラペラとめくっていたが、

「略歴は載っているが、本名は載ってないな。まさか、見城というのが本名ということはあるまいが」

と呟いた。

「ちょっと拝見」

佐竹は吉川から見城の本を取り上げた。タイトルは「ホーム・スイート・ホーム」

見覚えのある本だった。これと同じ本をどこかで見た記憶があるのだが、と思いながら、はっとした。あのときだ。ペンションを訪れたとき、サロンのテーブルの上に、異様な写真と一緒に出されていた本。あれだ。あれは見城の本だったのか。

「新人なのか」

吉川が若い編集者にたずねた。

「四年前の十月にデビューしたんです。それが処女作ですよ」

「何か大きな賞でも取ったのか」

「いや、それが、この『ホーム・スイート・ホーム』は持ち込みだったらしいんです。風林書房の編集者の話だと、ある日、きざなサングラスをかけたとっぽい若者がやってきて、『暇なときに読んでくれ』と言って、ワープロ原稿の束を置いていったんだそうです。忙しかったので、しばらく放っておいたそうなんですが、半月ほどして若者から催促《さいそく》の電話が入ったので、仕方なく、まあ目を通すだけならと、たいして期待もしないで読み始めたところ、すっかりはまってしまったそうで。これは久々の大型新人ではないかと——」

「それで出版したのか」

「ええ。初版の部数は五千部を切っていたと思いますが、出してみたら、反響が予想外に大きかったんですよ。書評家という書評家はまるで申し合わせたように、これを取り上げ、いずれも、『久々の逸材』『思いがけない掘出し物』『まぎれもない超新星』と、どれも絶賛する評ばかり。

当時、賞から出てきた新人があまりパッとしないんで、賞を離れたところから出てきた新人が新鮮だったんでしょうね。そんなこんなで、じわじわと本も売れ出して、そろそろ文庫が出る頃だというのに、今でも売れているようですよ。

ただ処女作の反響があまりにも凄まじかったせいか、なかなか二作めが書けないらしくて、そのあと雑誌に短編を二篇ほど発表しただけで、長編は今のところこれだけです。

噂によると、処女作をさらに上回る超大作に挑んでいるのだというのもあれば、処女作の評判が良すぎたためにプレッシャーがかかって、何も書けなくなったのだという声もあります」

「ふうん」

吉川は唸った。

「実はさっき、編集長たちの話を聞くともなく聞いていて、あれって思ったんです。その本はまさに、編集長たちが話してた事件によく似たストーリー展開なんですよ。それに、そういえば、書評家の誰かが、『この作品は過去にあったある事件をモデルにして、それを巧みにフィクション化している』なんて書いてたのを覚えてます。だから、もしかしたらと思って——あの、風林書房に親しくしている編集者がいます。彼に聞いてみましょうか。この人が見城の担当なんですよ」

「そりゃいい。さっそくあたってみてくれ」

吉川がそう言うと、若い編集者は自分の机の電話を取り上げた。

佐竹の方は、「ホーム・スイート・ホーム」のプロローグに目を走らせていた。なるほど似ている。富裕な会社経営者の一家がクリスマスイヴに強盗に襲われて惨殺されるという書き出しは、村上晶子のスクラップブックにあった古い新聞記事の事件とよく似ていた。晶子はこの本を読んで、この本の著者と葛西一行とを重ね合わせて考えたに違いない。

「えっ。カサイ？　見城の本名はカサイっていうんですか」

電話をかけていた編集者の声が驚いたように大きくなった。

佐竹がはっと見ると、編集者はしきりに頷きながら、メモを取っていた。

やがて、受話器を置くと、走り書きしたメモを持ってやってきた。

「世の中には偶然ってあるものですね」

感心したように言う。

「どういうことだ」

と吉川。

「見城の本名はカサイというのだそうです」

「なに。それじゃ、やっぱり彼が葛西一行か――」

「いや、それがそうじゃないんです」

編集者は笑いながら言った。

「カサイはカサイでも、竹冠の笠に井戸の井の笠井だそうです。名前はそのままで、笠井美彦。これが見城の本名だそうです」

「なんだ、カサイ違いか」

がっかりしたように吉川が肩をすくめた。

「それにしても凄い偶然ですよね。字こそ違いますが同じカサイだなんて」

編集者はまた言った。

「その本名だが、見城美彦が自分でそう言ったものなんでしょうね」

見城の本から顔をあげて、佐竹が言った。

「そりゃそうでしょう」

当然だというように編集者。

「つまり、名前にしても略歴にしても自己申告ってわけですね」

佐竹は考えこみながら、独り言のように呟いた。

「もちろんそうです。内容さえおもしろければ、作家の身元や経歴なんて関係ないですからね。べつに本一冊を出すのに、身元保証人が必要だったり、戸籍抄本を取り寄せたりするわけじゃありませんから」

「それじゃ、もし、著者が自分の本名とか生年月日とか最終学歴とか、隠そうと思えば隠せるというわけですね」

と佐竹。

「まあそれは可能でしょうが」

「つまり、見城美彦は自分の本名を隠したいと思う気持ちがあり、版元の編集者に偽りの本名を教えたということもありうると——？」

佐竹が慎重な口ぶりでそう言うと、吉川と若い編集者は、思わず顔を見合わせた。

7

「いえ、それは全くの偶然というわけじゃないんです」

見城美彦は笑いながら、きっぱりと言った。

「偶然じゃないって？」

晶子は驚いたように聞き返した。

雑談の振りをして、それとなく、見城の処女作が昔起こったある事件に似ていることを匂わせてみたところ、どんな反応を示すかと思ったら、見城は冷静このうえない顔で、

「ええ、おっしゃるとおり、あれは、あの事件を幾分アレンジしてフィクション化したものなんです」と打ち明けたのだ。

見城は長い脚を組みかえると言った。

「過去に実際に起きた事件を適当にアレンジして小説の中で使うのはよくある手法なんですよ。いわゆる社会派と言われた作家たちが得意としていたものでした。ぼくはべつに社会派を気取るわけではありませんが、ハードボイルドは本格推理などと違って、リアリティが命だと思うんです。なまじ空想でお話を考えても、リアリティというやつがなかなか出ない。軟弱な空想力は、誰でも考えそうなステロタイプしか生み出しませんから。

それで、図書館に通い詰めて、過去の新聞の縮刷版とか、昔の事件や犯罪などを片っ端から調べて、その中から自分の興味の持てそうな事件をピックアップしたんです。そのなかに例の葛西という医者一家を襲った事件がありました。ぼくはとりわけ、この事件に興味をもちました。というのも、被害者の名字が葛西。字こそ違いますが、ぼくの本名も笠井ですから、まず名字が同じということで、なんとなく親近感を持ったんですよ。

しかもそれだけじゃない。一人だけ生き残った幼児の年齢が、今生きていれば、ぼくと同じじゃないですか。これにも何か符合のようなものを感じました。人とのつきあいに相性というものがあるように、もの書きにとって、題材の選び方にも相性のようなものがあるようです。

あのときは、まるであの事件の方が、ぼくを呼び寄せたというか、そんな感じがしました。だから、ぼくの本名があの事件の被害者と似ているというのは、いわば必然的な偶然とでもいうべきものなんですよ」

見城は澱《よど》みなくとうとうとしゃべった。見城が葛西一行ではないかと疑っていた晶子も、冷静な口調でそう説明されてみれば、思わず納得してしまうものがあった。

たしかに、見城の処女作があの事件を取り扱っていることや、見城の本名や年齢が、葛西一行と同じというだけで、見城イコール葛西と断定してしまうのは早すぎたかもしれない。見城の言うことにも一理あった。

しかし、そう思う反面、やはり、サングラスのせいもあるのかもしれないが、この青年からは、何か無気味な圧迫感のようなものを感じずにはいられなかった。

「ところで、あずさとは一体どこで知り合ったんですか？」

晶子は話題を変えるように言った。これもぜひ聞いておきたいことだった。もし、見城が葛西で、計画的にあずさに近付いたとしたら、そこに何らかの作為が見られるはずだからである。

「実は、ラヴレターなんですよ、知り合うきっかけになったのは」

見城は思い出し笑いをしながら、そう言った。あずさも屈託なく笑い出した。

「ラヴレター？」

晶子は目を丸くした。予想もしていなかった答えが返ってきたからだ。

「半月ほど前に住まいを替わったんですが、この新しい住まいというのが、偶然にもあずささんの住んでいたマンションだったんです」

「………」

晶子は疑わしげに見城の顔を見た。

偶然にも？　そんなはずはない。あずさのことを調べ、そのマンションに住んでいることをつきとめたうえで引っ越してきたに決まってる。やはり、計画的に近付いたのだ。作為を感じた。

「それで、あずさと親しくなったのですか」

「いやいや、最初はまったく。住んでいる階数も違うし、賃貸マンションだから、住人同士の交流もありませんしね。ところが、ひょんなことから知り合うきっかけができてしまったんですよ」

できた、ではなくて、作ったんじゃないの。晶子はそう言いたくなる気持ちをぐっとこらえた。

「それが誤配されたラヴレターだったんです」

「どういうこと？」

「あずささん宛のラヴレターが間違ってぼくの郵便受けに入っていたんです。ぼくの部屋が３０３号室で、あずささんが２０３号室ですから、たぶん郵便屋がうっかり間違えたのでしょうね。ほら、マンションの郵便受けって、ロビーのところにずらりと並べられているでしょう？

取り出したときに気が付けばよかったんですが、たまたま夜遅くて、しかもかなり酒が入っていたもんだから、すぐに気が付かなかったんですよ。幾分朦朧《もうろう》とした気分で、部屋に戻ると、ろくに宛名も確認しないで開けてしまったんです。最初はファンレターか何かだと思いました。読者からのね。ところが、どうも内容がおかしいんですよ。『きみが好きでたまらない』だとか、『声をかけることもできず、いつも遠くから見詰めてる』とかね。まるで愛の告白じゃないですか。変だなあと思って、ようやく宛名を確認したら、ぼく宛じゃなかったことに気が付いたという次第で。

封を切ってなかったら、そのままロビーに戻って、あずささんの郵便受けに入れておけばよかったんですが、封を切ってしまいましたからね。おまけに、かなり乱暴に引き千切ったものだから、中の便箋も破れてしまって――」

見城はそのときのことを思い出したように頭を掻いた。

「それで、翌日、その誤配されたラヴレターを返しにあたしの部屋に訪ねてみえたというわけ。お詫びに、サイン入りの処女作を抱えてね。そのあと、大学でミステリー好きの友達に話したら、凄く羨《うらや》ましがられちゃった」

あずさが後を引き取って言った。

「そんなことがきっかけで親しくなって、クリスマスイヴはあいているとおっしゃるもんだから、今回ぜひにとお招きしたというわけ」

「そのラヴレターって一体誰からだったんだい」

見城とあずさに飲みものを運んできた郁夫がたずねた。

「それが分からずじまい。名前、書いてなかったんだもの。文面から察するに、同じ大学の人みたいだけれどね」

あずさは肩を竦《すく》めて見せた。

「消印はあったの」

晶子は思いあたることがあって、そうたずねてみた。

もしかしたら、その差出人不明のラヴレターというのは、見城自身が書いたものではないかという気がしたのだ。むろん、あずさに接近するきっかけを作るためにである。ラヴレターなら、差出人の名前がなくてもそれほど不自然ではない。思いの丈《たけ》は書いたものの、いざとなったら、自分の名前を記す勇気がなかったのだと思われる。

「消印って？」

あずさが聞き返した。

「だから、そのラヴレターによ」

「もちろんあったよ」

「そう、あったの」

とすると、わたしの勘ぐりすぎか、と晶子は思った。消印がなければ、見城の小細工とも考えられるが、消印があったとなれば、郵便配達員の手で手紙は届けられたということになり、郵便屋を買収でもしない限り、あずさ宛の手紙を見城が手に入れることはできない。

たしか、あずさのマンションの郵便受けは、ロックがついていて、暗証番号を知らない他人にはむやみと開けられないはずだ。部屋を借りるとき、晶子もついていったから、そのことはよくおぼえていた。

つまり、見城があずさ宛に届いた手紙を隙を見て、こっそり取り出すこともできないということになる。

ということは、見城の言うとおり、たまたまあずさの住んでいるマンションに引っ越してきたことも、あずさ宛の手紙が誤配されたということも、すべては偶然のなせるわざだったということか……。

すべては晶子の勘ぐりすぎで、見城美彦は葛西一行ではないのか。そんな気もしてきた。

8

「あの見城という作家だが、なんとなくうさん臭い感じがしないか」

厨房で洗い物をしていた郁夫がふと手をとめて、そう言った。

「え？」

郁夫の隣で洗い終えた食器を拭いていた晶子もつられて手をとめた。

サロンの方では、三枝夫妻と談笑している見城たちの笑い声が、時折厨房まで聞こえてきた。

「人を外見で判断しちゃいけないかもしれないが、おれはどうもあの手の黒眼鏡をかけた連中というのは好きになれない」

郁夫は洗剤の飛んだ額を手で拭った。

「そうね。わたしも本音を言うと、ちょっとね」

晶子はあたりさわりのない答えをした。

「でも、サングラスをかけてるのは、目が悪いのかもしれないし、人の目もまともに見れないほどシャイなのかもしれないわ。作家には割りとそういう人が多いって聞いたことがあるけど」

心にもなく、見城をかばうような口ぶりになってしまった。

「そうかもしれないが、あんまり良い感じじゃないな……」

郁夫は歯切れの悪い口調で言った。

「それに、さっきの話、あれ、本当だと思うか」

「さっきの話って？」

「あずさちゃんと知り合うきっかけになった誤配されたラヴレターのことだよ」

「ああ、あれ」

「なんか、話ができすぎって気がしないか」

「そう言われてみれば、まるで小説の中の男女が出会うきっかけみたいよね。現実にないことじゃないとは思うけど」

「勘ぐりすぎかもしれないが、あれ、やつが仕組んだことじゃないのかな」

郁夫は思い切ったように言った。

「仕組んだって？」

晶子ははっとして郁夫を見た。彼なりに、見城美彦に何か不穏なものを感じたらしい。

「ラヴレターを書いたのは見城自身だったんじゃないかってことだよ。だって、あずさちゃんの話だと、結局、その手紙の主は誰だか分からなかったというんだろ。それなら、やつが書いたとしてもおかしくないよ」

「でも、どうしてそんなこと？」

晶子は思わず夫の顔を見詰めた。

「あずさちゃんと知り合うきっかけをつかむためだよ」

「………」

郁夫も同じことを考えていたのだ。

「あずさちゃんはあのとおり、可愛くて目立つ子だからさ、彼女のマンションに引っ越してきて、やつは、どこかで彼女を見かけて関心を持ったんじゃないのかな。いや、そもそもマンションに引っ越して来たのだって、最初から彼女めあてだったとも考えられるわけだ。それで、近付くために、あんな小細工をした――」

見城があずさに近付いた理由を、郁夫がごく常識的な範囲で考えていることを知って、晶子は幾分ほっとした。

「でも小細工って言ったって、どうやってやるの。ラヴレターには消印があったって言うのよ。つまり、もし見城さんがあの手紙を書いたのだとしても、ちゃんとポストに投《とう》函《かん》したってことじゃない。郵便屋が誤配するのが前もって分かっていたってわけ？」

「届く頃を見計らって、あずさちゃんの郵便受けからこっそり盗んで、さも自分のところに誤配されてきたようにみせかけたんじゃないかな」

「それは無理よ」

「どうして？」

「だって、あそこのマンションの郵便受け、ロックがついていて、暗証番号を知らない人には開けられないはずだもの」

「そうか。だとしたら、消印を偽造したのかな」

「そんなことできるの？」

晶子は驚いて言った。

「ちょっと手先の器用なやつだったら、できないこともないさ。素人目をごまかすくらいなんとでもなるだろう」

「でもねえ……」

「そうだ。そんな手の込んだことをしなくても、もっと簡単にあずさちゃん宛の手紙を手に入れることができるよ。あの方法を使えばいい」

郁夫が何かひらめいたという顔で言った。

「あの方法？」

「うん。こうするんだ。前にミステリーか何かのトリックとして読んだことがある。あれを応用するんだ」

「どうやるの」

「まず鉛筆で自分の住所を書いて投函するんだ。当然、手紙は見城の元に戻ってくる。そのときちゃんと消印もついている。そのあとで、鉛筆書きの宛名を消して、ペンかワープロであずさちゃん宛の住所を書き込む。これで、消印のついた、あずさちゃん宛の郵便物が誤配されてきたように見えるじゃないか。この方法だったら、誰にでもできる。特別手先の器用さを必要ともしないしね」

晶子は呆然とした。そんな手があったのか。足元でガチャンと何かが割れる音がした。あっと思って下を見ると、手にもっていたはずのスープ皿が落ちて割れていた。

「おい、大丈夫か。よく物を落とす日だな」

晶子の顔を見ながら、郁夫は呆れたように言った。

「ああいいよ。怪我するといけない。おれが片付けるから」

しゃがもうとした晶子を軽く制すると、郁夫は素早くしゃがみこんで、皿の破片を拾いはじめた。

こういう咄嗟の場合に、半ば無意識のように、晶子の身体をかばおうとする郁夫の動作に、さりげない優しさを感じた。

「今の話どう思う？　おれの勘ぐりすぎかな」

破片を拾いながら郁夫は言った。

「そうね……」

晶子はなんと答えていいか分からなかった。

「もしさ、おれの考えすぎじゃなかったとしたら、作家としてどんなに才能があるか知らないが、そんなこざかしい方法を使って女に近付こうなんて男は、男としてはろくなもんじゃないよ。あまり深入りしないように、それとなく、あずさちゃんに言った方がいいんじゃないのか。どうも見たところ、かなり熱をあげているように――」

そこまで言いかけた郁夫は黙った。噂をすればなんとやらで、当のあずさが、フラリと厨房に入ってきたからである。

「ねえ、どう。見城さんてなかなかイカスでしょ」

うきうきした顔で、あずさは言った。

「けっこうハンサムだし、才能はあるし。今まであたしが知り合った男のなかで、まあピカ一といってもいいね」

晶子は複雑な顔で郁夫と顔を見合わせた。

「あずさ、あのね――」

晶子がおずおずとそう言いかけたが、

「待遇よくしてあげてよね。彼、ここで執筆したいって言ってるんだよ。ようやく二作めの長編の構想もほぼまとまったんで、そろそろ本腰をいれて書き始めたいって。そのために、ちゃんと東京からワープロも持参してきたんだからね」

見城がさげていたビジネスケースのようなものはワープロだったのか。

「もしここが気にいったら、これからも利用させて貰いたいって言ってたよ。二作めのレベルがそんなに落ちなければ、何かの賞を取ることは確実だって、ミステリー好きの友達が言ってた。そうなれば、売れっ子作家のご贔屓《ひいき》のペンションってことになって、ここももっとはやるかもしれないよ。彼のファンとかがどっと押し寄せてさ。投資だと思って大事にしときなさいよ」

「あずさ、ちょっと話が——」

「あ、それから電話だよ」

あずさは思い出したように言った。

「え」

「晶子ちゃんに」

「あたし？」

「佐竹って人から。あの元刑事の佐竹さんじゃない」

「あ、そう。どうもありがとう」

晶子はエプロンで慌てて手を拭いた。佐竹はなにかつかんだのだろうか。そそくさと厨房を後にすると、サロンを通り抜けて、フロントまで行った。サロンにはまだ三枝夫妻と見城がいて、何やら打ち解けて話しこんでいる。

彼らの様子を横目で窺いながら、晶子は保留になっていた電話のボタンを押して、受話器を取りあげた。

「晶子ですが」

「あ、私です」

佐竹治郎の声がした。

「何かつかめました？」

晶子は見城たちに聞こえないように声をひそめた。

「まだ収穫らしい収穫は何もないのですが、とりあえず分かったことだけお知らせします」

「ええ、お願いします」

「まず、葛西一行ですが、あの事件のあと、父親方の祖父母に引き取られて行ったそうです」

「祖父母ですか」

「そうです。一行の父親は葛西家の婿養子だったようです。亡くなったのは、母がたの祖父母だったんですね」

「それで、一行は今も祖父母と？」

「いや、そこまではまだ分かりません。これから当たります。それと、留守電にあった見城という作家のことですが――」

「メッセージ聞いてくださったんですか」

「ええ。一応、本名が分かりました。笠井美彦です。ただ、カサイと言っても、竹冠の笠に井戸の井の笠井なんですが」

「それなら知ってます」

晶子は横目でちらと見城の方を見ながら、慌てて言った。

「知ってる？」

「実は、今ここにいるんです」

よけい声をひそめた。

「見城がですか」

驚いたような佐竹の声。

「ええ。あずさが連れてきたんです」

「………」

佐竹は驚いたのか黙っていた。

「さっき車で到着したばかりで」

「そうですか。で、どうです。彼が一行のように見えますか」

「それが、どっちにも見えるんです。そうであるようなないような」

晶子は困ったように溜息をついた。

「灰色ってわけですか。こちらも似たような状況ですね。本名が分かったと言っても、何も戸籍を調べたわけじゃありませんからね。彼本人が、処女作の出版社の編集者に話したことが分かったにすぎない。まあ、もう少し、一行のことも、見城のことも調べてみるつもりですが」

「お世話かけて申し訳ありませんが、お願いします」

「くれぐれも気を付けてください。犯人はまだ行動には出ないと思いますが、油断はしないように。もし何かあったら、また留守電にメッセージを入れておいてください」

「はい、分かりました」

「じゃ」

佐竹の声は、晶子の胸にほっとするような温かさを残して切れた。

受話器を元に戻して、厨房に戻ろうとすると、三枝夫人が椅子から立ち上がって、サロンの隅にあるアップライト式のピアノの前にはにかみながら座るのが見えた。夫人は洋裁だけでなく、ピアノも得意だった。

見城がけしかけるように、盛んに拍手をしている。

それを横目で見ながら、晶子は厨房に戻った。

「何だって?」

洗い物をすでに終って、拭く方にまわっていた郁夫がすぐにたずねた。

「何って?」

「佐竹さんからだったんだろ、電話」

「え、ええ」

「何て言ってきたんだ」

「あ、あの、今夜は帰れないって」

「ふーん。彼、今どこにいるの」

「どこって言ったかしら。あ、わたしがやるわ」

晶子は質問をかわすように、郁夫の手からふきんを取りあげた。

サロンの方から三枝夫人の弾くピアノの音色が聞こえてきた。どうやらモーツァルトのようだ。

「聞かなかったのか」

郁夫は鋭い目で晶子を見た。さっきの見城のことといい、郁夫の勘は鋭い。来たそうそう、フラリとどこかへ出掛けてしまった佐竹のことが気に掛かっているようだった。

「えーと、そうだわ。上田のお姉さんの所に来てるっておっしゃってたわ」

晶子は夫の目を見ないようにして、口からでまかせを言った。まさか、来たそうそう、佐竹が東京に舞い戻ったとは言えない。

「上田にお姉さんが住んでるのか。そんな話、今まで一度も聞いたことがなかったな。佐竹さん、たしか一人っ子だって、前に言ってなかったっけ」

郁夫は首をかしげた。困ったことに、郁夫は勘も鋭いが、記憶力も悪くなかった。

「お姉さんといっても、ほら、亡くなった奥さんの方じゃないのかしら」

「ああ、そうか」

納得したように郁夫が呟いたので、晶子はほっとした。

「しかしさ、荷物は部屋に置いたままなんだろ。向こうに泊まるなら、なにもうちに寄らなくても」

「だ、だから、たずねたときは、泊まるつもりはなかったんじゃないかしら。でも、きっと泊まってけって向こうの人に言われて、しかたなく」

晶子はいささかしどろもどろに嘘をつき通した。いつまでこんな嘘をつき通さなければならないのか。そう思うと、暗澹として、胸のあたりが重苦しくなった。

今、胸の奥で渦巻いている疑惑と恐怖をすべて夫に打ち明けてしまえたらどんなに楽になるか。しかし、それはできない相談だった。夫婦の間で隠し事をしないというのは、しょせん理想論でしかない。隠し事があるからこそ、赤の他人がなんとか一つ屋根の下で暮らしていけるのである。

自分に対する夫の愛がどれほど深く強いか、晶子には試す勇気などとてもなかった。それは夫を愛していたからである。プロポーズされたときは、もろもろのことを考えて、断る方に気持ちが傾いていたが、いざ決心がついて、婚姻届けを出してしまった今となっては、もはや失うことは耐えられそうもなかった。

それに、何より、今晶子の腹のなかには郁夫の子供が育ちつつある。この子供のためにも父親が必要なのだ。いくら婚姻届けを出したからといって、晶子の過去を知った郁夫が離れていかないとも限らないのだ。

愛は人に勇気を与えはするが、時に、人から勇気を奪うこともまた事実だった。

「それで、明日いつ帰ってくるんだ」

郁夫がまたたずねた。

「誰が?」

「誰がって、佐竹さんだよ。明日は帰ってくるんだろう。食事の用意があるからね。当然、聞いてくれたんだろうね」

「き、聞くの忘れたわ……」

晶子は蚊の鳴くような声で言った。

「忘れた?」

郁夫は呆れたような声を出した。

「いえ、聞こうと思ったら、佐竹さん、急いでたらしくて、電話切ってしまったものだから、つい聞きそびれて」

晶子は口の中で呟くように言い訳をした。

郁夫は明らかに何か感じとったように、鋭く探るような目付きで、じっと晶子の方を見ながら言った。

「きみ、今日はほんとうにおかしいよ」

9

その夜。しまい湯に入って、部屋に戻って来ると、郁夫は隣のベッドですでに軽いいびきをかいていた。

晶子は三面鏡の前に座ると、化粧を落とした顔に軽く乳液とローションをたたきこんだ。鏡の中をふと見ると、郁夫の掛け布団の上に見城美彦の本が開いたまま伏せてあった。眠る直前まで読んでいたらしい。

晶子は夫を起こさないように、そっと見城の本を取り上げた。結局、プロローグを読んだだけで、そのあとはまだ読んでいなかった。

電気を消して、ベッドの中にもぐりこむと、サイドテーブルのスタンドのスイッチをつけた。

手元だけを照らす明かりを頼りに、続きを読み始めた。ふつうなら数ページ読んだところであくびが出て眠くなるのだが、この本ばかりはそんなことはなかった。

読めば読むほど眠気は遠ざかっていく。それは、必ずしも内容が面白いからというわけではなかった。それも多少はあったが、晶子にとって興味があるのは、小説としての面白さよりも、この小説のどこかに、見城が葛西一行であることを証明しているような箇所がないかということだけだった。

心身ともに疲れているはずなのに、頭の芯《しん》だけが冷水でも浴びたように冴え切っている。とても眠るどころではなかった。

つい時間がたつのも忘れて、読み耽《ふけ》っているうちに、ある箇所で、彼女の目がはたと止まった。それは、五歳のときに祖父母と両親と姉を殺された、主人公の青年が、幼い頃の回想にひたるシーンだった。

そこにオルゴールが登場するのである。青年の家の暖炉のマントルピースの上にあったオルゴールであった。蓋を開けば、「ホーム・スイート・ホーム」の懐かしく優しいメロディがこぼれ出す。

青年はその曲を聴きながら、五歳のときまで、まさに楽園のようだった我家の思い出に浸る。人間的な心を失ってしまった青年が唯一、このオルゴールの蓋を開くときだけ、優しい感傷に浸るのだ——

タイトルの由来がここでようやく明らかになったというわけだった。家族を奪われ、復讐の鬼と化した青年にとって、もはや幻となってしまった、「楽しい我家」が、いわばオルゴールの曲で象徴されているわけである。

このあと、青年は犯人たちを一人ずつ追い詰めては、凄惨《せいさん》な手口で殺害していくわけだが、被害者たちは、死ぬ前に必ず、青年が口笛で吹く、この感傷的なメロディを聴かされるはめになるのである。

小説的な技巧でいえば、「ホーム・スイート・ホーム」という曲が、素朴で甘美な曲であればあるほど、復讐の手口の血にまみれた凄惨さが、鮮やかに浮かびあがる趣向になっている。

しかし、晶子の目をとめさせたのは、むろん、そんな小説としての技巧ではなかった。

やっぱりオルゴールだった。

晶子は呆然として本から顔をあげた。

「ホーム・スイート・ホーム」というタイトルは、やはり、あのオルゴールの曲から取ったものだった。

見城は、モデルにした葛西家のリビングの暖炉のマントルピースの上に、この曲を奏でる箱がたのオルゴールがあることを知っていたのだろうか。

もし見城が一行ではないとしたら、彼はこのオルゴールのことをどこで調べたのか。あの事件の詳細については、当時の新聞をあたったり、関係者に会って話を聞くことはできるかもしれない。しかし、事件とは直接関係のないオルゴールのことなど、どうやって知ることができるだろうか。

それだけではなかった。小説の中で、このオルゴールのことはかなり詳細に描写されていた。どんな形で、どんなデザインのものか、作者が実際にそのオルゴールを目の前に置いて、それを見ながら書いたように。

それは、二十一年前の忌まわしい夜、晶子が洋一と一緒に手に取った、記憶の中のオルゴールと瓜ふたつだった。

これはもう偶然などとは呼べない。

もう間違いない。

見城美彦は一行だ。一行でなければ、こんな描写ができるわけがない。これは見城が言ったように、取材とか資料をあたっただけで書けるものではなかった。

灰色にしかみえなかったものが、ようやく黒い形をみせはじめていた。

隣のベッドで、「ううん」という声がした。見ると、郁夫が夢でも見ているのか、何か寝言のようなものをつぶやきながら、大きく寝返りをうった。

晶子は慌てて本を閉じると、スタンドの照明を消した。

闇の帳《とばり》が彼女の心のなかにもおりてきた。

第四章　きっと彼だろう

1

十二月二十三日、午後。

佐竹治郎は中央区銀座にある風林書房を訪ねていた。見城美彦のことをもう少し詳しく調べるためである。祝日だったが、吉川直二の部下の編集者に話をつけて貰って、見城の担当編集者とじかに会うことにしたのである。

こぢんまりとしたロビーで待っていると、煙草一本喫い終わらぬうちに、それらしき人物があたふたと現れた。三十前の黒ぶちの眼鏡をかけた、かっぱのような奇妙な髪形をした男だった。

「あ、どうも。佐竹といいます」

佐竹は煙草を灰皿で揉み消すと、立ち上がりかけた。

「わたくし、成瀬《なるせ》と申します」

成瀬と名乗った編集者は、名刺入れから名刺を素早く取り出すと、それを佐竹に渡した。

「あいにく名刺は切らしていて――」

佐竹が申し訳なさそうにそう言うと、成瀬は椅子に座りながら、

「山下《やました》君から話は聞いてますから。元刑事さんだそうで？」

好奇心に光る目で佐竹を見ながらそう言った。山下というのが、例の吉川の部下の編集者のことだった。聞くところによると、この成瀬という男とは、大学の先輩後輩にあたる間がらだそうだ。

「それで、山下君の話だと、見城美彦のことで何か知りたいことがあるとか？」

成瀬は低い鼻からずり落ちそうになった眼鏡を人指し指でぐいと上に押し上げた。

「昨日も電話で話したと思いますが、見城美彦の本名は、笠井美彦に間違いないのでしょうか」

「ええ。だと思いますが。ただし、べつに戸籍抄本などを取り寄せて確認したわけじゃありませんがね。当人がそう言ったのを真に受けただけですから。それが何か？」

「いえ、実は、見城さんの処女作を読ませて貰ったんですが、あそこに出てくる事件は作者のイマジネーションの産物ではなく、実際にあった事件をもとにしたものではないかと思ったもんですから――」

佐竹は昨夜一晩かかって、見城の本を読み終えていた。

「その通りですよ」

成瀬はアッサリと認め、

「さすが、元刑事さんですね。あれは二十一年前に田園調布で実際に起こった事件をフィクション化したものです。後半の方はもう完全にフィクションですがね。そのせいか、批評家からは、前半は素晴らしいが、後半が弱いと口を揃えて言われましたよ」

編集者はそう言って苦笑した。

「たしかに前半の方は、調べて書いたにしては、ずいぶんリアルというか、読んでいるうちに、まるで作者自身があの事件の関係者だったのではないかという気さえしてきました」

佐竹は編集者の顔色を窺《うかが》うように目を細めた。

「ははあ、なるほど。それで、もしかしたら、見城自身があの主人公のモデルになった葛西一行ではないかと？」

「その可能性はありませんかね」

「そうですねえ。ないとも言い切れませんね。実をいうと、うちの編集部や一部の批評家の間でも、半ば冗談半分でそんなことがささやかれたことがあったんです」

「それは本当ですか」

佐竹は思わず身を乗り出した。

「そう言われてみれば、たしかに彼には、秘密主義とでもいうようなところが見受けられますからね。今までの経歴にしても、あまり話したがらないですしね。処女作を出すとき、著者写真を掲載しようと思ったんですが、本人が頑強に反対したものですから、掲載するのをやめたくらいです。それに——」

成瀬はまた滑り落ちてきた眼鏡を指で押しやりながら、

「前から疑問に思ってたことがあるんですよ」

「どんなことです」

「あの処女作ですが、どうして、うちみたいな弱小出版社に持ち込みなんかしたんだろうって。持ち込みなんかしなくても、あのくらいの作品なら、賞に応募すれば、十分狙えますよ。賞を取れば、それだけ話題にもなりますし、脚光も浴びます。最近は賞金も一千万くらいが相場だし、たいてい映像化もされます。作家としてデビューしたいのなら、どう考えたって、賞に応募した方がてっとりばやいし、受賞したときのメリットは大きいんですよ。それなのに彼はそうはしなかった。不思議に思ったんで、その理由を聞いたことがあるんです」

「理由を言いましたか」

「言いました。自信がなかったからだと。何百何千と応募者のある賞に出したところで、受賞なんかするわけがない。それより、原稿を欲しがっている、比較的小さな出版社に持ち込めば、本になる確率が高いのではないかと思ったというんですよ。しかしねえ、それが本音とは思えませんでしたね」

「というと？」

「彼がうちに原稿を持って現れたとき、それを預かったのは、私だったんですが、そのときの印象だと、自信がないようにはとても見えなかったんですよ。かなり自信はあるように見えましたね。だから、賞に応募しなかったのは、自信がなかったのではなく、別に何かそうしたくない理由があったからじゃないかと思うんですが」

「たとえば、目立ちたくなかった？」

佐竹は勘を働かせて言ってみた。

「ええそうです。それは一つ考えられます。大きな賞をとれば、どうしても各方面から注目を浴びますからね。新聞や雑誌も取材にくるし、顔写真も載るし、経歴なんかも細かく調べられかねません。彼はそれが嫌だったんじゃないかと思うんですよ。もし、彼が葛西一行だとしたら、二十一年前の事件の関係者が小説を書いたということで、また一騒ぎになるのは目に見えてますからね。彼はそうなることを避けたかったんじゃないですかね」

「本の奥付の略歴に、『大学中退』とありましたが、どこの大学なんですか」

「それが分からないんです」

成瀬は苦笑しながら言った。

「分からない？」

「ええ。本人が言いたがらないものですから。聞いても、わざわざ名乗るほどの一流大学じゃないよとか言って、お茶を濁してしまうんですよ。もしかしたら、彼は大学には行ってないんじゃないかなとも思ったもんですから、あまり詮索《せんさく》するのはやめました。まあ、学歴なんか作家にとって必要なものでも何でもありませんからね」

「三年ほどアメリカにいたというのは？」

「あれは本当だと思いますよ。英語はけっこう堪能《たんのう》なようですし、行ったものでないと分からないような細かいことまで知ってましたからね」

「たとえば、今までに自分の家族のこととか全く話したことはないんですか」

「そう言えば、あまりないですねえ。あの人は、身辺の話をするのが嫌いみたいなんですよ。話がそういう方向に行くと、目に見えて不機嫌になりますしね、こっちも不機嫌になられては困るから、自然と、あまりそういう方向へ話を持っていかなくなりました。海外のミステリーの話なんかしてれば、ご機嫌ですから、もっぱらその話で」

「東京生まれというのは？」

「それも本人がそう言っただけの話で」

「しかし、うかがっていると、作家という職業もずいぶん摩訶不思議《まかふしぎ》な職業ですね。本名も学歴も出身地も分からないような得体の知れない人間でも、ちゃんと仕事にありつけるのだから。普通のサラリーマンでは考えられないことでしょう？」

佐竹は半ば呆れて、ついそんな皮肉を言ってしまった。

成瀬は不謹慎にも声をあげて楽しそうに笑った。

「全くおっしゃる通りです。ま、世間では知識人だとか、センセイなどと言われてますが、本来は、やくざの集まりなんですよ、もの書きなんて。ここだけの話ですが、まともな仕事につけなかった連中だけが、吹溜《ふきだま》りのように集まって出来たのが文壇ってやつなんですよ。そういう意味では、芸能界と似てますよね。社会人として落ちこぼれた人間の方が、作家としては成功度が高い。これ、すなわちナルセの法則といいます」

成瀬は、誰が聞いているわけでもないのに、声を低めてニヤリとした。

「………」

「ま、もっとも、みんながみんなそうだというわけではありませんが」

成瀬はいかなる法則にも例外はあるとばかりに、そう付け加えた。

「それじゃ、成瀬さんとしては、見城美彦が葛西一行であると考えてもおかしくないとお考えなわけですか」

佐竹は話を戻すように言った。

「いや、私は」

成瀬は口ごもった。癖のように眼鏡に手をやる。

「そうは思ってませんね」

「なぜです?」

「ま、なんとなくですよ。編集者としての勘とでもいうか」

「しかし、彼の言動には何かと疑問を感じるようなところがあると、あなたもお考えなんでしょう」

「それはそうですが、彼のようなタイプの作家が他にもいないわけじゃありませんしね。たとえば、まるでその場にいて見てきたように描写ができるというのは、これは作家として才能があるということにすぎませんよ。それだけ想像力があるということですから。私は、作家の才能とは、これすなわち、想像力のことではないかと日ごろから思っているんです。取材力とか構成力とかは、この想像力を生かす器にすぎないとね。つまり、見城にはまぎれもないこの才能が備わっているということなんです。もし、彼が資料と想像だけで、あの小説を書いたのだとしたら。

それに、自分のことを話したがらない作家とか、写真嫌いな作家とかはけっして少なくないですしね。非常に面倒くさがりやでシャイな性格と考えれば、これは異常でもなんでもないんです。

最近よくテレビに出て、この人の本業は一体なんなのだと首をかしげたくなるような、派手なパフォーマンスを見せてくれる有名作家がいますが、ああいうのは、作家という自閉的な職業からきた反動じゃないかって気がします。若いころは、じーっとうちに閉じこもりがちだった人が、何かの拍子にキレると、いきなりど派手になったりしますからね、反動で」

「つまり、あなたとしては、見城美彦は葛西一行ではないと？」

「ええ。私はそう思ってます。それに、これは噂にすぎませんが」

そう前置きをして、成瀬は意外なことを佐竹に告げた。

「葛西一行はもう何年も前に死んだという話を聞いたことがあります」

2

その頃、村上晶子は紅茶を載せた盆を持って、見城美彦の部屋をノックしていた。

「どうぞ」という声に、中にはいると、窓際の机に向かって、見城はワープロのキーをたたいていた。

「あの、お紅茶、ここに置いていきますから」

晶子は紅茶をサイドテーブルに置くと、それだけ言って、邪魔にならないように出て行こうとした。

「あ、ちょっと待ってください。もう少しで一段落つきますから」

見城はまるで後ろに目がついているように、ワープロをたたきながらそう言った。

晶子はしかたなく、そのまま部屋の中にとどまった。

「ストーブ、これじゃお寒くありません？」

部屋の隅にある、石油ストーブの方を見ながら言った。

「いや、ちょうどいいですよ。さ、できた」

見城は登録キーを押して、書いた分をフロッピーにおさめると、ワープロの電源を切った。大きく伸びをしながら、椅子から立ち上がった。

「ああ、空気がいいせいか、仕事がはかどるなあ」

晶子の方を振り向いてにっこりした。ざっくりとした生なりのセーターにジーンズというラフな恰好のせいか、学生のように見える。やはりサングラスをかけていた。仕事をするときもサングラスをかけていて、うっとうしくないのかしらと晶子は思った。

「これ、軽井沢彫りでしょう」

見城はそう言いながら、ワープロを置いた机を撫でた。木製の机の縁には素朴な彫りものが施してあった。

「今どんなものを書いてらっしゃるんですか」

晶子は盆を抱えたままたずねた。

「カゾクの話です」

見城はきわめて端的に答えた。

「カゾクって、ファミリーの？」

「そうです。ぼくは家族の話を書くのが好きなんですよ。今取り組んでいるのは、ある家族が崩壊して、あらたに再生する物語りなんです。ぼくのことを、『ハードボイルド作家』なんてレッテルをつけてくれた人たちは、今度の作品には面食らうかもしれませんよ。まるで女の人が書いたみたいな、ドメスティックな話だから」

爽やかに白い歯を見せて笑う。昨夜、この男が葛西一行に間違いなく、渡辺肇を殺害した犯人なのだという確証をつかんだにもかかわらず、晶子は、その少年めいた笑顔を見ると、確信が早くもぐらつくのをおぼえた。

「そういえば、処女作も家族の話でしたね。子供の頃に家族を失った青年が、家族を殺した犯人たちに復讐するわけですから」

「あれ、読んで貰えましたか」

見城は嬉しそうに言った。

「まだ全部じゃないんですけど。三分の一ほど」

「全部読んだら、ぜひ感想をきかして下さい」

「でも、わたし本読むの遅いから。見城さんがここにいらっしゃる間に読めるかどうか」

晶子はまごつきながら言った。

「それなら、全部読み終わるまで、ここにずっといようかな」

見城は冗談とも本気ともつかぬ口調で言った。

「いけませんか」

「いけないことはないですけど」

うろたえていると、

「それじゃ、そうさせて下さい。クリスマスがすぎても滞在します。ここが気にいりました。正直いって、この二年ほど悩んでいたんですよ。なかなか二作めが書けなくてね。処女作があまりにも評判が良かったせいで、変なプレッシャーがかかってしまったんです。二作めの出来がよかったら、ナントカ賞はカタイなんて噂が耳に入って来ると、その気はなくても、どうも色々雑念が入ってしまって、無心に書くことができなくなっていたんです。でも、ここへ来たら、なんだか、そういった雑念が一切ふっきれました。書く意欲のようなものがわいてきました。この作品を仕上げるまで、ずっとここにいたいくらいですよ」

見城は紅茶カップを手にもって、窓辺に立った。

「今度の作品には、ぼくはぼくのすべてを賭けるつもりです。賭けるといっても、これで賞を取ってやろうなんて、そんな意味ではありませんが。『家族』というのは、ぼくにとって永遠のテーマになるかもしれない重要なテーマなんです」

見城はしゃべり続けた。

「どんな人間にもおぎゃーと生まれたときから家族がいて家庭があります。木の股から生まれた人間はいない。母親がいて父親がいて、あるいは、きょうだいとか祖父母とかがいる。人間の性格は三歳までにほぼ決定されてしまうと言われています。つまり、人間が最初に出会ったこの最も小さな社会である、家庭というもののなかで、極端な言い方をすれば、その人間の一生が決まってしまうということなんです。どういう家庭で育ったかということが、その人間がどういう人間に成長して、いずれどんな家庭を作るかということをほぼ決定してしまうんですね。考えてみれば、これは怖いことです。そうは思いませんか」

見城は紅茶を一口飲んでから、晶子の方を見た。

晶子はなんと答えていいか分からず、暖昧に笑った。

「たとえばですね、アメリカなどで何かと話題になっている幼児虐待ですが、自分の子供や養子に凄まじい暴力をふるう父親や母親というのは、調べてみると、その大部分が、やはり子供の頃に親から虐待をうけた人が多いということです。自分がされたことを大人になって繰り返しているのですよ、彼らは。これなど、かなり恐ろしい調査結果だと思います。しかも、暴力的な父親なり母親なりをもった子供は例外なく、自分が大人になったらああはなりたくない、絶対にああいう親にだけはならないと必死に願いながら大きくなっているにも拘《かか》わらずにです。何かの拍子に我を忘れたときに、顔を出すのは、幼いころに刷り込まれた、父親であり、母親だというのです。

ちょうど家庭というのは、人間にとって、孫悟空が載ったというお釈迦《しゃか》さまの掌のようなものではないかと、ぼくは思うんです。

つまり、どこまで逃げても逃げ切れない、お釈迦さまの掌なんです。人間にとって、家族とか家庭というのは——」

晶子は見城の話を聞きながら、ふと渡辺肇のことを思い出していた。肇も幼い頃から、酒乱の父親に殴る蹴るの虐待を受けて育ってきたことを。母親は父親のいいなりで、我が子がサンドバッグのように殴られるさまを毎日、ただおろおろと見守るだけの女だった。学校では、そんな暗い家庭環境をおくびにも出さず、つとめてひょうきんに明るく振る舞っていた肇だが、彼の中にはあの頃から積もり重なった埃のように、暴力にたいする嗜好《しこう》のようなものが育っていたのかもしれない。

それが、あのクリスマスイヴの夜、裕福な医者一家を前にして、自分が優位にたったとき、一挙に彼の身体の中からマグマのように噴き出したのだ。彼はあのとき父親の幻影をあの一家に見ていたのかもしれない、と晶子は今になって気が付いた。

白髪頭を床にこすりつけて土下座している初老の医者は、彼にとって、幼い日、彼を殴り続けた父親以外の何者でもなかったのだ……。

「もっとも、家族や家庭をそんなに怖がってばかりいたら、一生独身を通すしかありませんけどね」

見城はそれまでのきまじめな表情を、笑顔で崩した。

「それに、悪い例ばかり話しましたが、世の中には素晴らしい家庭というのも沢山あります。何のかんのと言っても、やはり、人間は配偶者を持って家庭を作るべきかもしれないなんて、最近では思ってますが」

晶子はやや疑わしそうな目で、年齢に似合わないことを鹿爪《しかつめ》らしく言う見城を見詰めた。

そんな殊勝なことを本気で思っているのか。晶子だけではなく、晶子の家族まで殺すと脅迫状を書いてきた男が。

「そう思うようになったのも、あずささんみたいな人に出会ったからだと思います」

あずさ？　晶子はどきっとした。

「彼女はほんとうにのびのびとしていて屈託がなくて良いお嬢さんですね。これはヨイショじゃありませんよ。あの人といると、鬱《うつ》ぎみのときも気持ちが晴れます。彼女を見ていると、よほど愛情深い家庭で育ったんだろうなって思いましたよ。子供は親から人の憎み方も教わりますが、同時に愛し方も教わるんですよね。だから、彼女のお母さんが軽井沢でペンションをやっていると聞いて、ぜひお会いしてみたくなったんです。彼女をあそこまで育てた人ってどんな人だろうって思いましてね」

見城は笑みを湛《たた》えたままそう言った。しかし、その顔に浮かんでいる笑みは、どことなく人工的で、いやらしい感じがした。さきほど見せた少年めいたさわやかな笑顔とは全く違う、にやにや笑いに近かった。

この男は嘘をついている。

晶子は直感的に感じた。

「それじゃ、がっかりなさったでしょう。もっとしっかりした、賢そうな女性を想像してらしたんでしょうから。こんな平凡でドジな女だと分かって。トンビがタカを生んだんですよ」

晶子はいささか挑戦的な気分になって答えた。もっとも、トンビがタカを生んだというのは、人にも言われたことがあったし、晶子自身、前まえから思っていたことではあった。たしかに、あずさは、これと言った栄養を与えたおぼえもないのに、すくすくと真っすぐに伸びた若木のような娘だった。

頭もいいし、姿形も、親の欲目をひいてもかなり良い方だ。それに何よりも性格がいい。いささか口の悪いところはあったが、相手を突き刺すような毒気はない。洋一と晶子のいいところだけを選んで生まれてきたような娘だった。

「そんなことありませんよ。思った通りの方でした。それに、賢いと、賢そうなとは違います。失礼な言い方になるかもしれませんが、ぼくはあなたが賢い人だと思います」

見城は笑いをおさめてまじめな顔になった。

「そんなこと言われたのはじめてです」

晶子は笑うしかなかった。それにしても、一体どういうつもりだろう、この男は。腹の中では憎みきっているはずの相手に向かって、こんな世辞めいたことを真顔で言えるとは。

「見城さんこそ、これほど家族というものにこだわっていらっしゃるところを見ると、よほど素晴らしい家庭で育ったんでしょうね」

晶子は反撃に出た。それとなく、見城の顔を窺うと、こめかみのあたりが僅かにピクリと動いたような気がした。

「別に、素晴らしいってほどのことはありませんよ。どこにでもあるような、ごく平均的な家庭です」

見城は窓の外を見ながら、そっけなく言った。

「そういえば、ご著書の略歴に東京生まれとありましたけれど、どのあたりなんですか」

晶子はそれとなく探りを入れた。今度は晶子の方がわざとらしい笑みを口元に浮かべながら。

「東京といっても、都心じゃありません」

さきほどまであんなに雄弁だった見城の口が急に重たくなったようだ。

「ご両親は今でもそちらに？」

「ええまあ」

「ご家族は何人なんですか」

「父母だけです」

「一人っ子なんですか」

「ええまあ」

「お父様は何をなさってるんですか」

見城は飲みかけの紅茶をカタンと音をたててサイドテーブルに戻した。そのやや乱暴な動作が、この話題をあまり歓迎していないことを暗に物語っているように見えた。

「ただのサラリーマンです」

会話を打ち切るように、それだけ言うと、

「あれ。あれはご主人のワゴンじゃありませんか」

と殊更、窓の外を覗きこむような仕草をした。

晶子もつられて、外を見た。たしかに郁夫の運転するワゴンだった。今日の午後、到着する予定になっていた、残りのゲスト、影山夫妻と北町浩平を駅まで迎えに行ってきたのである。

ノックの音がしたかと思うと、返事も待たずにドアが開いて、あずさが顔を出した。

「なんだ。晶子ちゃん、ここにいたのか」

驚いたような顔をする。

「お客さんの部屋をノックしたら、ちゃんと返事を聞くまで待ちなさいって、いつも言ってるでしょう?」

晶子は思わず小言を言った。

「あ、ごめん。入っていいですか」

「今更言ったって遅いわよ。すぐにドア開けたんじゃ、何のためのノックか分からないじゃないの」

「なにカリカリしてんのよ。まさか、娘にいきなりドアを開けられたら困るようなこと、中でしてたんじゃないでしょうね」

あずさはにやにやしながら、晶子と見城の顔を意味ありげに見比べた。

「な、何を馬鹿なことを――」

晶子は真っ赤になった。羞恥ではなく怒りのためである。

「冗談だよ。もうすぐ真に受けるんだから。だいたい、見城さんがこんなオバサン相手にラヴシーンするほどもの好きだと思ってんの。もううちのショウコったら、ウヌボレヤさんなんだから」

他の者が言ったら張り倒してやろうかと思うような憎たらしいことでも、あずさが言うと、苦笑するだけで許してしまう。この娘の生まれながらにして身に備わった人徳かもしれない。

「それより、見城さん、そろそろ出掛けようよ」

あずさが足踏みしながら言った。

「どこか行くの？」

晶子がたずねると、

「うん、これから、塩沢湖の方までチョックラ、ドライブ。あ、それと、オトーサン帰ってきたよ。こんなとこで油売ってていいの」

晶子の背中を押すようにして部屋の外に出した。

「ラヴシーンは若いもんにまかせて、オバサンは行った、行った」

「ちょ、ちょっと、ラヴシーンって、まさかあんたたち――」

晶子はぎょっとして振り返った。やはり、あずさと見城はもうそんな仲になっていたのか。

「ほらね。この通り、あたしが言うこと全部真に受けちゃうんだよ、このシト。ジョークってもんがまるで通じないんだから」

あずさがやれやれというように、見城に向かって肩を竦めてみせた。

見城は薄く笑っていた。

3

階下では、到着したばかりの影山夫妻と北町浩平が、一足先に来ていた三枝夫妻と談笑していた。

ビデオマニアの北町がさっそく持参した8ミリカメラを取り出すと、サロンの人々を映しはじめた。

北町浩平は自称三十五歳。東京のコンピュータ会社に勤めるプログラマーとかで、まだ独身だそうだ。

小柄で痩せていて、やや猫背ぎみ。どことなくオタクっぽい雰囲気を漂わせているが、なかなかのひょうきん者である。

晶子が階段をおりていくと、サロンの人々に向けていた8ミリをさっと彼女の方に向けた。

「やめてよ、北町さん。わたしは写さないでって言ってるでしょ」

晶子は笑いながら、カメラマンを避ける芸能人のように、腕で顔を隠した。

もう一組のゲスト、影山《かげやま》孝《たかし》と友子《ともこ》は、調布に住むサラリーマン夫婦である。孝が三十四で、友子が二十九。結婚して五、六年になるらしいが、子供がいないせいか、いつ見ても新婚カップルのように仲が良い。

「あずささん、まだ大学から帰ってないんですか」

北町が8ミリを回しながらたずねた。北町はあずさのファンで、来ると必ずあずさのことを聞く。冬と夏、年に二回、有給休暇を利用してここにやって来るのは、あずさがめあてのようだった。

もっとも、当のあずさの方は、「あたし、ああいうオタッキー風って、趣味じゃない」とケンもホロロの有り様だったが、北町はいっこうにめげる様子がない。

どうやら、本気で恋しているというのではなく、アイドルの追っ掛けをするような感覚でいるようだった。

「昨日帰ってきました。今二階にいますよ」

そう答えると、北町は嬉しそうに、「やったあ」と叫び、カメラを構えたまま、すたこら二階にあがって行った。が、その北町がすぐに戻ってきた。

怒ったような顔をしている。

「あ、あの男なんですか。あの、サングラスかけたきざな野郎は。まさか、あずささんの恋人じゃないでしょうね」

二階で見城に会ったらしい。

「見城美彦という作家ですよ。ハードボイルドの。たまたまあずさと同じマンションに住んでいて、親しくなったとかで、あずさが連れてきたんです」

「なんだ、もの書きか」

北町は、侮蔑《ぶべつ》的に鼻を鳴らしてみせたが、

「親しくなったって、どの程度なんですか」

と、不安そうに探りを入れてきた。

「さあ。お友達というところじゃないのかしら」

「お友達にもいろいろありますが」

北町はもはやカメラを回すのも忘れたような顔をしていた。

「ただのお友達だと思いますよ、今のところは」

晶子がそう答えると、北町は気を取り直したように、

「そうですよね。ただのお友達ですよね。だいたい、あんなタイプはあずささんの好みじゃないですもんね。彼女は、シュワちゃんみたいなマッチョマンが好きだって言ってましたから。あの男は、ぜんぜんマッチョマンじゃないですもんね」

北町は自分に言い聞かせるように言った。

「あら、あずさちゃん、あたしには、ジョン・ローンみたいな、クールな殺し屋タイプ

がいいって言ってましたよ」

　影山友子が、年の割りには、やや子供っぽいフード付きのコートを脱ぎながら言った。

「え。ジョン・ローン？　クールな殺し屋タイプ？」

　北町はまたもや不安そうな顔になった。

「そうお？　ぼくには、ケビン・コスナーが最高だって言ってたよ。あの少年のような素朴さと秀でた額《ひい》に漂うインテリジェンスがたまらないとか」

　影山孝が口をはさんだ。

「ケビン・コスナー？　ああ、あのマドンナに『イモ』って言われた男ね」

　北町があざ笑うように口を歪《ゆが》めた。

「秀でた額ったって、あれはたんにはげあがっているだけじゃないですか。ああいうタイプはもう少し年をとったら、絶対にはげますよ」

　はげのことならまかしておけというように、北町は確信ありげに言い切った。北町自身、後頭部のあたりに、やや若はげの傾向を見せはじめていた。

「イモで思い出したけど、彼女、結婚するなら、チャールズ・ブロンソンみたいな男がいいって言ってましたっけ」

　郁夫まで笑いながらそう言った。

「い、一体、彼女の好みはどこにあるんですか」

北町は呆然としたように呟いた。

「あの子は中学に入るまで、古い映画雑誌から切り抜いた、スティーヴ・マックィーンの写真を部屋の壁に貼っていたんですよ。中学に入ってからは、それがいつのまにかジェームズ・ディーンに変わってましたけど」

とどめに晶子がそう教えてやると、北町は黙ってしまった。

噂をすれば影とかで、その話題の主が、見城と腕を組んで階段をおりてきた。

いつもなら、待ってましたとばかりにカメラを向ける北町は、しょぼんとしてカメラを構えようともしなかった。

「みなさん、いらっしゃい。では、ごきげんよう」

きわめて簡潔な挨拶をすると、あずさは皇太子妃のようににこやかに愛嬌《あいきょう》を振り撒きながら、サロンを通り過ぎようとした。

「あの、見城さんですか、ハードボイルド作家の？」

いきなり、影山友子がボーイソプラノみたいな裏返った声で呼びとめた。見城とあずさの足が止まった。

友子はボストンバッグを開いて、中をごそごそやっていたが、サイン帳のようなものとペンを取り出すと、それを見城の鼻つらに差し出した。

「あたし、あなたの大ファンなんです。サインしてください」

友子は軽井沢に来るときは、必ずサイン帳を持参してくるのだという。どこで、どんな有名人と出くわすかもしれないからというのがその理由だった。

ダークブルーのブルゾンを手にしたまま、見城は一瞬、まごついたような顔をしていたが、すぐにサイン帳を手にとってサインをした。

二人が出て行ってしまってから、「まあ、なかなか達筆だわ」と、嬉しそうにサイン帳を眺めている友子に、夫の孝が不思議そうに、「おまえ、ハードボイルドなんか読んだことあるのか」とたずねると、友子は、「あるわけないじゃない」と当然のことのように答えた。

4

銀座にある風林書房を出た足で、佐竹治郎は赤坂のABSテレビに向かった。昨日、吉川直二から名刺を貰った、ディレクターの松原という男に会うためだった。

昨夜、何度か名刺にある電話番号に電話してみたのだが、松原はつかまらず、ようやく今日の午後になって、なんとか会う手筈《てはず》がついたというわけだった。

車をおりて、テレビ局の受付に出向くと、面会の旨を伝えた。風林書房のときのように、ロビーのソファでしばらく待つことになった。もっとも、こちらのロビーの方がはるかに広く、はるかに現代的ではあったが。

佐竹は懐から煙草を取り出すと、一本くわえて火をつけた。美好が妊娠したと分かったとき、思い切って禁煙に踏み切ったのだが、美好の葬儀の夜、禁煙の誓いは破られた。たった六ヵ月の禁煙だった。

久し振りに口にした煙草の味はただ苦くまずかったことを覚えている。こんなに苦くまずいものを自分は二十年も口にし続けてきたのかと驚くほどに。

しばらくすると、松原らしき、ずんぐりした体格の男が現れた。人を探すようにきょろきょろしているので、立ち上がって、それとなく会釈すると、案の定、松原だったらしく、笑顔になってこちらに近付いてきた。

動物の柄の編み込みセーターの上にやたらとポケットの沢山ついたカーキ色のジャケットを羽織った、とっちゃん坊やのような童顔の男だった。童顔とはいっても、よく見ると、四十は越しているようにも見える。若いのか年寄りなのか、見分けにくい顔立ちである。

「どうも。松原です」

そう言って、ここでも名刺を差し出された。佐竹は名刺を持っていないことを伝え、代わりに吉川直二の名前を名刺代わりに口にした。

「ああ、吉川さんの？」

吉川はあのあと、「松原の方にはおれから電話を入れておくよ」などと調子のいいことを言っていたが、佐竹が危ぶんだ通り、忘れたのか、つかまらなかったのか、話は聞いていなかったらしく、松原は幾分驚いたような顔をしていた。

「彼は大学時代の友人なんです。それで、あなたのことを聞いてきたんですが」

「吉川さんの奥さんがぼくのいとこなんですよ」

「そうだそうですね」

「で、ご用件は？」

松原はソファに腰をかけながら、きびきびと言った。

「実は、その吉川から聞いたのですが、来春に向けて、あるスペシャル番組を今手掛けておられるそうですね」

佐竹はそんな風に話を切り出した。

「なんでも、古い事故や事件の犠牲者の子供たちのその後の成長ぶりを訪ねる番組だとか」

「ええ、ええ、たしかにそれなら今手掛けていますが」

松原はせわしなく頷くと、煙草でも探しているのか、バタバタとジャケットのポケットを探っていた。

「そのなかに、今から二十一年前に田園調布で起きた強盗殺人事件も含まれていると聞きましたが、それは本当ですか」

「あれ、置いてきちゃったのかな」

尻ポケットまで探りながら、佐竹の話には半ば上の空のようにつぶやいた。

「煙草ですか」

佐竹は気をきかして、自分の煙草を取り出すと差し出した。

「これでよかったらどうぞ」

「あ、どうも。それじゃ一本だけ」

松原は手刀を切るような真似をすると、一本抜き取った。佐竹はライターを差し出した。

火をつけて、うまそうに一服すると、松原はようやく話に身を入れる気になったらしく、

「たしかに、その事件なら扱うつもりでいましたがね」

と、幾分、眉根を寄せて言った。

「つもりでいたというと？」

「ボツになったんですよ」

松原は煙草をはさんだ手の小指でカリカリと頭を掻いた。

「ボツ？」

「ええまあ。あの事件は今回の企画からははずそうと言うことになって。取材は進めて

いたんですがね」

「なぜ、ボツになったんですか」

「この企画の趣旨は、過去に悲惨な事故や事件の犠牲者になった子供たちのその後を追い、親きょうだいを失い、なかには事故の後遺症で体の自由さえ失った子供たちが、そんな逆境にもめげず、いかにけなげにたくましく生きているかということを視聴者に映像を通して伝えるというものだったんです——」

松原は意味不明の溜息をついた。

「ところが、あの事件に関しては、一人だけ生き残った五歳の幼児の行方を追ううちに、思いがけない事実にぶつかったんですよ」

「といいますと？」

佐竹は思わず身を乗り出した。

「たしか、あの事件のあと、生き残った子供は父親方の祖父母に引き取られたと聞きましたが」

「そうです。子供の父親——葛西友行といいましたか——というのは、葛西家の婿養子でしてね、もとは旭川の生まれなんですよ。生家は旭川《あさひかわ》で、小さな写真館を経営していたんです。一人息子だったのに、葛西家に養子にやったのは、息子が医者として立派になるためには、そうするのが一番いいと思ったからでしょうね。いずれは葛西病院の院長になれるわけですから。ところが、あんな事件が起きてしまって、息子はなくなってしまった。その忘れ形見だけが遺されたのです」

「それで、その子供を引き取ったんですね、旭川に」

旭川か、遠いなと考えながら佐竹は言った。

「そうです」

松原は短く頷いた。

「それで、生き残った子供は、今でも旭川にいるんですか、祖父母と一緒に？」

「いや、それがね——」

松原は喫い切った煙草を灰皿で揉《も》み消すと言った。

「亡くなったんですよ」

「亡くなったって、誰がですか」

佐竹は呆然としたようにたずねた。

「だから、その子供ですよ。もっとも、亡くなったときはもうすでに成人に達していましたがね」

「葛西一行は亡くなったんですか」

佐竹はもう一度念を押すようにたずねた。

「ええそうです」

松原は頷いた。

風林書房の編集者の言っていたことは、根も葉もないでたらめではなかったのか。

「いつです？　いつ亡くなったんですか」

「六年前の夏です」

「病気か何かですか」

「いや、それが——あの、もう一本いいですか」

松原はヘビースモーカーらしく、ねだるような目で人指し指を突き出した。

「あ、どうぞどうぞ。勝手にやってください」

「どうもすみません」

恐縮しながら、煙草に手を出した。

「それで、病気でないとすれば、事故か何かですか」

佐竹はやきもきしながら言った。

「ええまあ、事故といえば事故でしょうね。しかし、人間の運命というのは分からないものですなあ。二十一年前、凶悪な強盗犯に家族を皆殺しにされた子供が、十五年たって、あんな形で命を落とさなければならないなんて。人生の皮肉としかいいようがありませんよ」

松原ははあと溜息をついた。

「一体、何があったんですか。あんな形で命を落とさなければならないって、どういうことです」

佐竹はつい詰《つ》めよった。

「彼は、大学三年の夏休みに、ロサンゼルスにいた高校時代の友人に会いにアメリカまで行ったんだそうです。一週間ほど滞在する予定だったそうですが、向こうに滞在中にその不幸な事件は起きました。

たまたま、新婚旅行に来ていた日本人のカップルが黒人の二人組に襲われているのを目撃してしまったんです。黒人たちは、白昼堂々、カップルの持っていたバッグやカメラを奪おうとしていたんです。それを見た葛西青年は止めに入ろうとして、逆上した犯人の一人に撃たれたんですよ。頭をピストルでね」

5

「ほぼ即死だったようです。向こうの連中はいともたやすく銃を抜きますからね。葛西青年にとっては、不運としかいいようのない事件でした」

松原はそう言って、眉を曇《くも》らせた。

「つまり、昔、両親や姉がそうされたように、葛西一行も十五年たって、強盗に殺されたというわけですか」

佐竹は唖然としながら言った。松原の言った、「人生の皮肉」という言葉の意味がようやく分かった思いがした。

「そうなんですよ。おそらく、黒人の二人組に襲われている日本人のカップルを見たとき、十五年前の家族のことが彼の頭をよぎったんじゃないでしょうかね。それで、見て見ぬ振りをすることができなかった。それが彼の命取りになったというわけです。祖父母の話では、葛西一行は正義感の強い好青年に成長していたようです。これは身内の欲目ではなく、彼のことを知る者はみな口を揃えてそう言いましたよ。そんな前途有望な青年がわざわざアメリカまで行って、なんで犬死にみたいな死に方をしなくちゃならなかったんでしょうね」

松原は煙草の煙りとともに、また大きな溜息をついた。

「そんなわけで、あの事件に関しては取り上げるのをやめたのです。不謹慎な言い方になりますが、インパクトというかドラマ性はありすぎるほどあったんですがね、いかんせん、結末が暗すぎます。生き残った子供も成長して強盗に殺されてしまった、ではあまりにも救いがなさすぎます。我々の趣旨はあくまでも、視聴者に生きる喜びというか、感動を与えることですから」

「葛西一行が死んだというのは、彼の祖父母から聞いた話なのですか」

佐竹はたずねた。一行は本当に死んだのだろうか。彼の祖父母がなんらかの目的で、テレビ局のスタッフに嘘をついたのではないか。そんな疑惑がちらと佐竹の頭をよぎったからだ。

そうでなければ、村上晶子のもとに届いた、あの無気味な脅迫状は死者が書いたことになってしまうではないか。

「ええ。詳しい話は、祖父母を訪ねたときに分かったのですが、葛西青年が殺された事件はもちろん六年前の新聞にも載っていたんですよ。あとで調べて分かったことですが。ただ、その頃世間を騒がせていた政変のニュースに押しやられて、あまり目立った報道のされ方はしてなかったようですが」

松原はそう答えた。

「しつこいようですが、葛西一行は本当に死んでいるのですね。それは間違いないことなんですね」

佐竹は念を押した。

「ええ間違いありません。祖父母の家を訪ねたスタッフの話だと、ちゃんと仏壇に飾られた青年の遺影も見てきたそうですから」

松原はきっぱりと言った。

「その祖父母の住所を教えて貰えませんか」

佐竹は思い切って言った。松原がでたらめを言っているとは全く思わなかったが、葛西一行の死を自分の目で確かめないうちは信じるわけにはいかなかった。それには、実際に一行を引き取ったという祖父母に会う必要があった。

旭川までは遠いが、空の便を使えば、フライトは一時間半あまりだ。明日の夕方までにペンションに戻るのは不可能ではない、と頭の中で素早く計算した。

「旭川のどこなんですか」

手帳を取り出しながら訊く。刑事をしていた頃の感触をなんとなく思い出しながら。

しかし、松原は片手を振って、笑いながら言った。

「いや、旭川じゃないんですよ」

「え、でも、さきほど、葛西一行の祖父母は旭川で写真館を経営していたと言いませんでしたか」

出鼻をくじかれた思いで、佐竹は反駁した。

「言いましたよ。たしかに、一行を引き取った頃は、旭川にいて写真館を経営していたんですが」

「今は違うんですか」

「ええ。その後三年足らずで、写真館の経営がうまくいかなくなったとかで、写真館をたたんで上京してきたんだそうです。祖父の方が友人のつてで東京に就職口を得たとかで」

「それじゃ、今は東京に？」

佐竹は目を輝かせた。東京に住んでいたのか。これならもっと手早く事の真相がつかめそうだ。

「我々が会いに行ったのは、ですから、立川の自宅の方ですよ」

「立川？　立川なんですね。立川のどのあたりですか」

佐竹はせきたてるように口早に言った。

「えーと。詳しい住所はと――少々、お待ちください」

そう言うと、松原はさっと立ち上がり、席をたった。しばらく待っていると、手帳のようなものを手にして戻ってきた。

「住所は、立川市――」

手帳を見ながら言う。佐竹は自分の手帳にそれを書き移した。

「祖父の名前は、大場《おおば》宗一郎《そういちろう》。大場は大きいに、場所の場ですね。宗一郎は宗教の宗に一郎です」

6

テレビ局を出ると、佐竹はすぐに車で立川に向かおうとしたが、電話ボックスを見付けると、この驚くべき収穫を村上晶子に一応伝えておこうかと思い直した。

もし本当に葛西一行が六年前に死んでいたとすれば、晶子のもとにあんな脅迫状を送り付けてきたのは、葛西一行ではなかったということになる。

しかし、ワープロ文だけならただの性《たち》の悪い悪戯と考えることもできるが、あの七枚の写真がある。あれがトリック写真だとは思えない。渡辺肇があの写真に撮られていたような恰好で殺されたことは厳然とした事実である。

ということは、考えられることは、ただ一つ。渡辺を殺し、晶子に脅迫状を書いてきた人物は、あれを葛西一行の仕業のように見せ掛けようとしている、別の人物ということになる。

もし一行が死んでいるとしたら、一体誰が――？

このことは晶子に早く伝えておいた方がいいかもしれないと佐竹は思った。なんとなく悪い胸騒ぎがした。晶子は、あの脅迫状の主を一行だと思いこんでいる。二十六歳になる青年だと。だから、この条件にあてはまる見城美彦という作家を疑っているのだ。

しかし、そうではないのかもしれない。犯人は別にいる可能性がでてきた。しかも、その真犯人の年齢も性別も分からないのだ。犯人は、葛西一行を持ち出すことで、自分の正体を巧《たく》みにカムフラージュしているかもしれないのだ……。

電話ボックスにたどりつく前に、若いビジネスマン風の男に先に入られてしまった。

佐竹は軽く舌打ちして、他に公衆電話はないかとあたりを見まわしたが、ここしかないようだ。

しかたなく、外で足踏みしながら待っていたが、中の男はなかなか出てこようとしない。ビジネスケースのようなものを両足の間に挟みこんで、長々と話しこんでいる。

外で人が待っているのは知っているはずだ。何を話しているのか知らないが、もう少し気をきかせて、早く切り上げることはできないのか。そんな罵倒《ばとう》が喉元までこみあげてきそうになった。

ようやく、男は話を終えて、受話器を置くと、テレホンカードを抜き取った。佐竹はほっとして、懐からテレカを出して用意した。ところが、男はいつまでたっても出てこない。電子手帳のようなものと首っぴきになっている。そして、再び受話器を取り上げると、テレカを差し込んだ。

まだかけるつもりでいるのだ。

愕然《がくぜん》として口を開けている佐竹の方を、男は、ちらと横目であざ笑うように見ると、これみよがしにまた長話をはじめた。

こいつ。わざとやってるな。

佐竹はとうとう頭にきて、ボックスの窓を拳でたたいた。いいかげんにしろという合図だ。男がまたちらと佐竹の方を見た。佐竹は相手を威嚇《いかく》するように歯を剝き出して見せた。ふだんは冬眠しすぎたヒグマみたいな顔だが、その気になれば、そのへんのチンピラくらい震え上がらせる顔つきをすることもできた。

男は受話器を置くと、慌てて出てきた。

なんだ、こいつはという顔で佐竹のそばをよけながら通り過ぎて行った。

はじめからこういう顔をすればよかったな、と思いながら、佐竹はボックスに入った。

受話器を取り、ペンションの番号をプッシュする。呼び出し音が三回鳴って、向こうの受話器がはずれる音がした。

「はい。ペンション『春風』ですが」

答えたのは、晶子ではなかった。男の声だった。

7

電話が鳴ったとき、ちょうど晶子は一階のリネン室から出てきたところだった。もしや、佐竹からではという勘が働いて、足早にフロントまで来てみると、すでに郁夫が受話器を取っていた。

「あ、きみにだよ」

郁夫が眉をひそめた顔で晶子を見た。

「誰から？」

「佐竹さん」

晶子はすぐに受話器を受け取った。郁夫は佐竹からかかってきた電話が気になるらしく、すぐには立ち去らなかった。

晶子はそんな夫の様子を気にしながら、受話器を耳にあてた。

「もしもし、晶子ですが」

「あ、佐竹です」

佐竹の幾分とまどった声。

「今、ご主人、そばにいますか」

「ええ」

晶子は郁夫の方を横目で見ながら短く言った。郁夫はこれといった用もなさそうなのに、サロンのあたりをうろうろしていた。明らかに、晶子たちの話を盗み聞きしようとしているようだ。

「それじゃ、こちらから一方的に話しますから、適当に相槌《あいづち》を打ってください」

「ええ」

「その調子で」

「はい」

「葛西一行を引きとった祖父母の住所が分かりました。立川です」

「立川？」

晶子は佐竹に言われたことも忘れて、つい聞き返してしまった。

郁夫がちらとこちらを見た。

「前は旭川にすんでいたようですが、上京して、だいぶになるようです。祖父の名前は大場宗一郎。これから、この祖父母に会いにいきます。ちょっと意外なことを耳にはさんだものですから、それを確かめに行くんです」

意外なことって、と聞き返したい気持ちを押えて、晶子はただ、「はい」とだけ答えた。

「これから言うことを落ち着いて聞いてください。実は、葛西一行は六年前にロサンゼルスで死んだという情報をつかんだのです」

「死んだ!?」

今度ばかりは適当な相槌など打ってはいられなかった。死んだ。死んだってどういうこと。しかも六年前に、ロサンゼルスで?

「落ち着いて。いいですか」

佐竹が心配そうな声で言った。

「は、はい。大丈夫です。あの、ちょっとお待ちください」

晶子はたまりかねて、受話器をいったん耳からはずすと、サロンにいた郁夫に向かって言った。

「あなた。武蔵《むさし》の様子、見てきてくださらない？　なんだか朝から元気がなかったみたいだから」

武蔵というのは、ペンションの裏で飼っているピレネー犬のことである。

「餌《えさ》もあまり食べてなかったみたいだし」

晶子は嘘をついた。郁夫は武蔵をかわいがっていたので、こういえば、すぐにでも様子を見に行くだろうと思ったからである。その間の時間がかせげる。

「朝、散歩に連れて行ったときは元気そうだったぜ」

郁夫は不審そうに言った。

「でも、そのあとでどこか悪くなったのかもしれないわ」

受話器を持ったまま、じれったそうに言うと、郁夫は、「分かった」と口の中でつぶやき、渋々サロンを離れると、晶子の視界から消えた。

「もしもし、佐竹さん。葛西一行が死んだってどういうことなの」

晶子は受話器を再び耳にあてると、舌をかみそうな勢いで話しかけた。

「六年前の夏、ロスに新婚旅行に来ていた日本人のカップルが強盗に襲われそうになっているのを目撃した一行が、これを止めようとして、強盗の一人に銃で頭を撃たれたというんです」

「なんですって――」

晶子は受話器をもう少しで取り落としそうになった。

「それはほんとう？」

「新聞にも載ったというから、まず間違いないと思います。一応、これから一行の祖父母に会って、確認を取ろうと思ってますが」

「で、でも、一行が死んでいたとしたら、あの手紙は一体誰が書いたというの？」

「わかりません。ただ、ひとつ言えることはあの脅迫状は、犯人のしかけたトリックかもしれないということです」

「トリック？」

「そうです。渡辺肇を殺した犯人は、自分の正体を隠すために、一行が犯人であるように、あなたに思い込ませたがっているのかもしれない。ということは、犯人の正体は二十六歳の青年ではないかもしれないということなんです。このことを忘れないでください」

「そ、そんなことありえないわ」

晶子は叫ぶように言って、はっとして声をひくめた。

「ありえないってどういうことです」

「だって、わたし、見城美彦が一行である証拠をつかんだんですもの」

「証拠？　本当ですか」

今度は佐竹の方が驚く番だった。

「オルゴールです。見城の小説の中に出て来るオルゴール」

「ああ、あのタイトルと同じ曲名の」

「あれは二十一年前、わたしが葛西家の暖炉の棚で見たものと全く同じなんです。あのオルゴールのことを知っているのは、よほど葛西家と深い関係のあった人間以外には考えられません。だから、見城はあの小説を資料だけを調べて書いたのではありえないんです。事件の資料を読んだだけで、あのオルゴールのことが分かるはずがないんです。見城は今でもあのオルゴールを持っているんだと思います。それを見ながら書いたんです。だから、見城は葛西一行に違いないんです」

話しているうちに、つい興奮して、晶子はかなきり声に近い声をあげていた。

「まあ、落ち着いてください。とりあえず、葛西一行の祖父母にあたってみます。見城がもし葛西家となんらかのつながりがあるとしたら、それも、祖父母に会えば分かるかもしれません。また連絡いれますから。とにかく、犯人は別にいるかもしれないということだけは忘れないでください」

そう言うなり、佐竹からの電話は切れた。

「あ、佐竹さん――」

晶子は切れた受話器を呆然として見詰めた。

葛西一行が六年前に死んでいた？

そんな馬鹿な。

「武蔵の様子だが、どこもおかしいところはないじゃないか」

郁夫の声がした。

「餌もちゃんと奇麗《きれい》に平らげてるし、毛艶《けづや》も悪くないよ。鼻だって乾いてないし。どこを見て元気がないなんて思ったんだ」

怪訝そうに訊く。

「あらそう？　さっきわたしが見たときは、ぐったりしてるように見えたもんだから」

晶子は受話器を置くと、取《と》り繕《つくろ》うように言った。

「佐竹さん、何だって？」

郁夫は鋭い目で電話の方をちらと見ながらたずねた。

「別に」

「別にって、何か用があるから電話してきたんだろう。まだ上田の姉さんのところにいるのか」

「そ、そうらしいわ。なんだか、お姉さんの具合がよくないらしいのよ。それで、しばらくあちらで面倒を見るとかで」

晶子はまたもや苦しい嘘をつかねばならなかった。

「面倒見るって、家族はどうしたんだ。その姉さんという人に家族はいないのか」

郁夫の眉間にいよいよ深い皺が刻まれた。

「い、いないみたいね。一人暮しなんじゃないかしら」

晶子は引き攣った顔で笑って見せた。

「晶子」

郁夫の声が厳しくなった。

「きみ、何かおれに隠してるんじゃないのか」

「隠す？　隠すって何を？」

晶子はどきんとしながら、それでもしらばっくれた。

「それを聞いてるんだよ。なんだか昨日から変だよ。いや、変なのはきみだけじゃない。佐竹さんもだ。来たそうそう、荷物だけ置いて、どこかに行ってしまうし、さっき電話を取ったときも、相手がおれだと分かったら、なんだかうろたえているようだった」

「そ、そんな。それはあなたの気のせいよ」

「武蔵のことだって、電話で話してることを聞かれたくないから、あんなことを言って遠ざけたんじゃないのか」

郁夫はやはり気付いていたようだ。今更ながら、夫の勘の良さに、侮《あなど》れないと晶子は思った。

「まさかそんなこと。あなたの考えすぎよ。それに、わたしと佐竹さんがあなたを遠ざけて、何をこそこそ話すことがあるっていうのよ」

晶子はわざと強気に出た。あまりおろおろしていると、かえって郁夫の疑惑を招きかねない。

「それじゃ、この際だから、訊くが、きみはあの男のこと、どう思ってるんだ」

郁夫は冷ややかな目になって、いきなりそうたずねた。

「あの男？」

晶子は一瞬、ポカンとしてしまった。郁夫が誰のことを言っているのか分からなかったからだ。

「佐竹だよ」

郁夫は吐き捨てるように言った。

「どう思うって、どういうこと？」

「あの男、きみに気があるみたいだぜ」

「まさかっ」

晶子は心底びっくりして大声で言った。そんなことは疑ったことさえなかったからだ。

「おれの目にはそう見えるがね」

「それはあなたの目の方がおかしいんだわ。目医者に行って見てもらったら」

咄嗟に口から出たまずい冗談は郁夫の強張った口元を緩ませはしなかった。

しかし、晶子はまごつきながらも、内心ほっとしていた。郁夫が佐竹のことを気にしていたのは、どうやら、佐竹に嫉妬しているかららしい、ということに気付いたからだ。晶子と佐竹がなにやら自分に隠れてこそこそやっているのを、郁夫は、色恋に結び付けて考えていたらしい。見当違いもはなはだしかった。

晶子はたしかに佐竹治郎には好意を持っていたが、それは、兄がいたらこんな気持ちを抱くのではないかと思うような、色恋を離れた、もっと家族的な感情だった。

「佐竹さんはわたしのことなんか何とも思ってないわよ。あの人には、亡くなった奥さんがすべてだったんだから」

「きみにとって、村上さんがそうだったときもあるんだろう。でも、結局おれと再婚したじゃないか」

郁夫はすかさず言い返した。

「それとこれとは違うわよ。わたしは――」

「どう違うんだ。佐竹さんだって、そういつまでも死んだ奥さんのことばかり考えちゃいないぜ。それに――」

「あらあら、夫婦喧嘩？」

からかうような声に、振り返ると、三枝敦子が立っていた。シルバーグレイのショールを羽織って、にこにこしている。

「いや、別に喧嘩してたわけじゃないんです」

郁夫は慌ててそう弁解しながら、ばつの悪そうな顔になった。

「いいんですよ。たんとおやりなさい。夫婦なんて喧嘩してるうちが花なんですから」

三枝敦子はころころと鈴を転がすような笑い声をたてた。

「うちなんか、長く一緒にいすぎて、喧嘩する種も尽きてしまったから、つまらないの。だから、わたし、よその若いご夫婦が喧嘩しているのを見るのが、大好き。さあ、続けてちょうだい。ここで見物させて戴くから」

なんてことを、無邪気に楽しげに言う。

晶子と郁夫は顔を見合わせた。夫婦喧嘩なんてものは、さあやれと言われてできるものではない。二人とも毒気を抜かれたように苦笑しあった。

「あら、もうおしまいなの？」

敦子はつまらなそうに言った。さすがは年の功である。ちゃんと喧嘩のおさめ方を心得ている。

「喧嘩するほど仲の良いご夫婦に、わたしから一曲プレゼントしてもよろしいかしら？」

敦子は小首を傾《かし》げるようにして、そう言った。喧嘩仲裁のしめくくりはピアノ曲でという、なかなか粋なはからいだった。

「ぜひお願いします」

はからずも、晶子と郁夫は異口同音にそうこたえた。

「まあ、仲の良いご夫婦は、お返事までハモってらっしゃるわ」

敦子は笑いながら、ピアノの前に腰掛けた。

「何がいいかしら」

敦子は鍵盤《けんばん》に指をそっと這《は》わせながら、思案するように、しばらく考えていたが、

「そうだわ。あれがいいわ。お二人の将来を祝して」

曲が決まったらしく、幼児のように小さな手でポロポロと鍵盤をたたきはじめた。

「貧しいけれど、楽しい我家――」

敦子は小柄な身体を曲に合わせてゆらしながら、呟くように言った。

晶子の顔から笑みが消えた。

三枝敦子が楽しげに弾き始めたのは、「ホーム・スイート・ホーム」だった。

8

佐竹治郎は、松原から聞いた住所を頼りに、立川市の大場邸の前まで来ると、玄関の呼び鈴を鳴らした。

こぢんまりとした作りの木造の二階屋で、玄関の表札には、「大場宗一郎・峰子《みねこ》」とある。いかにも年配の夫婦が住んでいるといった趣《おもむ》きの、毛筆で書かれた表札だった。

呼び鈴を鳴らし続けたが、応答はなかった。佐竹は留守かなと思った。しかも、二階の窓という窓に雨戸がたてられているところを見ると、長期の留守かもしれないと察した。郵便受けにはダイレクトメールのような封書がはみ出していた。

それでも、あきらめきれず、もう一度呼び鈴を鳴らしていると、

「あのう、大場さんなら留守ですよ」

という声がした。

見ると、三歳くらいの男児の手をひいた三十年配の主婦風の女性が、前の通りに立って、やや警戒するような顔つきで佐竹の方を見ていた。

「どちらへ行かれたか分かりませんか」

佐竹は主婦にたずねた。

「さあ。旅行に出掛けるとか、おっしゃってましたけど」

主婦は自信なさそうに首をかしげた。

「ご夫婦揃ってですか」

「だと思いますけど」

「いつお帰りになるか分かりませんか」

がっかりしながら重ねて訊くと、

「さあ。そう言えば、信州だか紀州の方とか言ってましたから、当分は戻らないんじゃないかしら」

これまた、曖昧な表情で答える。

「信州か、紀州ですか」

どっちなんだと思いながら、佐竹は腹の中で舌打ちした。

「大場さん、ご主人が定年退職されてから、シルバームーンとか言うんですか、よくご夫婦揃って、旅行に出掛けてるみたいですよ」

「他にご家族は――」

近所らしいので、それとなく水を向けると、

「それが、お孫さんがいたんですけれどもね、亡くなったんですよ、五、六年前に」

主婦は神経質そうに眉をよせ、声をひそめる。やはり、一行の死は間違いないらしい。

「お孫さんて、一行君というんじゃありませんか」

佐竹は言った。

「ええ、そうなんですよ。今どき珍しいくらい、礼儀正しい、良い子だったんですけどねえ。あんな酷い亡くなり方をして――」

「どんな亡くなり方をしたんですか」

既に知っていたことだが、この主婦から何か新しい情報が聞き出せるかもしれないと思い、佐竹は話のきっかけとして、そうたずねてみた。

「それが、あなた、酷い話なんですよ。善人は若死にするって言うけど、本当なんですね。あんな、良い子が――」

と、主婦は言いかけたが、はっとしたように口をつぐみ、

「あの、失礼ですが、あなた、どういうご用件で？」

うさん臭そうな目つきで、じろりと佐竹の足元から頭のてっぺんまで眺めた。

「私はこういう者ですが」

佐竹は咄嗟の知恵で、さきほど松原から貰った名刺を懐から取り出すと、それを主婦に見せた。

「テレビ局の方？」

主婦はびっくりしたような顔で、手にした名刺と佐竹の顔を見比べた。

「昔の事件のことで、ちょっと大場さんにうかがいたいことがあったものですから」

そう言うと、主婦は佐竹の身元が分かって安心したのか、名刺を返しながら、

「大場さんのお孫さん、ロサンゼルスで銃で頭を撃たれて亡くなったんですよ」

と、恐ろしそうに目を見開いたまま、そう言った。

佐竹はその話をはじめて聞くような振りをして、驚いてみせた。途端に、主婦の口が

すべらかなものになった。

「もうそりゃ、お気の毒でしたよ。大場さん、それはお孫さんのこと可愛がっていましたからね。なんでも、養子に出された一人息子さんも事故で亡くしたとかで、それでお孫さんを引き取ったらしいんですけどね、今度はその孫にまで先だたれてしまうなんてねえ。いっときはもう雨戸を閉めきって、夫婦揃って、うちの中に閉じこもって外にも出なくなってしまったくらいなんです。近所でもみんな気が気じゃなかったんですよ。あのままじゃ、後追い心中でもしかねないんじゃないかって」

主婦は囁《ささや》くようにそう言った。

「おかあちゃん、早く行こうよ」

買い物にでも行く途中なのか、立ち話をはじめた母親にいらだった子供が、母親の手をしきりに引っ張っている。

「ちょっと待ってなさい。おかあちゃん、このおじさんと話してるんだから」

母親はぐずる子供を叱り付けた。子供は半ベソの顔で、恨めしそうに佐竹の顔を見上げた。

「それでもなんとか立ち直ったようですけどね。そういえば、一行君に助けて貰ったという、新婚夫婦がよく出入りしてましたっけ。責任感じたんでしょうねえ、いわば一行君はあの人たちの身代わりになったわけですから。大場さんご夫婦も、それでなんとか気を取り直したんでしょうねえ。

よく旅行に出るようになったのも、きっとうちに閉じこもっていると、一行君のことを思い出すからでしょうねえ。それに、もう財産を遺してやる相手もいなくなってしまったんで、冥土《めいど》にまでお金を持っていってもしょうがないからって――これ、そんなに引っ張らないのっ」

主婦はかなきり声をあげた。業《ごう》を煮やした子供が実力行使に出たからである。幼児にこんな力が出せるのかというような勢いで、母親の手を引っ張って歩き出した。

「あ、あの、それじゃ、わたしはこれで」

根負けした母親は、まだ話したそうだったが、佐竹に軽く会釈すると、子供に引かれるままに歩み去ろうとした。

「すいません、ちょっと」

佐竹はふと思いついたことがあって、主婦を呼び止めた。

「はい?」

主婦は振り返った。まだ母親に用があるのかというように、子供が佐竹の方を睨みつけている。

「一行君が通っていた高校をご存じですか」

松原の話だと、六年前、一行をロサンゼルスに誘ったのは、高校時代の友人だったという。大場夫妻に会えないなら、その友人の線から探りを入れてみようと思い立ったのである。

「ええ。たしか、××高校だったと思いますよ」

主婦は思い出すような顔で答えた。

「このあたりに一行君と同じ高校に通っていた人はいませんかね。できれば、同級生か何か」

そうたずねると、主婦はしばらく考えるように、頬に指をあてていたが、ああという顔になって、

「山崎《やまざき》さんとこの良伸《よしのぶ》さんがたしか一年のとき、同級生だったとか聞きましたけど」

と言った。

「その山崎さんというのは？」

佐竹は急《せ》き込んでたずねた。

「この通りを真っすぐ行って――」

主婦は説明しはじめた。

「行けばすぐ分かりますよ。かなり大きな酒屋さんですから」

「酒屋というと、もしかしたら、その息子さんは家業を継いで――」

佐竹はそうであってくれればという期待をこめて言った。

「ええ。二年ほど会社勤めをされてたみたいですけど、去年、奥さんをおもらいになって、家業を継がれたみたいですね」

ついてる。佐竹は腹の中で叫んだ。

「どうもありがとうございました」

主婦に心の底から礼を言い、仏頂面《ぶっちょうづら》の子供の頭をほんのご愛嬌に撫でてやると、佐竹は大場邸の前に停めておいた車に乗り込んだ。

9

ピアノを弾き終わると、三枝敦子は晶子と郁夫の方を見て、にっこり笑った。

郁夫がパチパチと手をたたいた。晶子は手をたたく気力さえなかった。

なぜ、三枝夫人はこの曲を――？

「あら、どうかなさったの。顔色が悪いわよ」

三枝敦子は晶子の方を心配そうに見た。

「い、いえ、べつに」

晶子は自分でも顔から血の気がひいているのが分かった。

「あの、三枝さん。どうしてこの曲を――？」

思い切って聞いてみた。

「この曲、お嫌いだった？」

敦子はピアノの前から離れると、晶子のそばにやってきた。

「いいえ、そんな。でも、どうしてこの曲をお選びになったのかなと思ったもんですから」

「どうしてかしら」

敦子は自分でも分からないというように、小首をかしげていたが、

「ああそうだわ。きっとあのオルゴールだわ」

と何か思い出したように言った。

「オルゴール？」

晶子はぎょっとしたように声を高くした。

「ほら、食堂のテーブルの上に置いてあった――」

「食堂のテーブルの上？」

なんのことだかさっぱり分からない。しかし、何か厭な胸騒ぎを感じて、晶子の胸はざわざわと音をたてはじめていた。

「あら、ご存じないの。さっき、食堂の前を通ったら、何かメロディがするから、入ってみたら、テーブルの上にオルゴールが置いてあって、蓋が開いてたのよ。てっきり、晶子さんが置いたのだと思ってたけど」

敦子は、驚いている晶子の顔を見て、自分も驚いたように言った。

「あなたじゃなかったの？」

「わ、わたしじゃありません」

「まあ、それじゃ誰が置いたのかしら――」

敦子は不思議そうな顔をした。

「そのオルゴールがあのメロディを？」

晶子は掠《かす》れた声を絞り出すようにしてたずねた。

「ええ、そうよ。『埴生の宿』。あのメロディが頭にあったもんだから、ついピアノで弾いてしまったんだわ」

敦子はそう答えた。

まさか――

晶子は半ば走るようにしてサロンを離れた。

「あ、おい。どうしたんだ」

びっくりしたような郁夫の声。

一階の厨房の隣の食堂に駆け込んだ。三つ並んだ丸テーブルの一つに、敦子のいう通り、四角いオルゴールの箱が置かれていた。晶子は心臓を冷たい手でつかまれたような思いがした。

その古びたオルゴールの箱には見覚えがあった。あのオルゴールだった。二十一年前のクリスマスイヴの夜、葛西邸の暖炉のマントルピースの上に載っていた――

震える指で蓋を開くと、オルゴールはあのときと変わらぬ曲を奏ではじめた。

10

「いらっしゃいませ」

佐竹が山崎酒店の自動ドアを開けて入って行くと、レジのところにいた若い女性がすぐに声を出した。

髪をポニーテイルにした、まだ十代の高校生みたいに見える娘だったが、よく見ると、かなり腹部が迫《せ》り出している。太っているのではなく、どうやら妊娠しているようだ。

その恰好から推して、この娘が、山崎という同級生の新妻にあたる女性かなと見当をつけると、とりあえず、缶入りウーロン茶を一個手にとり、それをレジに持って行き、

「ご主人はいらっしゃいますか」

とたずねた。

ぎこちない手付きで、レジを打っていた娘は、きょとんとした顔をあげて、「お義父《とう》さんですか」と聞き返した。

佐竹の言う「ご主人」を、「店の主人」という風に解釈したようだった。

そうじゃなくて、あんたのハズバンドのことだよ。

佐竹は腹の中でそう言いながら、

「いや、若い方の――」と言い直した。

「なんだ、よっちゃんのこと？」

娘の口調はいきなりくだけたものになった。さっきの主婦は、「ヨシノブ」とか言ってたから、おそらく、この「よっちゃん」が一行の同級生のことに違いないと思いながら、頷くと、

「よっちゃーん」

と娘は、船を見送るような声を張り上げて、のれんの奥に呼び掛けた。

「なんだよー」

奥の方からのんびりとした声がこだまのように返ってきた。

「お客さんだよっ」

「いま行くう」

そんな声がして、しばらくすると、あごの長い、がっちりした体格をした青年がのっそりと出てきた。遅い昼飯でも食べていたのか、もぐもぐと口を動かしている。

「何か？」

佐竹の方を、どことなくカバを連想させる鈍い瞳で見ながら言った。

「山崎さんはたしか、××高校の出身ですよね」

佐竹はすぐに用件に入った。

「そうだけど」

山崎はまだ口を動かしながら答えた。

「葛西一行君と高校一年のときに同級だったって聞いてきたんだが」

そう続けると、

「おたく、なに？」

と山崎は不審そうに、じろりと佐竹を見た。佐竹はさっきの主婦にしたように、松原の名刺を取り出して、俄《にわ》かディレクターの振りをした。重宝な名刺である。

「へえ、テレビの人？」

山崎の鈍い瞳に好奇心のような光がわずかに差し込んだ。

「もしかして、あの事件のこと？」

山崎が言った。

「あの事件って？」

「だから、六年前にロスで起きた。え、違うの？」

「いや、その事件のことだよ。葛西一行君のことで少し聞きたいことがあるんですが、ちょっといいですかね」

「いいけど——」

山崎は頭をガリガリ掻きながら、ちらと奥の方を振り返り、

「店先ではなんだから、奥の方で。ちらかってるけどさ」

そう言いながら、紺色のジャージーのズボンに片手を突っ込んだまま、先にたって、のれんをくぐった。

「それじゃ、お邪魔して」

佐竹も山崎のあとに続いた。

のれんをくぐると、そこにはテレビがつけっぱなしになった茶の間のような作りの和室があった。ちゃぶ台には、食べかけの卵焼きやら漬物やらの皿が並べられていた。本当にちらかっていた。

「昼飯、食いっぱぐれちまったもんだから」

山崎は弁解するようにそう言って、テレビを消すと、ちゃぶ台の上を片付けようとした。

「ああいいですよ、そのままで。なんなら、食べながらでけっこうです」

佐竹がそう言うと、

「そうお？　ほんじゃ、悪いけど。あとで配達行かなくちゃならないから」

と、山崎はあぐらをかいて座り直すと、放り出してあった箸《はし》を取った。

「一行君とは一年のときに同級生だったんだね」

佐竹はもう一度たずねた。

「うんそう」

山崎は飯を掻き込みながら答えた。

「親しくしてたわけ？」

「て、ほどでもねえな。あっちは学年でもトップクラスの秀才。こちとら、おまえの脳みそは金山寺みそかって先公に厭味言われるような体育会系だったから」

山崎はにこりともしないで言った。

「ただ同じクラスだったってだけでさ」

「葛西君がロサンゼルスに行ったのは、高校時代の同級生に会いに行ったって聞いたんだが、この同級生に心あたりはないかね」

「それなら、カサイだよ」

山崎はみそ汁を音をたてて啜《すす》りながら言った。

「え？」

「カサイだよ」

みそ汁の椀を片手に持ったまま、もう一度、言う。

「だから、その葛西君が会いに行ったのは――」

「カサイだって言ってるだろ。葛西はカサイに会いに行ったんだよ」

「え？」

佐竹はまじまじと目の前の青年を見詰めた。頭が一瞬、思考停止の状態になっていた。

「もう一人いたんだよ。カサイってやつがさ。字は違うけどね。あっちは、竹冠の笠に井戸の井と書いて――」

そう言いかけるのを、佐竹は素早く遮《さえぎ》った。

「笠井美彦か。もしかして？」

「そうだよ。その笠井だよ」

山崎はうんと頷いた。

第五章　もう一人いる

1

晶子は呆然として、食堂にあったオルゴールを手にしていた。

誰がこれをここに置いたのだろう。

むろん、朝食のときはこんなものはなかった。見城が？

そう思いかけ、はっと気が付いて首を振った。

見城ではありえない。

これをここに置いたのは見城ではない。なぜなら、彼があずさと一緒にドライブに出掛けたあと、晶子は一度食堂に入っているのだ。そのときは、オルゴールなどどこにもなかった。ということは、オルゴールは、見城が出て行ったあとで、ここに置かれたことになる。

誰が？

晶子の頭の中はパニックをおこしそうになっていた。

振り返ると、戸口のところで、郁夫と三枝敦子が心配そうな顔でこちらを見ていた。

郁夫の声がした。

「どうしたんだよ」

2

見城美彦こと、笠井美彦は、一行の高校時代の同級生だったのだ。

見城美彦と葛西一行がようやくつながった。

佐竹は呻《うめ》くようにつぶやいた。

「つながった」

「何か言った？」

山崎良伸は箸をとめて、佐竹の方を見た。

「あ、いや。それで、その二人だが、高校時代からかなり親しかったのかね」

身内からわき上がる興奮を押さえ付けるようにして、佐竹はたずねた。

「ああ。あの二人は、ダブル・カサイって呼ばれてさ、うちの高校じゃ、かなり有名だったんだよ。成績も女の子の人気も二人で二分してるって感じだったなあ。親友でもあり、ライバルでもあるって関係だったんじゃないのか。といっても、クラスが同じだったことは一度もなかったんじゃないかな。たしか、写真部で一緒だったんだ。それで親しくなったんじゃなかったっけ」

「写真部？」

佐竹の頭に何かひらめいた。

「うん。二人ともカメラが趣味だったんだよ。一行のじいさんってのは、昔、北海道で写真屋をやってたんだってさ。その感化だろ。なにせ、うちに暗室があるくらいだからな」

「うちって大場さんのうちのことかね」

佐竹は口をはさんだ。

「ああそうだよ」

佐竹の脳裏に、例の七枚の写真が浮かんだ。あれを撮った犯人は、自宅に暗室を持っていた可能性が高い。あんな写真をよそに現像に出せるわけがないからだ。もしかしたら、あの七枚の写真は、大場邸の暗室で焼かれたものではないだろうか。ふとそんな気がした。

「でもさ、在学中は何かと競いあってた二人だったけど、卒業したあとは、明暗が分かれたって感じだったな」

山崎は手をのばして急須をつかむと、飯粒のこびりついた茶碗に茶を注いだ。佐竹に茶の一杯も振る舞おうという発想はまるで頭に浮かばないらしく、それを音をたてて啜った。

「明暗が分かれたっていうと？」

「二人とも、同じ大学狙ったんだよ。○○大さ」

山崎はある一流大の名前を口にした。

「葛西は――一行の方だよ――工学部で、もう一人の笠井は文学部だった。だけど、一行の方だけ受かって、美彦の方はおっこちゃったんだ。滑り止めは受かっていたらしいんだけど、結局、その年は浪人してさ、翌年も同じ大学を受けたんだよ。ランク落とすわけにいかなかったんだろうな。ライバルが一発で受かった手前さ。ところが、また落ちた。それで、それ以上浪人を続けることはできなくて、滑り止めの三流大の方にあきらめて行ったのか、大学進学そのものをあきらめたのか知らないけど、とにかく、志望大学には入れなかったみたいだな。同窓会で噂をきいたときには、ロスにいるって話だった。傷心のままフラリと向こうへ行ったきり、住み着いちゃったみたいだって」

「それで、葛西一行君はその笠井美彦君に会いにロスに行ったのか」

「そうらしいよ。なんでも絵葉書かなんか貰ったとかで。で、不運にも、あの事件に巻き込まれたってわけさ。聞くところによると、そのことで、美彦は責任感じて、すぐに日本に帰ってくると、一行の祖父母のところにしばらく入り浸ってたらしいよ。一行のじいさん、ばあさん、もうショックで半分棺桶《かんおけ》にはいったみたいになってたからさ」

「その笠井美彦が作家やってるってこと知ってるかね」

佐竹は聞いてみた。

山崎は口に含んだ茶をぶっと噴き出した。その米粒を含んだしぶきが佐竹の顔面にまで飛んだ。

「ほんとかよ。あのウンチが？」

驚いたように言う。

「ウンチ？」

佐竹は顔のしぶきを手の甲で拭いながら言った。

「運動音痴のことだよ。あいつ、勉強はできたけど、運動はからっきし駄目だったんだぜ。その駄目具合も半端《はんぱ》じゃない。凄まじいウンチだったんだからな。鉄棒にぶらさがれば、死ぬまでぶらさがっているしか能がないみたいな」

「作家になるのに、運動能力は関係ないだろう」

佐竹が不思議そうに言うと、

「サッカ？」

山崎は「え」という顔になって聞き返した。

「サッカって言ったのか」

「そうだよ。作家。小説家のことだよ」

佐竹は幼稚園児に教えるように、根気よく繰り返した。

「なんだ。そのサッカか」

山崎はハイエナのような声でけたたましく笑い出した。

どのサッカだと思ったんだ。

「おれ、サッカーのことかと思ったよ。いくらブームだからって、あのウンチがサッカーやるなんてなあ。んなことあるわけねえよなあ」

「………」

たしかにこいつの脳みそは金山寺みそ並かもしれない、と佐竹は思った。

「へえ、そうか。作家になったのか。だったら、別に驚かねえよ。あいつ、高校んときから、本の虫だったもんな」

一生分笑い尽くしたのではないかと思えるほど笑ったあとで、ようやく山崎はそう言った。

「それで、作家として成功したのか」

山崎は気になるというようにたずねた。

「まあね。デビュー作の評判も売れ行きも、なかなかよかったらしい」

「ふーん。人生なんて、分からないもんだね。ほら、ことわざにもあるじゃないか。なんて言ったっけ。人生はあざ、あざ、あざ」

「あざなえる縄のごとし」

「おおそれよ。ごとしよ。美彦が大学に落ちた段階では、一行の方に軍配《ぐんばい》があがったって感じだったのにな。でも、そのあと、一行があんな犬死にみたいな死に方をして、美彦が作家として成功したというなら、最後に笑ったのは美彦の方だったってことか」

さあ、それはどうかな、と佐竹は腹の中で思った。

「そうだ。アルバム、見るかい」

山崎がふいに思いついたように言った。

「アルバム?」

「卒業アルバムだよ。高校んときの」

「見せてくれ」

佐竹はすぐに応じた。そういえば、まだ葛西一行の顔も見城美彦の顔も見ていなかったことに気が付いた。

「ちょっと待ってな」

山崎はそう言い残すと、ドスドスと凄い足音をたてて、階段を昇っていった。

3

山崎酒店を出ると、佐竹は店の手前に設置されていたグリーンの公衆電話の前に立った。見城美彦の正体がわかったことを、一刻も早く、晶子に知らせてやろうと思ったのである。

テレカを差し入れて、ペンションの番号を押した。晶子が出てくれればいいがと願いながら。

受話器はなかなか取られなかった。呼び出し音を八回聞いたところで、またあとでかけ直そうかと佐竹が思いかけたとき、やっと受話器のはずれる音がした。

「はい、ペンション『春風』ですが」

晶子の声だった。まるで走ってきて、電話を取ったように息を弾ませている。佐竹はほっとして話しかけた。

「佐竹です。実は、見城の正体が分かったんですよ。彼が葛西家のことをよく知っていたのも当然です。見城は葛西一行と同じ高校に通ってたんです。つまり、彼は——」

早口でそう畳《たた》みかけたが、

「あの、失礼ですが」

晶子がとまどったような声を出した。

「どなたにかけてるんですか」

「どなたにって——」

佐竹は、あなたに決まってるじゃないですか、と言いかけて、あっと思った。女の声が出たので、てっきり晶子だと思い込んでしまったが、この声は——

「晶子さんじゃないんですか」

おそるおそる聞いてみた。

「あたし、あずさです」

しまった。佐竹は腹のなかで舌うちした。さすがに親子だけあって、声だけ聞けばよく似ているが、よく聞いてみると、あずさの方がやや低くハスキーな声だった。

「あの、母に替わりましょうか」

あずさが言った。

「あ、ええ、お願いします」

佐竹はしどろもどろになって答えた。今の話、どの程度、あずさに聞かれてしまっただろうか。そう考えると、脇の下から冷汗が出る思いがした。

「晶子ですが」

しばらくして、今度は本物が出た。

「佐竹です。そこにあずささん、いますか」

今度は慎重になってそうたずねてみた。

「いいえ——」

「あずささん、何か言ってませんでしたか」

「今、電話に出た彼女をあなたと間違えてしまったんですよ」

「何かって？」

「まさか、あの子に何か――」

晶子の声が震えを帯びた。

「様子、変でしたか」

「別に」

「そうか。それなら何も聞かれなかったんだ」

おそらく早口で話したから、佐竹の言ったことをよく聞き取れなかったのかもしれない。

そう考え、佐竹はひとまず安心した。

「実は、見城の正体が分かったんですよ」

「えっ、本当ですか」

「葛西一行はやはり六年前に死んでいました。ロサンゼルスで行きずりの新婚夫婦を助けようとして強盗に殺されたというのは、ほぼ間違いないようです」

「大場夫妻に会われたんですか」

晶子がたずねた。

「いや。それが今立川にいるんですが、大場夫妻は留守なんです。どうやら旅行中のようなんです。近所の人の話では、二人でよく旅行に出るらしくて、今も紀州だか信州だかに行ってるらしいんですがね」

「旅行中……」

そう呟いた晶子の声がひどく遠く聞こえた。

「しかし、一行と高校のときに同級生だったという青年に会うことができたんです。その青年の話だと、見城美彦は一行の高校時代の親友だというんですよ。なんでも写真部で一緒だったとか」

「そ、それじゃ、見城は立川の出身なんですか」

「らしいですね。東京生まれというのは、嘘ではなかったようです。それから、本名も笠井というのに間違いありません。しかも、一行をロサンゼルスに呼んだのが、彼だったんです。その頃、志望していた大学に落ちたショックでロサンゼルスに行ったきり、しばらく向こうで暮らしてたらしいんです。本にあった経歴は、だから、満更《まんざら》でたらめじゃないんですよ。それに、見城が一行の親友だったとすれば、彼があの二十一年前の事件のことをよく知っていたとしても不思議はありません。おそらく、一行本人から細かいことまで聞いていたんじゃないでしょうか。例のオルゴールも、一行が持っていたのを実際に見たことがあったのかもしれません——あの、晶子さん、聞いてますか」

受話器の向こうがやけにしんとしているので、佐竹は不安になって、ふとたずねてみた。

「はい、聞いています」

晶子の幾分硬い声が返ってきた。

「誰かそばにいるんですか」

晶子の声が強張っているのを、誰かがそばにいるからだと判断した佐竹は、そうたずねた。

「いいえ、そういうわけじゃないんですけれど」

なんとなく言葉の歯切れが悪い。

「それじゃ、続けてもいいですね」

「ええ」

「やはり、あの脅迫状を送ってきたのは、見城だったと思われます。彼は一行ではなかったが、一行の親友だったわけですから。動機があります。おそらく、親友に替わって、親友がやろうとしたことを引き継いだのかもしれません。というのも、同級生の話だと、見城は、一行の死に責任を感じていたそうですからね。自分がロスに呼んだことで、一行があんな死に方をする羽目になったわけですから。

それと、見城が脅迫状の主であることを証明するもうひとつの根拠は、あの写真です。あれは、前にも言ったように、街の写真屋で現像したものではありえません。犯人が自分で現像したものと思われます。つまり、犯人は自分の暗室を持っているということです」

「見城は暗室を持っていたんですか」

晶子が口を挟んだ。

「いや、見城が持っていたかどうかは分かりませんが、大場宗一郎が自宅に暗室を持っていたという話を聞いたんです」

「大場って――」

晶子が喘《あえ》ぐように言った。

「一行の祖父です。もとは旭川で写真館を経営していたそうです。そんなわけで、東京に来てからも写真に興味を持ち続けていたのでしょう。一行が高校で写真部に入ったのも、この祖父の影響のようです。見城は、一行が死んだあと、この大場邸によく出入りしていたそうですから、ここの暗室を借りて、例の写真を現像するのはたやすいことだったと思いますね」

「あの、佐竹さん――」

晶子の声が震えていた。どうも様子がおかしい。佐竹は、自分の収穫に興奮して、今まで気が付かなかったが、なんとなく晶子の様子が変だということに、ようやく気が付いた。

「どうかしたんですか」

佐竹は心配になってそうたずねた。

「見城があの脅迫状と全く無関係とは思えません。でも、犯人は彼だけじゃないような気がしてきたんです」

「彼だけじゃないって」

佐竹は思わず声を高くした。

「それはどういうことです」

「さっき、オルゴールが――」

晶子は掠れた声で言った。

「あのオルゴールが食堂に置いてあったんです」

「あのオルゴールって、あの？」

「そうです。あれです。二十一年前のものと全く同じものが、食堂のテーブルに置いてあったんです。いつのまにか、誰かがあそこに置いたんです」

「それなら、見城でしょう。きっと、見城が大場夫妻からオルゴールを預かって来たんですよ」

「違います。見城ではありえません」

晶子はきっぱりと言った。

「なぜです？」

「見城があずさとドライブに出掛けたあとで、あのオルゴールは食堂に置かれたとしか思えないからです」

晶子はそのいきさつを詳しく説明した。佐竹は絶句した。これはどういうことだ。ということは、見城以外に、あの事件の関係者が、いるということなのか。しかも、その人物は、すでにペンションに到着して、客として何食わぬ顔をして宿泊しているというのか。

「今、泊まり客は何人いるんですか」

「三組だけです。三枝夫妻と影山夫妻。それに北町さん――」

「それだけですか」

佐竹は啞然として聞き返した。

「今、泊まってるのはこの方たちだけです」

「そんな馬鹿な。みんな、常連ばかりじゃないですか」

佐竹は一笑にふすように言った。三枝夫妻も影山夫妻も北町浩平も、佐竹はよく知っていた。いずれも、あのペンションの常連になって、三年以上はたっている人たちばかりだ。あの中に、犯人がいるというのか。それはありえない。なぜなら、あの脅迫状の文面からすると、犯人は、村上晶子が二十一年前の事件に関係していたことを、去年はじめて知ったはずだからである。どうやって、渡辺肇のことをつきとめたかは知らないが、その渡辺の口から、半ば拷問めいたことをして、晶子と村上のことを聞き出したのだろう。

それがたまたま、自分がよく利用するペンションのオーナー夫妻だったなんて、偶然があるものだろうか。よほどご都合主義の小説か何かでない限り、こんな偶然があるわけがない。

そこまで、考えてきた佐竹の頭にはっとひらめいたものがあった。

偶然じゃない。これは偶然なんかじゃない。もしかすると、犯人は、佐竹や晶子が考えている以上に、知恵が回り、残酷で、狡猾《こうかつ》なのかもしれない。そんな疑惑が頭をよぎった。

「晶子さん、ちょっと聞いてください。もしかしたら、私たちは犯人が仕掛けた罠にはまってしまっていたのかもしれない――」

「罠？　罠ってどういうことですか」

晶子がそう言いかけたとき、電話の向こうから、ガヤガヤと人の話し声が聞こえてきた。客たちがサロンに集まってきたような気配だ。

「誰か来たようですね」

佐竹は素早く言った。

「ええ――」

晶子の声もどことなくそわそわしたものになった。

「またかけ直します。今日は自宅に帰ります。もし何かあったら、そちらの方に電話を」

「分かりました。じゃ」

電話の切れる音がした。

4

「あれ、晶子ちゃん、まだ電話してたの」

サロンに入ってきたあずさがびっくりしたような顔で言った。

晶子は悪いことでもしていたように、そそくさと電話のそばを離れた。

「ねえ、さっきの佐竹さんだったんでしょ」

あずさは無邪気にも大声でそう言った。

「これで二度めじゃない。なんか、すっごく慌ててたみたいだったよ。あたしのこと、晶子ちゃんと間違えるなんてさ」

言わないで。できればそう叫んで、あずさの口を両手でふさぎたい衝動に駆られた。

北町浩平と笑顔で話し込んでいた郁夫の目が一瞬刺すような鋭さを帯びて、こちらに向けられたのを、晶子は痛いほど感じていた。またもや佐竹から電話がかかってきたと知って、心中穏やかではないに違いない。

「見城さんがどうとか言ってたけど、何の話だったの？」

あずさがまたもや大きな声で言った。晶子は身震いしそうになった。

ピアノのそばに立って、鍵盤をおもちゃにしていた見城美彦がはっとしたように顔をあげた。サングラスに覆われた目がじっとこちらを窺っているように見えた。

「そんなこと言ってないわよ。あずさの聞き違いでしょ」

晶子はそっけなく言った。

「そうお？　でも、ケンジョウのショウタイが分かったとか、カサイカズユキがどうたらって言ってたように聞こえたけどなあ」

あずさはううんと背伸びをしながら、呑気に言う。晶子は天を仰ぎたくなった。佐竹はそんなことを言ったのか。

「何を言ってるのよ。佐竹さんはそんなこと言ってないわよ」

「でも、そう聞こえたよ」

「あ、あんた、耳まで悪くなったの」

晶子はようやく頬を引き攣らせて笑った。

「耳までとはどういう意味よ」

あずさがふくれて腰に手をあてた。

「他にも悪いところがあるみたいじゃない」

「ないと思ってたの」

「ぼくの正体が分かったってどういうことです？」

見城が声をかけてきた。口元には薄笑いが浮かんでいた。たぶん、これだけの会話で、見城には状況が飲み込めたのではないだろうか、と咄嗟に晶子は思った。元刑事の佐竹治郎が、自分のことを調べるために出払っているらしいということを。

「そんなこと言ってませんよ。あずさの聞き違いです。この子、あなたのことばかり考えてるから、そんな風に聞こえたんじゃないですか」

「へ、変なこと言わないでよっ」

珍しく、あずさは赤い顔をして食ってかかった。晶子はそれを見て胸がふさがる思いがした。異性のことであずさがこんな女らしい反応を見せるのははじめてといってよかったからだ。あずさは、この青年作家に心ひかれているようだ。母親の直感として、それは間違いないことのように思えた。

「佐竹さんっていえば、まだみえてないのね」

突然、あたりを見回しながら言ったのは、影山友子だった。

「いや、佐竹さんなら、昨日の午後、一番乗りでみえましたよ」

そう答えたのは郁夫だった。口調に幾分刺《とげ》のようなものが感じられた。

「そうでしたの。わたし、ちっとも気がつかなかったわ。だって、お夕食のときもご一緒じゃなかったから。ねえ、あなた」

と、三枝敦子が同意を求めるように、夫の良英の方を見た。

晶子はそれとなく三枝夫妻の様子を観察した。

上品で温厚そうな老カップルだった。互いの存在を空気のように呼吸しあい、いたわりあって、晩年を生きている一対の男女。

いつかこんな夫婦になりたいね、と洋一と話したことがある。晶子たちにとって、二人は理想の夫婦像だった。

三枝夫妻がはじめて泊まり客としてやってきたのは、八年前の夏。まだ洋一が生きていた頃だった。

それ以来、晶子たちのペンションを気にいってくれた二人は、南軽井沢に自前の別荘があるにもかかわらず、そちらには寄らずに、毎年、必ず一度は訪れてくれるようになった。洋一が亡くなったあとも、足が遠のくようなことはなかった。

でも、わたしはこの人たちの何を知っていたというのだろう。

晶子は足場がふいに崩れるような頼りなさをおぼえた。ちょうど海辺に立ち尽くして、波がひいていくのを見ているときのような、軽いめまいに襲われそうになった。

わたしは何も知らなかった。知っているようなつもりになっていただけだ。ただ、彼らの言うことを真に受けて、その通りだと思いこんできただけだった。

そもそも三枝良英・敦子という名前は本名なのだろうか。彼らが宿泊カードにそう書いていたから、そうだと思いこんできたにすぎないではないか。

住まいが東京の赤羽にあるということも、それがプール付きの豪邸であることも、夫の良英が中堅どころの食品会社を経営しているということも、正子という名前の一人娘がいたが、これが八歳のときに不慮の事故で亡くなったということも、すべて、二人の口からそう聞かされていただけにすぎなかった。

八歳の娘？

晶子の脳裏に電光のようにひらめくものがあった。八歳で死んだ娘。八歳。これは偶然だろうか。あの子も八歳だった。葛西一行の姉、緑も殺されたとき、八歳ではなかったか。

あのときの少女の姿が昨日のことのように、ふいに瞼《まぶた》に蘇った。包丁を刺しこまれて、鮮血を噴きあげた細く白い首を。

晶子は凍りついたような目で老夫婦を見た。

この二人が失ったのは、八歳の娘ではなくて、八歳の孫娘だったのではなかったか。

三枝敦子が縫い続けてきたのは、幻の娘に着せる服ではなく、八歳で成長を止めた、幻の孫娘に着せるための服ではなかったのか。

三枝敦子は穏やかで優しいほほえみを湛えて、晶子の方を見ていた。でも、その優しげな目の奥に、今まで気が付かなかった、いや、気が付こうともしなかった何かが燃えているような気がした。

一人息子と二人の孫を失った老女の、ぽっかりと虚ろに黒く穴をあけた孤独と、その孤独を生み出した一人の女へのどす黒い憎悪の炎が――

まさか。

こ、こ、この人たちが？

晶子は降ってわいたような恐ろしい疑惑にうちのめされた。両足からすっと力が抜けた。誰かが何か叫んだような気がした。

村上晶子は奈落の底に吸い込まれるように意識を失った。

5

その頃、佐竹治郎も同じような疑惑に襲われていた。山崎酒店のそばの路上に停めておいた愛車に乗り込み、エンジンキーをさしこもうとしていた佐竹の手がふいに宙で止まった。

まさか。

あの三枝夫妻が――

大場邸の前で出会った近所の主婦の話では、大場夫妻はここ数年、よく二人で旅行に出るようになったという。これと似たような話を前にどこかで聞いたことがあった。それを思い出したのだ。三枝夫妻だった。あの夫妻も、会社経営を甥に任せて、ここ八年ほど前から、よく旅行に出るようになったと、いつだったか、妻の敦子の口から聞かされたおぼえがある。

しかも主婦の話では、大場夫妻の旅行先は、信州か紀州だというではないか。もし信州だとしたら?

それが軽井沢だとしたら?

三枝と名乗っているあの夫妻が、大場宗一郎と峰子なのか。

だとすれば、彼らが見城美彦の共犯者である動機は十分に考えられる。見城が留守の間に、オルゴールを食堂のテーブルに置いたのも、この夫妻のどちらかに違いない。

いや――

しかし、それはありえない。

佐竹はここまで考えて、大きく首を横に振った。

聞いた話だと、三枝夫妻は、八年も前からあのペンションの常連だったというではないか。

脅迫状の主が、晶子と前夫の村上が二十一年前の強盗殺人事件に関係していたことを知ったのは、去年のはずだった。あの脅迫状の文面からすると、渡辺肇の口から、半ば拷問めいたことをして、それを聞き出したというのだから。

それが、たまたま、以前からよく利用していたペンションのオーナー夫妻だったなんてことがありうるだろうか。そんな偶然が。よほど出来の悪い小説か何かの中でもなければ、そんな偶然はありえない。

しかし、待てよ。

佐竹は独り言を言った。

これはあくまでも脅迫状に書かれていたことがすべて真実だと仮定した場合の話である。考えてみれば、脅迫状の主が真実ばかり書いてきたとは限らないではないか。

犯人はまず自分が葛西一行であるかのような書き方をしていた。しかし、その一行はすでに亡くなっている。あの脅迫状にはのっけから嘘があるのだ。それならば、犯人が、去年渡辺の口から晶子たちのことを聞いたという一文も嘘だとは考えられないか。

犯人はもっと前から晶子たちのことを知っていたとしたらどうだろう。たとえば、八年も前に。

もし、三枝夫妻が一行の祖父母だとしたら、彼らがペンションに泊まり客としてやって来たそもそもの理由が、晶子と村上のことを探るためだったとは考えられないだろうか？

二人は三枝という架空の夫婦になりすまし、泊まり客を装って、晶子たちと親しくなった。最初はこんな形で復讐することまでは考えていなかったのかもしれない。しかし、六年前の一行の不慮の死が、夫妻の心境を大きく変えたとしたらどうだろう。最愛の孫息子を失って、夫妻はもはや安穏《あんのん》と余生を生きる希望をなくしてしまったに違いない。しかも、一行の死は、二十一年前の事件を夫妻に思い出させた。一人息子と孫娘を奪った、行きずりの強盗による理不尽な暴力。最愛の孫の死が、夫妻の古傷のかさぶたをはがして、新たな血を流させたのだ。

あの脅迫状には、殺人の予告と同時に、渡辺肇殺しの犯人の正体をカムフラージュする目的もあったのだ。

大場夫妻は、一行の親友だった見城を巻き込み、まず晶子の娘に近付かせた。そうやって、見城があのペンションに行ってもおかしくない状況を作りあげ、彼を一種のオトリにしたてあげたのだ。

あんな脅迫状を貰って、しかもそのあとで、見城の小説を読めば、晶子が、見城こそが葛西一行、つまり、脅迫状の主だと思いこむことを承知の上で――

佐竹はエンジンキーをズボンのポケットに押し込むと、急いで車を下りた。

三枝と名乗っている老夫婦が大場夫妻である証拠をつかまなければならない。山崎良伸なら、大場夫妻の顔形を知っているだろう。もし、それが自分の知っている三枝夫妻と一致するようなら、間違いない――

佐竹は出てきたばかりの山崎酒店のドアを再び開いた。

「いらっしゃいま――」

と言いかけた、良伸の新妻が、佐竹の顔を見ると、なんだという表情になった。

「あの、もう一度ご主人にお会いしたいんですが」

そう言うと、新妻はみなまで聞かず、「よっちゃーん」とまた大声を張り上げた。

しかし、今度は返事はなかった。

新妻はもう一度声をはりあげたが、やはり返事はない。

「あれ、いないのかな」

そう呟きながら、たいぎそうに、肩で息をしながら、大きなおなかを抱えて、のれんの奥に入って行った。

その姿に、佐竹はありし日の妻の姿をふと思い出していた。膨《ふく》れた腹をたたいて、中にいるのが男か女か知ろうとして、「いやあね。スイカじゃないんだから」と、妻に睨まれた日のこと。あの日の午後、美好は家の前でひき逃げされたのだ。

そして、亡くなった妻の面影が、そのまま佐竹の脳裏で、村上晶子のそれに重なった。

「よっちゃん、いないみたい。たぶん、配達に出たんだと思うけど」

戻ってきた新妻がそういった。

そういえば、さっきそんなことを言ってた。佐竹はタイミングの悪さに舌打ちしそうになった。

「いつ戻られます？」

「さあ。配達だけなら、三十分もすれば戻ると思いますけど」

良伸の妻は幾分頼りなさそうな顔つきでそう答えた。

他に家族は誰かいないのか聞いてみた。なにも良伸でなくても、大場夫妻のことを知っている者なら、良伸の両親でもいい。そう思ってたずねると、二人とも出払っているという。まさかと思って、新妻に、大場夫妻のことを知っているかと聞いてみると、案の定、知らないという答えがかえってきた。

佐竹はしかたなく、また来るといって酒店を出た。

6

「気が付いた？」

目を開けると、そこに三枝敦子の顔があった。晶子はもう少しで悲鳴をあげるところだった。半ば反射的に跳ね起きようとすると、敦子に押し戻された。

「まだ無理しちゃ駄目よ」

七十の女性とは思えないような強い力だった。

「わたし、一体——」

「サロンで倒れたのよ。貧血だと思うけど」

敦子は言った。

倒れた？　急に目の前が暗くなって、足場が崩れるような感じがしたことまではおぼえていたが、そのあとのことが記憶を刃物でスッパリ切り落としたようにおぼえがなかった。

見回すと、自分の部屋のベッドに寝ていた。

「大丈夫か」

郁夫の声がした。見ると、戸口のところで、心配そうに中を覗きこんでいた。

「もう大丈夫ですよ。顔色も戻ってきたし。あとはわたくしがやるから」

敦子はそう言って、中に入ってこようとした郁夫をやんわりと外に押し出した。

「こういうことは女同士でね」

「そうですか。それじゃ、よろしくお願いします」

郁夫はそう言って頭をさげると、ちらと寝ている晶子の方に、気づかわしげな視線を投げかけて出て行った。

敦子は後ろ手でドアを閉めた。カチャリと鍵のかかる音がした。

鍵?

なぜ鍵をかけたの。

晶子はぎょっとして目を見開いた。

「気を付けないとね。今が一番大事なときなんだから。倒れたとき、おなかでも打ってたら大変なことになっていましたよ」

三枝敦子はほほえみながらそう言った。掛けた毛布の上から、晶子の腹部のあたりを、幼児でもあやすような調子で、軽くポンポンと片手でたたいた。

晶子は跳ね起きたい衝動を必死で堪えていた。今の晶子には、三枝敦子の優しげな微笑が震え上がるほど恐ろしかった。

子供の頃、どこかの寺の、大きな観音像の真下に立ったときの、得たいの知れない恐怖を思い出した。遠くから見ると、伏し目がちに、口元にほのかな笑みを浮かべた観音像は、とても慈悲深く優しそうに見えた。

ところが、間近に寄って見上げたとき、晶子はぞっとした。閉じられているとばかり思っていた観音の目がかすかに開いていることに気が付いたのだ。ふくらんだ瞼の下から覗く、その目は少しも優しくなかった。それは、目の前で死にかけている人間がいても、指一本動かさず、ただじっと眺めているだけではないかと思わせるようなまなざしだった。

なぜか、三枝敦子の微笑を見たとき、あの観音像の冷酷な目を思い出した。

「ご主人が心配してましたよ」

敦子はベッドのそばに椅子を持ってきて座ると、そう言った。

「いえね、身体のこともそうだけど、あなたが、何か隠しごとをしてるんじゃないかって」

敦子は覗きこむような目で晶子を見た。ああ、この目。あの観音像に似ている。晶子はそう思った。

「隠しごとなんて、わたし」

「何もしてない？」

「ええ」

「ご主人に話しにくいことなら、わたしに話してくださらない？　わたし、誰にも言わないわ。もし、ご主人に話してほしくないなら、絶対に言わないから」

敦子は熱心に言った。

「……」

「さっき、倒れたのは貧血のせいだけじゃないみたいに見えたわ。あなた、倒れる直前、わたしの方を見ていたでしょ。何か訴えるような目をして。わたしに何か話したいことがあるんじゃないの」

晶子は黙って、ただ目だけ大きく開いていた。何も言えなかった。舌がひりついたようになって強張っている。

「わたしのこと、母親のように思ってって言うのは無理な相談かしら。だって、年からいえば、わたし、あなたの母親くらいの年齢でしょ。お母さまはもう亡くなったと聞いたけれど」

敦子は話し続けた。こもり歌でも歌うような、少し眠たげな優しい声だった。

「わたしね、あなたのことがなんだか娘のように思えてしかたがないのよ。ほら、八歳で死んだ娘のこと、話したでしょ。あの子が生きていたら、ちょうどあなたくらいの年齢になっていたはずなのよ。顔立ちやなんかもなんだかあなたに似ていたような気がしてしょうがないの。昨日、あなたにあのウエディングドレスを着て貰ったとき、あの子が生き返ったような気がしたわ。どこかでずっと成長していて、突然、わたしたちの前に現れたみたいな――」

敦子の声が途切れた。感極まったとでも言うように、目頭を押さえた。これが芝居だとしたら、なんと恐ろしい芝居をする人だろうと、晶子は冷ややかに考えていた。できるならば、今ここでわたしの首を両手で絞めて殺してやりたいと思っているかもしれないのだ、この老婦人は。それなのに、目に涙までためて、「娘のように思っている」などと口では言う。

晶子は耳をふさぎたかった。

「わたしも主人もこのペンションが大好きなの。いろいろな所に泊まってみたけれど、ここが一番いいわ。とても家庭的な雰囲気がするんですもの。ここに来ると、泊まっている間だけ、他の泊まり客の人たちと、つかの間の家族になったような気がするわ。わたし、子供を失なってから、主人とずっと二人きりで、さみしかったわ。でも、ここへ来れば、いっときの夢でしかないけれど、娘や息子や孫に会えるのだという気がした。こんな言い方をすると、自惚《うぬぼ》れているように聞こえるかもしれないけれど、わたしたちにはそれなりの富と名声は手に入れたつもり。でも一つだけ手にいれることができなかったものがあるの。それは家族。家族なのよ。これっばかりは、お金を出しても買えないわ。だから、晶子さん。もし何か悩んでいることがあったなら、遠慮なく相談してね。わたしはいつでもあなたの力になるから——」

「ありがとうございます」

晶子は敦子の声を自分の声で遮った。これ以上、彼女にしゃべらせたくなかった。

「さっそく、お言葉に甘えて、お願いしたいことがあるんですけど」

そう言うと、敦子は目を輝かせた。

「なあに。なんでも言って頂戴」

「少し眠りたいんです。しばらく一人にさせてくださいませんか」

晶子は冷ややかな声でそう言った。

7

佐竹は山崎良伸が配達から帰ってくるまでの間、図書館で時間を潰すことにした。六年前の夏の事件の詳細について、新聞の縮刷版をあたってみた。テレビ・ディレクターの松原が言ったとおり、政変のニュースに押しやられて、小さくではあるが、ロサンゼルスで葛西一行を襲った事件のことが載っていた。一行を撃った犯人はすぐに逮捕されたらしい。一行が助けようとした新婚夫婦については、詳しいことは何も触れられていなかった。

そこで三十分ほど時間を潰し、再び、山崎酒店に出向いてみると、ちょうど、帰ってきた山崎が、店の奥で、軽トラックの荷台から、空のビールケースをおろしているところだった。

「あ、たびたびどうも」

佐竹が近付いていくと、山崎は作業を中断して、

「あれ。まだ何か用？」と言った。

「いや、ちょっと聞きそびれたことがあって」

「なに？」

山崎は佐竹のほうに尻を向けて、また作業を再開した。

「大場さんご夫妻だが、旦那さんの方は、身長は一メートル七十くらいで、恰幅《かっぷく》の良い人じゃないですかね」

佐竹は三枝良英の様子を思い出しながらそう言ってみた。

「あんた、あの人たちに会ったことないわけ？」

山崎は佐竹の方を見ようともしないで言った。

「ええ。私は直接は会ってないんですよ。会ったのはうちのスタッフで」

「どうだったかなあ。よく覚えてないなあ」

山崎は頭をガリガリ掻いて、ふけをあたりに飛ばした。

「さっきも言ったように、おれはあまり葛西とは親しかったわけじゃないからさ。あの家に遊びに行ったこともないし。六年前に、葛西の葬式の時に、線香あげに行ったくらいで――」

「大場さんのうちでは、酒なんか注文しないのかね」

そうたずねてみた。葛西一行とはそれほど親しくしてなかったとしても、山崎酒店の若主人としてなら、商売上、付き合いがあったのではないかと思ったわけだ。

「お得意さんってほどではないね。それでも、夏場に時々ビールの注文くらいはあったかな。でもさ、金払うのはたいていばあさんのほうだからね、じいさんの方はあまり会ったことがないんだよ」

「大場夫人の方とは面識があるわけだね」

「面識といえるほどのもんか知らんけどもさ、おれのこと一行の同級生だっておぼえて、注文の品届けに行ったときなんか、よく勝手口のところで立ち話くらいならしたことあるよ」

「年の頃は、七十前後で、こう、小柄で品のいい人じゃないか。どちらかといえば小太りで」

佐竹は三枝敦子のイメージを思い浮かべながら言った。困ったことに、顔に大きなほくろがあるとか、傷があるとか、ずば抜けて太っているとか、背が高いとか、これと言って目立った特徴がない。あの年齢の女性としては、ごく平均的な姿形だし、その特徴を伝えるのは難しかった。

「そうだね。まあ、そんなとこかな」

しかし、山崎がいささか気のない顔でそう答えたので、佐竹は、やっぱり、あの三枝夫妻がと思いかけたが、

「そういえば、でっかい眼鏡かけてたね。こう、薄い紫の色のついた」

山崎は両手で眼鏡の形を作ってみせた。

「眼鏡？」

佐竹は聞き返した。佐竹の記憶にある限り、三枝敦子が眼鏡をかけていたことはなかった。

「それはいつもかね」

佐竹は勢いこんでたずねた。

「会うたびにかけてたよ」

「……」

どういうことだろう。三枝敦子と大場峰子は別人なのか。しかし、眼鏡なら取り外しがきくものだ。女性の中には、うちでは眼鏡をかけていても、人中に出るときははずしているという人もいる。大場峰子の場合もそうだったのではないか。

「まだ何かあるかい」

ビールケースをおろす作業を終えた山崎がじろりと佐竹を見て言った。

「いや、どうもありがとう」

佐竹は礼を言うと、その場をたちさりかけたが、

「あ、もう一つ」

勝手口から店の中に入ろうとしていた山崎を呼びとめた。山崎はジャージのズボンのポケットに両手を突っ込んだまま、振り返った。

「今、大場夫妻は旅行に出てるらしいんだが、どこへ行ったか知らないか」

そうたずねてみた。

「知らねえな」

それがすぐに返ってきた山崎の返事だった。

8

コンコンとノックの音がしたかと思うと、すぐにドアが開いて、あずさの顔が覗いた。何度言っても、ノックと同時にドアを開ける癖を直そうとしない娘だ。

「晶子ちゃん、大丈夫？」

そう言いながら中にはいってきた。晶子はベッドから上半身だけ起き上がっていた。

「もう大丈夫よ。軽い貧血だから」

乱れた髪を直しながら笑ってみせた。棚の上の置き時計を見ると、もう八時を過ぎようとしていた。三枝敦子が出て行ったあとで、一時間以上も眠っていたらしい。昨夜は明け方まで寝付かれなかったせいか、今ごろになって疲れが出たのだろう。

「おなか空いてない？」

「少しね」

「ジャーン。持ってきてあげたよ」

あずさはナプキンをかぶせた盆を見せた。いつもはクールな娘も、さすがに具合の悪いときは優しかった。

「食べさせてあげようか」

食事を載せた盆をサイドテーブルに置くと、ベッドの端に腰掛けながら、そんなことを言い出した。

「何言ってんのよ。重病人じゃあるまいし」

晶子は苦笑した。

「まあ照れなさんな。たまには親子ごっこしようよ。最近トントやってないじゃない」

あずさはナプキンを取ると、それを半ば強制的に晶子の胸元にさしこみ、クルトンを浮かせたかぼちゃのスープをスプーンに掬《すく》って、

「はい、アーン」と言った。

「やめてよ」

晶子は笑って首を振った。

「アーンてば。ほら、口あけないとこぼれちゃうじゃない。言うこときかないと、お尻ペンペンだからね」

「どっちが母親なのよ」

晶子はしかたなく口をあけた。

「小さいとき、あたしが病気になると、よくこうして食べさせてくれたじゃない。すり

おろしたリンゴとか、バナナだとかさ。いつもは忙しくてそばにいなかったけれど、病気になると、必ずそばについていてくれたよね。だからさ、あたし、病気になるの愉しみだったんだ」

「……」

そんなことを考えていたなんて知らなかった。たしかにあずさが小さかった頃は、働くのに忙しくて、病気のときくらいしか、そばについていてやれなかった。

「わざと体温計こすって、熱があるように見せ掛けたこともあるんだよ。知らなかったでしょ？」

「知らなかった」

それほど母親を求めていたのか。

「さてと。やっぱ、柄にもない親子ごっこは疲れるわ。あとはひとりで食べてよ」

感傷的になりかけた晶子の頭に水をぶっかけるように、白けた口調であずさは言うと、スプーンを晶子の手に押し付けて立ち上がった。

「あら、もうやめちゃうの」

「甘えるんじゃないよ。重病人でもあるまいし」

「……」

「それ食べたら、談話室へおいでよ。今、みんなでビデオ見てるんだよ」

このペンションでは、客室にはテレビを置いてなかった。二階の一部屋に談話室というのを設けて、そこで揃ってテレビを見られるようになっている。

「なんのビデオ?」

「ほら、去年のクリスマスイヴに、北町さんが撮ったビデオ」

「ああ」

そういえば、去年のクリスマスイヴ、ささやかなパーティの間中、北町はずっとビデオカメラを回し続けていたっけ。晶子はそれを思い出して、はっとした。

去年のクリスマスイヴ。渡辺肇が殺された夜じゃないか。そのことにあらためて気が付いたのである。

「じゃ、あたし、先に行ってるから。おなかの子のぶんまで、しっかり食べないとだめだよ」

あずさはそれだけ言うと、軽快な足取りで出て行った。

食欲はうせていた。晶子は胸元からナプキンを引き抜くと、ベッドから抜け出した。三面鏡の前に座った。寝乱れた髪をブラシで整えながら、鏡の中のやや青ざめた顔を見詰めた。

犯人が送ってきた写真の日付からすれば、肇が殺されたのは、去年のクリスマスイヴだった。

だとしたら、肇を殺したのは三枝夫妻ではない。あの日、三枝夫妻はこのペンションに泊まりに来ていたのだから。芝浦の倉庫に肇を呼び出して殺せるはずがない。二人が東京に帰ったのは翌日の午後だった。

ということは、肇殺しは、共犯者の見城の仕業ということになる。去年のクリスマスイヴの見城のアリバイ。これを確かめなければ。もし、見城にアリバイがなければ――

晶子はブラシを放り出すようにして、部屋を出た。

二階の談話室へ行くと、二十一インチのテレビを囲むようにして、泊まり客が全員揃っていた。

晶子が入って来たのを知ると、みな、口々に、「もう大丈夫か」というようなことをたずねた。

画面には、あずさと郁夫がクラッカーを鳴らしているところが映し出されていた。画面の右下に、1992・12・24と表示されている。

「楽しそうだったんですねえ。あたしたちも来ればよかったね」

画面を見ながら、影山友子が夫の孝に言った。去年、ここでイヴを祝ったのは、三枝夫妻と北町浩平と、佐竹治郎。あと二人、あずさが連れてきた大学の友人たちだった。影山夫妻は去年は参加していなかったのである。

「そういえば、見城さん、去年のイヴは何をされていたんですか」

晶子はさりげなく、テレビの画面をやや退屈そうな顔つきで眺めていた見城に話しかけた。

「え？」

見城は何か他のことでも考えていたのか、夢から覚めたような顔をした。

「去年のクリスマスイヴ。どうされてたんですか」

晶子はもう一度繰り返した。

「そりゃあ、あなた、聞くだけ野暮《やぼ》ってもんですよ。彼女とデートしてたに決まってますよねえ」

北町浩平がおどけたように言った。

「あら。見城さん、彼女なんかいませんよね」

あずさが見城の方を見ながらすぐに言った。

しかし、見城はにやりと笑うと、

「いや、実は、去年のクリスマスイヴには、看護婦の彼女と――」

あずさの顔がこころなしか強張った。

「やっぱり？」

北町は飛びあがらんばかりの嬉しさで声を張り上げた。ちらとこれみよがしにあずさの方を見る。あずさは苦い表情で親指の爪をかんでいた。

「なんだ、彼女いるのか。そうだろうなあ。いないわけないよなあ。看護婦ですか。へえ、いいなあ」

北町はことさらに、「いいなあ」を連発した。あずさの顔がいよいよ不機嫌なものになる。

「で、その彼女って、いくつ？　まだ若いんでしょ。こうピンクの制服なんかがムチムチと似合っちゃって、このこの羨ましいっ」

何を想像しているのか、北町はよだれを拭く真似をした。

「いくつって言ってたかなあ。たしか五十――」

見城は思い出そうとするように、こめかみを指で揉《も》んだ。

「え？」

北町がアホ面になった。

「あの、彼女の年ですよ」

今のは空耳かなというように、耳穴をほじくった。

「たしか五十一、二だったと思いますよ。ぼくくらいの息子がいて、一歳になる孫がいるって言ってたから」

見城はけろりとした顔で言った。

「………」

「あの、あなた、そういう趣味あるんですか」

ようやく口がきけるようになった北町は無気味そうに青年作家の方を見た。

「そういう趣味って？」

「だから、そういう一歳になる孫がいるような、ばばあ——いや、その年配の女性とその、お付き合いするような」

「べつにそういう趣味はないけど」

「え。それじゃ、向こうから迫られたとか？」

「まさか」

見城は笑い出した。

北町は狐につままれたような顔をした。

「そ、それじゃ、一体？」

「ぼくの言い方が悪かったのかな。実は、去年のクリスマスイヴはさんざんだったんですよ。なにせ、前日の夜、酔っ払って飲屋の階段から落ちて、右足を骨折しちまったんです。それで一ヵ月の入院」

見城はそのことを思い出したように、愉快そうに言った。

「だから、去年のクリスマスイヴは病院のベッドに縛り付けられて、担当の看護婦さんとおしゃべりしてるしかなかったんですよ」

9

その夜。佐竹が下高井戸にある自宅――と言っても3LDKのマンションだが――に帰ると、ちょうど電話が鳴っていた。

佐竹は晶子かもしれないと思い、靴を半ば蹴り捨てるようにして脱ぐと、廊下を走って、リビングに設置された電話を取った。

「はい、佐竹ですが」

そう言ったが、相手は黙っている。切れたわけではない。

「もしもし？　どなたですか」

もう一度呼び掛けると、「あら」と小さく呟く声がした。

「佐竹さん？」

女の声だ。村上晶子の声に似ていた。

「そうですが。晶子さんですか」

佐竹は慎重にたずねた。

「ああよかった。留守番電話かと思ったんです」

紛《まぎ》れもなく晶子の声だった。電話に出た佐竹の声を留守番電話のテープだと勘違いしたらしい。それで、すぐにしゃべらなかったのだ。

「何かあったんですか」

佐竹はコードレスの受話器を持ったまま、リビングの照明スイッチをつけた。妙に片付いた、がらんとした十畳の洋室が蛍光灯の光に照らし出された。

ソファには、美好が作った、にんじんやきのこを象《かたど》った手作りのクッションが置かれていた。棚の編みかごの中には、編みかけの小さな白い靴下。美好が生まれてくる子供のために編んでいたものだった。永遠に編み上がらないまま、それは今もリビングの棚にあった。捨てるに捨てられず、佐竹はそのままにしていたのである。

「実は」

晶子は言いにくそうに言った。

「お疲れのところ、申し訳ないんですが、佐竹さんに調べて貰いたいことがあるんです」

「何ですか」

「見城のことなんです。見城の話だと、去年のクリスマスイヴには、病院にいたというんです」

「病院——」

「ええ。なんでも、前日の夜、風林書房の編集者と飲みに出掛けて、飲屋の階段から誤って落ちたんだそうです。それで、片足を折って、入院していたというんですが」

「それが本当かどうか調べてほしいということですね」

佐竹は先回りをして言った。

「そうです。もし、見城の言うことが本当だとしたら、去年、肇を殺したのは彼ではなかったことになります」

「そうなりますね」

佐竹は考えこみながら短く答えた。むろん、見城は調べられる心配はないとたかをくくってでたらめを言っているに違いない。

「ただ、昼間の電話だと、あなたは見城以外に、あの事件の関係者が泊まり客の中にいるようだと言ってましたね」

佐竹は途中で中断せざるを得なかった前の電話のことを思い出しながら言った。

「でも、あの人たちが肇を殺すことはできません。だって――」

「あの人たちって？」

佐竹は鋭く遮った。

「誰を疑っているんです？」

「三枝夫妻です」

晶子の声が囁くようになった。

「あなたも？」

佐竹は思わずそう答えた。

「あなたもって、佐竹さんも？」

晶子の方も驚いたように言う。

「ええ。あのオルゴールの話を聞いたあと、もしかしたら、葛西一行の祖父母というのは、三枝夫妻のことではないかとふと思ったもんですから」

「わたしもです。でも、一つ腑《ふ》に落ちないことがあるんです。三枝夫妻は、村上が生きていた頃からの常連客なんです。もし彼らが犯人だとしたら、うちへ来たのは偶然だったんでしょうか」

晶子も同じような疑問を持っていたらしい。

「そのことなら、偶然でも何でもないんです。少し発想を変えればいいんです」

佐竹は自分の考えを話した。あの脅迫状には、必ずしも真実が書かれているわけではないということを。

「そうだわ。そういう考え方もできますね。だとしたら、やっぱり、見城とグルなのは、あの夫婦だわ」

晶子は興奮したように言った。

「しかし、彼らが渡辺殺しの犯人ではありえない。去年のクリスマスイヴには、私たちと一緒におたくのペンションにいたのだから」

「そうなんです。だから、見城のアリバイを調べてほしいんです。飲屋で一緒だったという編集者に聞けば分かるんじゃないでしょうか。きっと、わたしに調べようがないと思って嘘をついているのだと思いますけど」

「すぐに調べてみます。分かり次第、連絡入れますよ」

「あ、それから、佐竹さん」

晶子は言いにくそうに付け足した。

「主人には、あなたが上田のお姉さんのところにいると言ってありますので——」

「はあ、上田に私の姉がいるんですか。それは知らなかったな」

佐竹は思わず苦笑した。

「すみません。そうでも言わないと怪しまれるので。あの一応、奥さんのお姉さんということにしてありますので」

「分かりました。じゃ、すぐに例の編集者に連絡とってみますので」

「お願いします」

いったん電話を切ると、佐竹は背広の懐を探った。昼間会った、風林書房の編集者から名刺を貰ったはずだった。それを探りあてると、再び、受話器を取った。出版社の番号を押す。

「はい、こちら、風林書房ですが」

若い男の声が答えた。

「編集部の成瀬さんはいるか」と訊くと、「少々お待ちください」と言って、電話は保留にされた。メロディが流れてくる。

しばらくして、メロディが途切れ、受話器がはずされる気配があった。

「成瀬ですが」

「昼間、お伺いした佐竹ですが」

「佐竹？」

「見城美彦さんのことで」

「ああ、はいはい」

成瀬は思い出したように、せわしなく「はいはい」と繰り返した。

「その見城さんのことで、もう一つ伺いたいことがあるんですが」

「何でしょう」

「昨年、見城さんは骨折して入院したことがあったそうですね」

「ああ、はいはい。ありましたよ」

成瀬はこともなげに答えた。

「それがいつだったかおぼえていますか」

佐竹は厭な予感をおぼえながらたずねた。もしかすると、見城にはアリバイがあるのではないか。ふとそんな気がしたからだ。

「それが、クリスマスイヴの前日なんですよ。しかも、一緒にいたのはこの私だったんです。センセイ、酔っ払って、ビルの中にあった飲屋の階段から落ちて、右足の複雑骨折。いやあ、あのときはもう大変でしたよ。救急車を呼ぶやら――」

佐竹は呆然として、成瀬の楽しげな声を聞いていた。

これはどういうことだ……。

10

フロントの電話が鳴った。

晶子はすぐに受話器を取った。佐竹からだった。

「どうでした？」

晶子は勢いこんでたずねた。

「分かりましたか」

「ええ。まあ」

佐竹の口調は歯切れが悪かった。

「今、風林書房の編集者に電話して聞いてみたんですが、たしかに、去年のクリスマスイヴの前日、見城は新宿の飲屋の階段から落ちて片足を骨折したというんですよ」

「えっ。それじゃ、彼の言ったことは本当だったんですか」

晶子は受話器を持ち直した。

「どうもそのようです。編集者の話だと、すぐに救急車で病院にかつぎこまれ、翌日、ケーキを持って見舞いに行ったときは、とても起きて歩けるような状態ではなかったそうで——」

「そんな馬鹿な。だとしたら、肇を殺したのは、一体誰だと——」

晶子は混乱した頭で、つい大きくなりそうな声を必死に押さえた。泊まり客たちは二階の談話室にまだいるようだから、聞こえる心配はないだろうが、郁夫が厨房で後片付けをしているはずだ。

「少なくとも見城は殺しには手を貸してはいないようです。となると、渡辺肇を殺したのは、共犯者の方ということになりますが」

「だけど、三枝夫妻にだってアリバイがあります」

「そうなんですよ。それは知ってます。私も一緒だったんだから。とすると、見城の共犯はあの夫妻ではなかったということなのか。それとも——」

そう言いかけて、佐竹は思い出したようにたずねた。

「そういえば、三枝夫人の方ですが、眼鏡をかけていたことがありますか。フレームの大きな、レンズに淡い紫の色のついた眼鏡ですが」

「それがどうかしたんですか」

「いや、ちょっと小耳に挟んだ話では、大場夫人はそんな眼鏡をかけていたというもんですから」

「さあ。そういえば、時々、老眼鏡のようなものはかけていたみたいですけど。レンズに紫の色のついた眼鏡だったかどうか――」

「それと、三枝さんの住所は分かりますか」

佐竹は話題を変えるようにたずねた。

「ええ、分かりますけど」

「教えてください。明日、そこを訪ねてみます。もし三枝というのが偽名だったら、住所もでたらめのはずです。その方面から、彼らが大場夫妻であると分かるかもしれません」

「ああ、そうですね。ちょっと待ってください」

晶子は電話をいったん保留にすると、アドレス帳を探って、三枝夫妻の住所の所を開いた。すぐに受話器を取り上げる。保留を解除した。

「住所は、東京都北区赤羽――」

晶子は住所を読み上げた。佐竹はそれを復唱しながらメモでも取っているようだ。

「それから、電話番号も」

佐竹が言った。

晶子は電話番号も読み上げた。それを佐竹が復唱している間に、ふと目をあげると、こちらにやって来る郁夫の姿が見えた。晶子は、慌てて佐竹に言った。

「あの、もう切ります」

「あ、ちょっと――」

佐竹は何か言いかけたが、

「ごめんなさい」と言って、電話を切ってしまった。

受話器を置いて、フロントから離れようとすると、郁夫はちらと電話の方を見ただけで何も言わなかった。

「また佐竹さんから。明日の夕方には戻りますからって」

晶子は自分の方から先に言った。

「そう」

郁夫はそう言っただけで、今度はあまり追及しなかった。佐竹のことよりも、他に気になることがあるというような顔をしていた。

「電話、いいかな」

「え、ええ」

晶子はやや拍子抜けしたように言った。郁夫は受話器を取ると、さっき晶子が見ていたアドレス帳を見ながら、番号を押した。

今ごろ、どこに電話をかけるのだろうと、今度は晶子の方が気になって、それとなく聞き耳をたてていると、

「里中動物病院ですか。村上です。先生いらっしゃいますか」

里中動物病院？　飼い犬の武蔵が何かと世話になっている病院である。

「武蔵がどうかしたの」

晶子は心配になって聞いてみた。郁夫は受話器を持ったまま、

「うん、ちょっとね。餌用のボールを取りに行ったら——」

と眉を寄せた。

「あ、先生ですか。村上です。うちの武蔵の様子が変なんです。宅診時間を過ぎていて申し訳ないんですが、これから連れて行きますので、診《み》て貰えませんか」

晶子は驚いて、郁夫の顔を見た。

「——そうですか。ありがとうございます。それじゃ、今、連れて行きますんで」

電話を切ると、郁夫は強張った表情で晶子の方を振り返ると、

「ちょっと手伝ってくれないか」と言った。

晶子は頷くと、郁夫について、ペンションの裏に回った。犬小屋のそばまで行くと、いつもならしっぽを振って出てくる武蔵が、地面に横たわってぐったりとしていた。晶

子を見上げると、力なくしっぽをかすかに動かした。

餌用のボールはほぼ空になっていた。

「どうしたのかしら。急に」

晶子はしゃがみこむと、武蔵の頭を撫でた。鼻が乾ききっていた。

「吐いたあとがある。病気なのか、それとも——」

郁夫がそこまで言って黙った。

「それとも？」

「何か変なものでも食べたのか」

郁夫は呟くように言った。

「変なものって、食べたのは夕飯だけでしょう？」

晶子は不審そうに夫の顔を見上げた。闇の中で、郁夫の顔は何か思案しているように見えた。

「夕飯を作ったのはあなたじゃない。夏場じゃあるまいし、食物にあたるなんてことは」

「それはないよ。ボールは奇麗になっている。もし、あの中に何か入っていたとしたら、全部平らげはしないはずだ。つないであるから、武蔵が勝手に何か拾い食いしたとは考えられないし」

「昼間、見たときは元気だったわ。だから、病気なんて考えられないけど——」

そう言いかけて、晶子はあっと口を押さえそうになった。昼間、佐竹からの電話がかかってきたとき、そばにいた郁夫を追っ払うために、武蔵の様子が変だと嘘をついたことを思い出したのである。

しかし、郁夫は愛犬の身を案じるあまりか、晶子の失言には気が付かなかったようだ。

「とにかく、里中さんところに連れて行くよ。そっち持ってくれ。この様子じゃ、とても自分で歩いて車まで行けそうもない」

郁夫は武蔵の鎖をはずすと、頭の方を持ちながら言った。晶子が足の方を持つ。犬は暴れる気力もないらしく、おとなしくされるままにしていた。

裏庭を通って、駐車場まで行くと、犬をいったんおろして、郁夫はポケットから車のキーを出しながら言った。

「武蔵のことは泊まり客には黙ってろよ。聞かれたら、ちょっと具合を悪くしたとでもいって。毒を盛られたなんて言ったら、みんな気味悪く思うだろうから」

「毒⁉」

晶子はぎょっとしたように目を見開いた。

「——かどうかはまだ分からないが、それしか考えられないじゃないか。夕飯を与えるまでは異常なかったんだから。もちろん、夕飯に何か入ってたなんてことはありえない。

おれが自分で作ったんだから。考えられるのは、夕飯のあとで、誰かがこっそり毒物の入ったものを食べさせたってことだ」

「そんな。誰がそんなことを」

「二年前の事件、おぼえてないか」

郁夫が眉間に皺を刻んだまま、ふいに言った。

「え？」

「ほら、どこかのペンションで、飼い犬が何者かに毒殺されたことがあっただろう。何かの恨みか、一種の愉快犯か知らないが、あの犯人がまだつかまってない。もしかしたら、同じやつかもしれない」

「でも――」

晶子はワゴンに武蔵を運びこむのを手伝いながら言った。

「変だわ」

「変って？」

郁夫は車に乗り込みながら怪訝そうな顔をした。

「もし、知らない人間が忍び込んで、武蔵に近付いたなら、武蔵はほえたはずだわ」

「……」

郁夫は黙って晶子を見詰めた。

「何が言いたいんだ」

そう言った声がかすかに掠れていた。

「あなただって知ってるでしょ。武蔵は知らない人が近付けば、激しくほえること。でも、夕食のあとで、武蔵がほえるの、聞いた？」

「いや」

郁夫は晶子の顔を見詰めたまま、首を振った。

「誰かが外から忍びこんだなら、どうして、武蔵はほえなかったのかしら」

晶子は夫にというより、自分自身に問いかけるように言った。

「それじゃ、まさか、武蔵は——」

郁夫はあとの言葉を飲み込んだ。

「とにかく里中先生に診て貰ってくるよ。やはり病気かもしれないし」

郁夫は、まるで自分の頭に浮かんだ疑惑を振り払うように、ぎこちない笑顔を作ると、車のエンジンをかけた。

晶子はワゴンを見送ったあとで、小さく呟いた。

「あ、あ、あの人たちなら、武蔵はほえなかったはずだわ……」

11

一方的に切れた受話器を置くと、エアコンのスイッチを入れ、佐竹は書きなぐったメモを見ながらソファに座った。

もし、三枝というのが偽名ならば、この電話番号に電話をしても、全く別人が出るか、使われていない電話であることを知らせるテープの声が流れるかどちらかに違いない。

そう思ったのである。

しかし、もしかしたら、大場夫妻が三枝という人物と知り合いか何かで、姓と住所を借りたということも考えられる。

とにかく、ここに電話して確かめてみよう。そう思い付いた佐竹は、ソファから立ち上がると、再び受話器を取った。

メモを見ながら番号を押す。

呼び出し音。少なくとも、使われていない電話番号ではないらしい。呼び出し音は鳴り続けた。六回鳴ったところで、受話器のはずれる音がした。

「はい。塚本《つかもと》ですが」

ぶっきらぼうな男の声が応えた。

塚本？

やはり、この電話番号は全く別人の家のものだったのか。佐竹は咄嗟にそう思った。

「もしもし？　どなた」

まだ眠るには早い時間だが、食後の仮眠でもしていたところを起こされたのか、男の声はしゃがれて不機嫌だった。

「あの、そちら、三枝さんのおたくではありませんか」

「違うよ」

「あ、どうも失礼し――」

佐竹が最後まで言い終わらぬうちに、ガチャンと電話は切られた。

電話が切れる直前、「早くお風呂に入りなさいっ」とかなきり声をあげている中年女性の声と、きゃっきゃっと騒ぐ子供の声が聞こえていた。

ごく普通の中年夫婦の家庭らしい。中規模とはいえ会社社長の邸宅という感じは全くしなかった。

しかし、三枝と名乗る夫婦が全く赤の他人の電話番号をアットランダムに選んだとは思えない。塚本という家と何らかの関係があるのではないか。だが、それを電話で聞き出すには、さっき出た男の声は不機嫌すぎた。

電話ではだめだ。

佐竹は、明日の朝にでも、赤羽の住所を直接訪ねてみようと思った。

12

郁夫のワゴンを見送って、中にはいると、サロンに、影山孝と友子の夫妻がいた。何か言い争っているように見えた。

「あら、外に出てらしたんですか」

晶子の姿を見ると、すぐに友子が笑顔になって言った。泣いてでもいたように、白目が充血して赤くなっていた。

「え、ええ。ちょっと」

「今、おたくのワゴンが出て行ったようですが?」

影山孝が晶子の肩ごしに外を見るような仕草をした。

「ええ。主人が——」

晶子は曖昧に答えた。

「武蔵に何かあったんですか」

探るようなまなざしで、影山は晶子の目を覗きこんだ。

「え、どうしてですか」

なぜ分かったのだろうと、晶子は驚きながら言った。

「いいえ、さっき友子が、談話室の窓から、あなたとご主人が二人して犬を運んで行くのを見たというものですから。何かあったのかなと」

影山が口元に愛想笑いのようなものを浮かべた。

二階から見ていたのか。

「ちょっと具合が悪いみたいなんで、獣医さんの所に連れていったんです」

「そうですか。たいしたことなければいいですね。武蔵はここのアイドルですから――」

友子が言った。

そのアイドルに、あなたがたのうちの誰かが毒を盛ったかもしれないのよ。晶子は思わずそんな言葉を投げ付けそうになった。

もし、武蔵が毒を盛られたとしたら、そんなことは、このペンションの中にいる者にしかできないはずだ。外部の者なら武蔵は警戒してほえるだろう。しかし、ここの泊まり客なら、新参の見城以外は、もう三年以上のなじみの客ばかりだから、武蔵の方も馴れていた。かれらなら、近付いてもほえはしない。もし食べ物を差し出されれば、喜んでその手から食べるだろう。

「あの、実はですね。さっき、他のみなさんとも話し合ったんですが、明日の夜、ぼくたちの役割を交換しませんか」

影山がふいにそう言い出した。

「役割を交換する？」

晶子は影山の言っていることの意味がわからず、聞き返した。

「つまり、こういうことです。いつもは、村上さんご夫妻が、ぼくたちゲストを何かともてなしてくれる。でも、明日の夜だけは、ぼくたちが村上さんたちをもてなすんです。料理もパーティのセッティングもすべて、ぼくたちがします。あなたがたはここで客の気分を味わってくれればいい。いかがですか、このアイデア。あ、だからといって、ぼくたちの宿泊料をただにしろなんて言いませんから。ちゃんといつもどおり、お支払いします」

影山はそんなことを言った。

「そんな。そんなことできません」

晶子は慌てふためいて手を振った。

「え、どうしてですか」

「だって、わたしたちは、泊まりに来て戴いた方たちに何かとサービスをして、それでお金を頂戴してるんです。そんな、わたしたちの方がサービスを受けて、いつもどおり、宿泊料も戴くなんて、そんなずうずうしいこと」

「いいじゃないですか。ぼくたちがそうしたいと言ってるんですから。みんな、心からそうしたいって言ってるんです。三枝さんも北町さんも。それに、客にサービスするのがあなたがたの役目だとしたら、客が望んでいることをさせるのが最上のサービスというものではありませんか？」

そう言われてみると、晶子にはもう反対する理由はなにもなかった。

「しゅ、主人に相談してみないと」

断りたいことをうまく断れないときに、主婦なら誰でも口にすることを、晶子は咄嗟に口に出した。

「それに、厨房は彼の領域ですから、わたし一人では決めかねます」

「それもそうですね。それなら、ご主人が病院から戻られたら、もう一度その話をしましょうよ。ねえ、あなた」

友子はそう言って、流し目のような目付きで夫を見た。

「そうだな。じゃ、考えておいてください」

影山は妻の背中に手を回した。二人は階段を上りかけたが、友子の方が何を思ったか、ふと立ち止まった。

階段の手擦りに手をかけ、上から晶子を見下ろし、顔中にチェシャ猫のような笑みを湛《たた》えてこう言った。

「明日が愉しみだわ、晶子さん」

13

　三十分ほどして郁夫が戻ってきた。

「あら、早かったのね」

　談話室に入ってきた郁夫を見て、晶子はやや驚いてそう言った。里中動物病院までは車で十分ほどだが、診察の時間を入れると、もう少しかかると思っていたのだ。

「どうでした、武蔵？　どこが悪かったんですか」

　影山友子が心配そうにたずねた。

「あれ、武蔵、どうかしたの」

　何も知らないあずさがきょとんとしたような顔で晶子を見た。

「さっき様子がおかしいんで、里中先生のところに連れて行ったのよ」

「で、どうだったの」

　あずさが郁夫を見た。

「うん、里中先生の話だとたいしたことないって。まあ、念のために一晩様子を見てくれるっていうんで、預けてきた」

　郁夫は笑顔で言った。

「本当？」

晶子は思わず椅子から立ち上がりそうになった。

「ああ。心配することないそうだ。寄生虫か何かじゃないかって、先生は言ってたよ」

「なんだ、そうだったの」

体中の力が抜けるような気がした。てっきり、この中の誰かが武蔵を毒殺しようとしたのかと思いこんでしまったのだ。

そうではないと分かって、ようやくほっとした。疑心暗鬼とはこういうことを言うのか。

「晶子、ちょっと」

郁夫が目で話があるというように合図した。晶子は立ち上がると外に出た。

「なあに？」

「ちょっと来てくれ」

客たちの前ではにこやかだった郁夫の顔が、二人きりになった途端に、別人のように厳しくなった。

「どこへ行くの」

速足で階下におりていく夫のあとに従いながら、晶子はたずねた。

「来ればわかる」

郁夫はそのままエントランスを出て、外の駐車場まで行った。

「ねえ、どうしたのよ」

「さっき、みんなに言ったことは嘘だ」

郁夫は暗い顔をして、突然、そんなことを言った。

「えっ。嘘って何が」

晶子は面食らって聞き返した。

「武蔵のことだよ」

「どういうこと？　里中先生の話ではたいしたことないって」

「里中病院には行ってない」

郁夫はそっけない口調で言った。

「行ってないって――」

「行く必要がなくなったんだ」

「どういうこと？」

郁夫は晶子の質問には答えず、停めてあったワゴンのドアを開けた。

晶子は息を呑んだ。後部座席には、武蔵がいた。しかし身じろぎひとつしない。冷たいむくろになっていた。

「途中で死んだんだ」

「そんな――それで引き返してきたって言うの」

「迷ったんだよ。先生に見せれば死因も分かるんじゃないかと思ったが」

「そうだわ。解剖して貰いましょうよ。武蔵は毒を呑まされたのよ」

「誰に？」

「誰にって——」

晶子は口ごもった。

「車を運転しながらずっと考えていたんだ。たしかにきみの言う通りだ。外部の者が忍び込んで毒を呑ませたとは思えない。とすると、こんなことをしたのは、うちの中の人間ってことになる。もちろん、きみやおれやあずさちゃんがこんなことをするわけがない。武蔵は家族同然だったんだからな」

家族という言葉は晶子の胸をぐさりと刺した。そうだ。武蔵は家族同然だった。だから、こんな目に合わされたのか——

「そうすると、残るのは、今うちに泊まっている人たちということになる。あの人たちがまさかと思うが、それしか考えられない。だとしたら、ここであまり騒ぎたてない方がいいと思うんだ。里中病院の看護婦はおしゃべりだから、あそこに行って事情を話せば、誰かにしゃべりかねないからな。そのうち、武蔵がうちの常連客の誰かに毒殺されたなんて噂がすぐに広まってしまう。二年前に飼い犬を毒殺されたペンションがどうなったかおぼえてるか。なんとなく気味悪がられて、客足が遠のいたって言うじゃないか。

うちは客商売なんだ。それはまずいよ。だから、迷ったけれど、先生には、武蔵の具合がよくなったと電話して、そのまま戻ってきてしまったんだ」

「それじゃ、このままうやむやにしてしまうと言うの。武蔵が殺されたかもしれないのに？」

「武蔵には可哀そうだが、そうするのが一番いいんじゃないか。あの中の誰がこんなことをしたのか分からないが、ここで下手に犯人探しなんかはじめてみろ。ほかの人たちが気分を害するよ。それに、もしかしたら、あんなことをした人も悪気はなかったのかもしれない」

「悪気がなかった？　毒物をわざと食べさせて悪気はなかったというの？」

「毒とは限らない。悪くなっていた食べ物かもしれない。それと知らずに武蔵に与えてしまったのかもしれないじゃないか。それしか考えられないよ。あの人たちが悪意をもって武蔵を毒殺するなんて考えられない。だから、ここは下手に詮索《せんさく》せずに、武蔵は動物病院に預けたことにしてしまった方がいいんじゃないか」

「でも、武蔵はどうするのよ」

「あとで、みんなが寝静まってから、遺体はどこかに埋めておくよ。あさってには、みんな帰る。そのあとで、ちゃんと葬ってやろう。とにかく、ここはおれの言う通りにしてくれないか」

郁夫の言うことも一理あった。たしかに、ここで武蔵の死を公にして、犯人探しをするのは決して良いやり方ではないかもしれない
「わかったわ。でも、あずさには何て言うの。あの子にはいつまでも隠してはおけないわ」

「そうだな。でも、彼女にも今は黙っていた方がいい。打ち明けるのは、客たちが帰ってからでいいよ」

「ええ……」

晶子は渋々頷いた。

14

「どこへ埋めてきたの？」

部屋に入ってきた郁夫に、ベッドの中から晶子はすぐにたずねた。時刻は零時を回っていた。

「裏の林の方に」

郁夫は口数少なく答えた。革のジャンパーに泥がついていた。

「ねえ、あなたが武蔵に夕ごはんをあげたのはいつ？」

「いつもと同じだよ」

郁夫は汚れたジャンパーを脱ぎながら言った。

「七時頃ね？　そのときは何の異常もなかったのね」

「ああ」

「夕食のあと、談話室に集まるまでの間、誰にでも、武蔵に毒を食べさせるチャンスがあったわけよね。あずさからそれとなく聞いたんだけど、夕食のあとは、みんなそれぞれの部屋にいったん引き取ったらしいから。五分もあれば、こっそり裏の犬小屋に行って帰ってくることが可能だわ」

「もうよさないか」

郁夫がうるさそうに言った。

「やめようって言ったじゃないか。犯人探しみたいな真似は」

「だって、あなた、知りたくないの。誰があんなことを武蔵にしたのか」

「知りたくないよ。知ったら、そいつを憎んでしまうかもしれないから」

「………」

晶子はあらためて、今度の事件に一番傷ついているのは郁夫かもしれないと思った。犬好きの郁夫は、子犬の頃から育てた武蔵を我が子のようにかわいがっていたからだ。それでも、ペンションのオーナーとしての自覚が、自分の個人的な感情を押さえようとしているに違いない。

「いっそ知らない方がいい。それに、その人物に悪意があったとは思いたくないし」

「どうして悪意がなかったって言えるの」

晶子はついそう言ってしまった。

あの脅迫状のことを知らないのだから無理もないが、郁夫はゲストたちのことをあまりにも信用しすぎている。善意に考えすぎている。

「どうしてって、きみこそ、どうしてそんなことを訊くんだ。なぜ、彼らに悪意があったなんて思わなくちゃならないんだ。みんな気持ちの良い人ばかりじゃないか。犬どころか、虫一匹殺せないような人ばかりだよ」

違う。犬どころか、あの中の誰かが肇を殺したのよ。それもなぶり殺しのような形で。そして、次はわたしやあなたやあずさを狙ってるのよ。武蔵の死はその先触《さきぶ》れにすぎないのよ。

晶子は夫に向かってそうぶちまけたい衝動に駆られた。

「それに、あの見城という作家をのぞいては、昨日今日のつきあいじゃない人ばかりだ。武蔵のことだってかわいがってくれたじゃないか。そんな人たちがどうして悪意なんかもっていると思えるんだ」

「……」

晶子は黙ってしまった。黙らざるをえなかった。

「それとも、きみには、あの中の誰かに恨まれるような心あたりでもあると言うのか」

郁夫はやや探るような冷ややかな目で言った。

「そ、そんなことはないわ」

晶子は目をそらした。しばらく重苦しい沈黙が続いた。

「だったら、このことはもう詮索するのはよそう。せっかく、明日はおれたちのことをみんなして祝ってくれるというんだから」

「そうね……」

晶子はそう答えるしかなかった。

「そういえば――」

影山夫妻の提案のことをまだ郁夫に話してなかったことを思い出して、晶子はそのことを話した。

「へえ。そんなことを」

郁夫は幾分驚いたような顔をした。

「どうしたらいいかしら。むげに断るのもなんだし」

「いいじゃないか。せっかく好意で言ってくれるんだ。有り難く受けようじゃないか」

厨房を他人に明け渡すことを厭がると思っていたら、意外にも、あっさりと郁夫は影山たちの提案を受け入れた。

「きみは反対なのか」

「反対というわけではないわ。あなたがそれでいいというなら——」

なんとなく不安にさいなまれながら、晶子は曖昧な口調でそう答えた。

「それじゃ、ひとっ風呂あびてくるか。シャツの中まで泥が入ってしまったみたいだ」

郁夫はそう言って、ようやく笑顔になると、着替えを持って下におりていった。

一人になった部屋で、晶子は考えこんだ。

夕食後、武蔵に毒を盛ったのは誰か。見城ではありえない。昨日来たばかりの見城に武蔵はまだ馴れていないはずだ。見城が近付けば、ほえたはずである。

誰にでもチャンスがあったとすれば、三枝夫妻か、影山夫妻か、それとも、あの陽気な北町浩平か。

やはり、三枝夫妻だろうか。もし、かれらが大場夫妻なら、動機はあるが……。

そのとき、晶子は、ふとあることを思い出した。年賀状のことである。毎年、常連客には年賀状を欠かさず出している。三枝夫妻にもここ数年欠かさず出してきた。そのことを思い出したのだ。

なんでこのことにもっと早く気が付かなかったのだろう。もし、三枝夫妻が宿泊カードに記載した住所がまったくでたらめのものだとしたら、出した年賀状は宛て先不明で戻ってきたはずではないか。しかし、一度としてそんなことはなく、ちゃんと三枝夫妻からも返事の賀状が毎年届いていたのである。

あの住所はでたらめじゃない。

ということは、三枝夫妻はシロということだろうか。少なくとも、あの夫婦には肇を殺すことは物理的には不可能だし。あの夫妻を葛西一行の祖父母と考えたのは、晶子や佐竹の早とちりではなかったか。

しかし、オルゴールのことがある。見城以外に、誰かがあの事件の関係者であることに間違いはない。

見城に去年のクリスマスイヴのアリバイがあるとしたら、その共犯者の方にはアリバイがないはずなのだ。

あの中で、クリスマスイヴのアリバイがないのは――

晶子はベッドから跳ね起きた。

あの二人だ。

影山孝と友子。去年のクリスマスイヴにはあの二人は来ていなかった。あの夫妻が来るのは、いつも夏場だけで、クリスマスイヴに来たのは今度がはじめてだった。

まさか、あの夫婦が？

晶子はサロンで会ったときの、影山友子の言葉を思い出していた。

「明日が愉しみだわ、晶子さん」

聞きようによっては、なんとも無気味な含みのある言葉ではないか。

しかし、もしあの夫婦が二十一年前の事件の関係者だとしたら、葛西家とは一体どういう関係にあるのだろう……。

新たな疑惑が今夜も眠りをさまたげそうだった。

第六章　それとも彼らか

1

十二月二十四日。朝方、佐竹治郎は、昨夜村上晶子から聞いたメモを頼りに、三枝夫妻の住居を訪ねようとしていた。住所からすると、赤羽駅の西口よりの閑静な住宅街にあるらしい。

メモにあった住所を探りあてると、そこは、こぢんまりとした建て売り住宅で、門の表札には、「塚本」とある。

電話番号の持主と同じ姓だ。佐竹は塚本家の門扉のインターホンを押した。しばらくして、女性の声が応えた。あの電話の向こうから聞こえてきた中年女性の声に似ていた。

「はい？　なんでしょう」

「つかぬことを伺いますが、このあたりに三枝さんというおたくはありませんか」

とりあえず、そうたずねてみると、

「三枝ならうちですけれど」

と、佐竹を驚かせる返事が返ってきた。

「しかし、おたくは塚本さんでは——?」

面食らって、そうたずねると、

「少々お待ちください」

いったんインターホンが切れ、すぐに四十年配の女性が出てきた。染みの浮き出た、化粧っけのない顔は幾分、所帯窶《やつ》れしているように見えた。

その女性の顔を見たとき、誰かに似ているな、と佐竹は思ったが、すぐには思い出せなかった。

「表札には出てませんけれど、三枝はうちなんですよ」

治療痕の目立つ前歯を見せて笑った。

「あの、三枝良英さんのおたくですが」

佐竹はもう一度念を押した。

「ええそうです。三枝良英なら、わたしの父です」

「父!?」

佐竹は思わず聞き返した。

「父に何かご用ですか」

女性はやや探るような目になって、佐竹を見返した。佐竹はああと思った。誰かに似ているると思ったのは、三枝良英だった、と思い出したのである。目の前の女性の顔は、どことなく三枝良英に似ていたのだ。血は争えない。目許などそっくりだった。父娘というのは間違いあるまい。

しかし、これはどういうことだ。聞いた話では、三枝夫妻には一人娘がいたが、小さい頃に亡くなったというのではなかったか。それに、会社社長の三枝がなぜ娘の嫁ぎ先と思われる塚本家に同居しているのか。

佐竹は混乱したまま、

「ええ、まあ」

とだけ答えると、三枝の娘は、

「父なら今、母と軽井沢に行ってますけど」と言った。

「『春風』というペンションですね？」

佐竹はたずねた。

「ええ、そうですけど、あなたは」

三枝の娘はもの問いたげに佐竹を見詰めた。

「実は、以前、あのペンションで三枝さんと親しくさせて戴きまして、社用でこちらまで来たものですから、少しご挨拶をと思って寄ったのですが」

「ああそうなんですか」

寄せられていた女性の眉がさっと晴れたかと思うと、

「もしかして、昨夜、お電話いただいた方ですか」

はっとしたようにたずねた。

「そうです。間違い電話だと思われたらしくて、すぐに切られてしまいましたが」

佐竹は苦笑した。

「主人なんです。寝起きだったもんで、ついあんなことを――」

塚本の妻は恐縮したように頭をさげた。

「しかし、三枝さんから聞いていた話だと、お子さんはいないという話だったんですが」

佐竹はおずおずと切り出した。

「えっ」

女性の目が大きくなった。傷ついたような色がその目に浮かんでいた。

「父がそんなことを言ってたんですか」

「いや、まあ、私の聞き違いだったのかもしれませんが」

佐竹はそれ以上、追及するのもはばかられて、お茶を濁した。

「それと、三枝さんは食品会社を経営しているとも――」

どうもこの様子だと、それも嘘かなと思いながら、一応聞いてみた。

「ええ、以前は」

女性はほろ苦い微笑を口元に浮かべてそう答えた。

「以前とおっしゃいますと？」

「倒産したんですよ、十二年前に」

女性はアッサリと言った。

「倒産――」

佐竹は啞然とした。

「それじゃ、今は？」

「無職です。だから、こうしてうちで」

女性は言いにくそうに言葉を濁した。

面倒を見てるというわけか。そういうことだったのか。要するに、三枝良英・敦子の夫婦は、会社の倒産でおそらく借金を抱え込み、家屋敷も失って、身ぐるみ剝《は》がされた形で、娘の嫁ぎ先に転がりこんだというわけか。

「でも、表札には三枝さんの名字は出ていませんね」

それでは不便ではないかと思いながら、佐竹は言った。

「以前は出していたんですが、まあ、郵便配達の人もおぼえてくれたみたいですし、主人がなんとなく厭がるものですから、はずしてしまったんですよ。それでも、郵便物なんかはちゃんと届きますしね」

女性は苦しそうな目をした。

この一言で、三枝夫妻が、娘婿にいかに気兼ねをしながら、息を詰めるようにして暮らしているか、およその想像がついた。

ひょんなことから三枝夫妻の「正体」が知れてしまったが、これで、少なくとも、三枝夫妻が大場夫妻ではないことだけははっきりした。無駄足ではなかったわけだ。

「お留守ならいいんです。それじゃ、どうも」

佐竹はそそくさと挨拶をした。

「あの、失礼ですが、お名前は」

三枝の娘はそう言いかけたが、家の奥の方から、夫らしき男の声で、「マサコ、おい、マサコ」と呼んでいるのを聞き付けると、慌てて中に入って行った。

佐竹はなんとなく溜息をついた。

この調査結果をさっそく晶子に知らせようと、公衆電話を探した。

2

「それじゃ、三枝さんは大場夫妻ではなかったんですね」

そろそろ佐竹からの電話が入る頃だと、フロントのそばで待機していた村上晶子は、佐竹から三枝夫妻のことを聞くと、そう言った。

「どうやら、そちらの線はみごとに粉砕されたようです」

佐竹の苦笑が目に見えるような声だった。

「そういえば、昨夜、寝る前に思い出したことがあるんですが」

晶子は年賀状の話をした。

「そうか。そういえば、うちにも毎年年賀状が来てましたね」

佐竹も思い出したように言った。

「もっと早く思い出せばよかったんですが。佐竹さんには無駄足を運ばせてしまったみたいで、申し訳ありません」

「いや、いいんですよ。知り合いの住所や名前を騙《かた》ったという場合もありますからね。それだったら、年賀状はそこにちゃんと届くはずでしょう。やはり、訪ねてみなければ分かりませんよ」

「それにしても、なぜ娘さんが死んだなんて嘘を――」

晶子は腑に落ちないというように呟いた。三枝敦子は目に涙までためて、八歳で亡くなった娘のことを話していたではないか。あれは、晶子が考えたのとは全く違う意味で、彼女の一人芝居だったというのだろうか。

しかし、なぜ、生きている娘を死んだことにしてしまったのか。会社社長と偽っていた点については、まだ理由が理解できた。それに、佐竹の話では、それもまんざら嘘というわけではなく、以前はたしかに食品会社を経営していたというのだから。

「まあ、とにかく、これで、三枝夫妻を疑う必要はなくなったわけですから」

佐竹が言った。

「そのことなんですが」

晶子は昨夜の疑惑のことを佐竹に話した。

「影山さん？　影山さんが怪しいというのですか」

「あの人たちしか考えられないんです。だって、他の人たちには、みんなアリバイがあるんです。みなさん、去年のイヴにはここに来てらしたんですから。今のところ、去年のイヴのアリバイがはっきりしていないのは、あの二人だけです。それに、昨夜——」

晶子は武蔵が毒を盛られたらしいことを話した。

「えっ。武蔵が」

佐竹の驚いたような声。

「それで、遺体はどうしたんです」

「主人が裏の林にいったん埋めてきたんですが」

「影山夫妻には、武蔵に毒を盛るチャンスがあったんですか」

佐竹の声がすぐに冷静になった。

「あったらしいんです。わたしは貧血を起こして、自室のベッドで休んでいたので知らなかったのですが、あずさや主人の話だと、夕食後なら、誰にでもチャンスはあったらしくて」

「分かりました。今度は影山夫妻のことを調べてみます。彼らも住まいは東京でしたね」

「そうです。調布市です。待ってください。今、アドレス帳を見てみますから」

晶子は受話器を肩で支えたまま、アドレス帳をめくった。それを見ながら住所を言う。

「マンションですか」

「だと思います。あのそれと、一つ気になることがあるんですけど」

「なんですか」

「葛西一行がロサンゼルスで助けようとした新婚夫婦ですが、名前は分かりますか」

「いや」

「たしか、その夫婦は六年前にロスに新婚旅行にでかけたということでしたよね」

「そうです」

「影山さんが結婚したのは、五、六年前だと聞いたことがあるんです。これ、偶然の一致でしょうか」

「ということは、まさか、一行が助けた新婚夫婦というのが?」

「あの二人ではないかと――」

「なるほど」

佐竹の唸るような声。

「あくまでも勘にすぎませんが。もし、あの二人が脅迫状の主だとしたら、二十一年前の事件と何らかの関係があるはずです。でも、葛西家の人間はみな亡くなってしまったはずだし、年齢から考えて、かれらがまさか大場夫妻とは思えません。それで、ふと思い付いたんです」

「分かりました。とりあえず、この住所をあたってみます。近隣の者に聞けば、何か分かるかもしれません。じゃ、あまり長く話していると、ご主人にまた不審に思われますから」

「この前は突然切ってしまってごめんなさい。あのとき――」

晶子はそう言いかけたが、佐竹は笑って、

「いいですよ。分かってますから。じゃまた」

と言うと、電話を切った。

受話器を置いて、広げてあったアドレス帳をしまおうとして、晶子はどきりとした。

エントランスに人影が見えたのである。入ってきたのは、北町浩平だった。

寒そうに黒いブルゾンのポケットに両手を突っ込んで、やや猫背ぎみに背中を丸めて入ってきた。

「やあ、寒いですねえ」

晶子を見ると、鼻の頭を赤くして挨拶した。

「ど、どちらに行ってらしたんですか」

晶子はまさか今の電話を聞かれはしなかっただろうなと不安になりながら、強張った笑顔を北町に向けた。

「いやあ、食後の散歩としゃれこんだはいいが、こう寒くちゃね。途中で帰ってきちゃいましたよ」

北町はそう言って、あははと白い息を吐いて笑った。

「あら」

晶子は小さく呟いた。

北町のズボンに泥がついていたからだ。

「北町さん、ズボンに泥が」

そう言うと、北町はちらと下を眺めてから、こともなげに答えた。

「ああ、これ。さっきそこで転んじゃったんですよ」

3

車を降りると、佐竹はその七階建ての小豆色のマンションを見上げた。どうやら分譲マンションのようだ。晶子から聞いた住所によれば、影山夫妻は、このマンションの321号室に住んでいるらしい。

エントランスを入り、ロビーの郵便受けで321号室を確認した。たしかに、「影山孝・友子」と書かれたネームが出ていた。こちらも、架空の姓や住所を騙っていたわけではないらしい。

管理人室の小窓から、それとなくこちらを窺っている初老の管理人の目を気にしながら、佐竹は郵便受けを離れると、エレベーターに向かった。

一階で停まっていたエレベーターに乗り込み、3のボタンを押した。

三階で停まったエレベーターを降り、廊下を歩いて、321号室の前まで来ると、インターホンを押した。表札には、「影山」と出ている。案の定、応答はなかった。

佐竹は隣の322号室のインターホンを押した。すぐに若い女性の声が応えた。

「321号室の影山さんのことでうかがいたいことがあるのですが」

そう言うと、ややあって、施錠《せじよう》の解かれる音がした。ドアチェーンをしたまま、ドアが開いて、中から二十代後半くらいの狸顔の女性が顔を出した。

化粧中だったのか、片方の瞼にしかアイシャドウが塗られていなかった。

「あの失礼ですが、321号室の影山さんとは親しくされていますか」

そうたずねると、

「ええまあ」

その女性は警戒するように、佐竹を見ながら言った。

「私、実はこういう者ですが」

佐竹は松原の名刺をまたもや取り出した。

「テレビ局の人？」

この若い主婦も、この名刺を見た今までの人々と似たような反応をしめした。

「実は、ある取材で影山さんをたずねてきたんですが、どうもお留守のようなので」

そう言うと、主婦は意外そうな顔になって、

「あら、留守ですか」

と言った。夫婦が軽井沢に行っていることを知らないらしい。この程度ではあまり親しい付き合いはしていないんじゃないかな、と佐竹は腹の中で思った。

「で、取材ってどんな？」

主婦は先を促した。明らかに好奇心を刺激されたような顔だった。

「六年ほど前に、ロサンゼルスで日本の大学生が強盗に銃で撃たれるという事件があったのですが、そんな話を影山さんから聞いたことはありませんか」

単刀直入にたずねると、主婦はただでさえドングリのような目を丸くした。

「そんな話聞いたことありませんけど。その事件と影山さんとどういう関係があるんですか」

　これは空振りかな、と咄嗟に佐竹は思った。親しくしている者にならと、折りに触れて、あの事件の話をしそうなものだが、と踏んで、思いきってたずねてみたのだが。

「いや、聞いたことがなければいいんですが——その、影山さんの奥さんですが、年の頃なら、三十一、二。小柄で年の割りには若作りというか、子供っぽいというか、そんな感じの人でしたよね」

　佐竹は夏に会った影山友子の印象を話してみた。あのときの友子は、白いレースのついた幾分少女趣味のワンピースを着ていた。

「小柄？」

　主婦はすっとんきょうな声を出した。

「一メートル七十近い身長でも小柄っていうんですか」

　噴き出しそうな顔でそんなことを言う。

「え？」

　佐竹はぽかんとした。一メートル七十？

「いや、ご主人のことではなくて、奥さんの方ですよ」

　主婦が影山孝のことを言っているのかと思って、そう確認すると、

「ええ、だから奥さんの方ですよ」

主婦はきょとんとした顔で言い張る。

「私の知っている影山さんは——」

「あら、違うんですか。学生時代からずっとバスケの選手だったたって聞きましたけど。がっちりして体格の良い人でしょ」

「……」

佐竹は絶句した。あきらかに、この主婦が言っている影山友子と、佐竹が知っている影山友子とは別人だ。ということは、別の夫婦になりすましていたのは、三枝夫妻ではなくて、影山の方だったのか。

ようやく脅迫状の主にたどりついたという手ごたえを感じた。軽井沢に現れた影山夫妻は、このマンションに住む影山夫妻の名前を騙っていたのだ。何か下心でもない限り、そんなことをする必要はない。

「あら。留守だなんて」

佐竹の肩ごしに視線を投げ掛けながら、主婦が突然言った。

「影山さん、いらっしゃるじゃないですか」

佐竹は思わず後ろを振り返った。エレベーターが開いて、中から、スーパーのビニール袋を持った背の高い女性がおりてきたところだった。

髪も刈り上げたように短く、口紅をつけていなければ、男と間違えそうな、がっちりとした固太りの女性だった。

その女性は321号室の前までくると、ジーンズのポケットから鍵を取り出して、ドアを開けようとしていた。

これが本物の影山友子か。

「どうも」

佐竹は隣の主婦に礼を言うと、すばやく、影山友子に近付いた。

「あの、失礼ですが、影山さんですね」

そう話しかけると、友子は鍵を手にしたまま、こちらを振り返った。

「そうですが」

声も男のように太かった。

「影山友子さんですね」

しつこいようだが確認した。

「ええ、そうですけど」

佐竹の方をいぶかしげに見ながら、その女性はきっぱりと答えた。

4

「あの、何か御用でしょうか」

影山友子と名乗った女性は、いぶかしげに佐竹の顔を見た。

「実は、私、この夏、軽井沢のペンションで、影山さんご夫妻に親切にして戴いた者なのですが——」

322号室の主婦がドアのそばで聞き耳をたてていなければいいのだがと思いながら、佐竹はそんな風に切り出した。

「軽井沢のペンション？」

影山友子は男のように濃い眉をつりあげた。

「ええ。あちらで具合を悪くしまして、そのときに、影山さんの奥さんには大変お世話になったもので。遅くなりましたが、一度お礼をかねて、ご挨拶でもと伺ったのですが」

「おっしゃってる意味が分かりませんが」

友子は不機嫌そうな立てじわを眉間に刻んだ。

「たくでは軽井沢のペンションになど行ったおぼえはありませんけれど」

「変ですねえ。住所はこちらだと聞いていたんですがね。とすると、あの夫婦はおたくの名前と住所を騙っていたのかな」

　佐竹はわざと影山友子に聞こえるように独り言を言った。

「あの、ここでは何ですから、中で」

　友子はあたりを気にするように見回すと、そう言って、ドアを開けた。

「この夏って、いつのことですか」

　玄関先で、影山友子はかみ付くようにたずねた。それ以上、佐竹をあげる気はないようだった。「中で」というのは「部屋の中で」という意味ではなく、「玄関先で」という意味だったらしい。

「八月の半ば頃のことですが。えーと、正確には、たしか、八月の十日から十三日だったと思います」

「その、影山と名乗った夫婦ですが、どういう感じでした？」

　友子は佐竹を睨みつけるようにして言った。

「奥さんという人は、年の頃なら三十一、二――」

　佐竹は322号室の主婦に言った言葉をもう一度繰り返した。

「旦那さんの方は、年は三十四、五。背は一メートル七十あるかないかで、痩せがたで、メタルフレームの眼鏡をかけていましたよ。あ、そうそう、鼻の横にこうイボのようなものがあって――」

「うちの主人じゃないわっ」

友子が叫ぶように言った。むろん、それは分かっている、と佐竹は腹のなかで答えた。

「しゅ、主人は、眼鏡なんかかけてませんし、イボなんかもありません。それに、痩せてはいません。太ってる方です」

友子はまくしたてた。目が吊り上がっている。まあ、誰だって、自分の知らないところで、自分の名前や住所を勝手に使われているのを知ったら、ヒステリックにもなるだろう。しかし、この女の様子からすると、あの影山夫妻に名前を貸したという線はありえないなと佐竹は思った。無断で使われたらしい。

「どうも、話を聞いていると、私が出会った夫妻は、おたくの名前と住所を騙っていたようなんですが、そんなことをする人物に心あたりはありませんか」

佐竹はたずねた。

「いいえっ」

「しかし、全く赤の他人がおたくの名前を騙ると言うのも考えにくいのですが。おそらく、あなたかご主人の知り合いだと思うのですよ。そういえば、二人は五、六年前に結婚して、そのとき新婚旅行に行ったロサンゼルスで大変な事件に巻き込まれたという話を聞いたことがあるのですが、それと同じことを知り合いの誰かから聞いたというようなことは？」

佐竹はかまをかけてみた。

「大変な事件って？」

友子はぎょっとしたように目を剝いた。

「なんでも、黒人の二人組に襲われそうになったとき、それを助けようとした日本人の大学生が彼らの身代わりになって、銃で撃たれたというのです。そんな話を、どなたか知り合いの人から聞いたことはありませんか」

友子は思い出すようにじっと一点を見詰めていたが、激しく首を横に振った。

「いいえ。そんな話は誰からも聞いたことありません」

「ご主人の方はどうです？」

「え？」

「ご主人のお知り合いに、そんな夫婦はいませんか」

「さ、さあ。聞いたことありませんけど」

「ところで、さっき言った軽井沢のペンションから——『春風』というのですが——年賀状が毎年届いていたはずなんですが、そのことで不審に思いませんでしたか」

佐竹は、晶子が電話で言っていたことを思いだして、聞いてみた。三枝夫妻や佐竹のところに年賀状を出していたなら、当然、影山夫妻にも出していたはずだと踏んだからである。

「そ、そういえば、三年ほど前から、そんな年賀状が来てたわ」

影山友子ははっと思い出したように言った。

「そのことで、ご主人はなんて言ってました？」

「軽井沢なんて行ったことはないから、きっと何かの間違いだろうって」

「失礼ですが、今ご主人は？」

「出張で、仙台の支社まで行っていますけど」

「いつ頃、お戻りか分かりませんか」

「さあ。クリスマスには戻ると言ってましたが」

もうこれ以上、この女性から聞くことは何もなさそうだ、と佐竹は思った。とにかく、名前を騙っていたのは、三枝夫妻ではなく、影山夫妻の方だということは、これでハッキリとしたわけだ。

たぶん、あの夫妻は、晶子が言ったように、ロサンゼルスで葛西一行が助けようとした新婚夫婦にほぼ間違いない。佐竹は確信を持ちはじめていた。

それに、そう考えると、見城美彦とあの夫婦の接点も分かる。立川の大場宗一郎の家だ。今まで知り得た情報では、一行の死後、笠井美彦と、例の新婚夫婦は、大場邸によく出入りしていたというではないか。一行をロスに呼んだ笠井美彦。一行に命を助けられた新婚夫婦。ともに、彼らが悪いわけではないが、不幸にも、一行の死の原因を作ったとも言えるわけだ。

おそらく、呵責《かしゃく》の念にさいなまれながら、大場邸に出入りしているうちに親しくなり、笠井とあの夫婦は、共通の目的をもつようになったのかもしれない。それは、亡くなった一行の両親と姉を殺した犯人をつきとめて、私刑にすること。

ひょっとすると、それは彼らの考えたことというより、孫の死がきっかけで、二十一年前の事件を思い出してしまった大場夫妻の願いだったのかもしれない。老齢の夫妻は、自分たちがしたくてもできないことを、孫の親友とあの夫婦に頼んだとしたら？

佐竹は自分の推理に自信を持った。

となると、あの夫婦のことを知るのが先決だ。なぜ、影山孝・友子夫妻の名前を騙ったのかは分からないが、必ずしも知り合いとは限らない。

あの夫婦のことを知るには、例のテレビ・ディレクターの松原という男にもう一度あたって見るのがいいかもしれない。当然、六年前の事件を取材する段階で、あの夫婦にも会っているはずだからだ。

そう思いつくと善は急げである。こんなところに長居は無用だ。

「いや、どうもお邪魔しました」

佐竹は、釈然としないという表情の影山友子を残して、マンションを後にした。

5

マンションを出ると、手近の公衆電話ボックスを探して、その中に入った。影山夫妻が別人だったことを村上晶子に伝えようとしたが、その前に、ディレクターの松原にあたって、あの夫婦の正体をはっきりさせておいた方がいいと考え直した。

佐竹は松原の名刺を出して、まずテレビ局に電話を入れた。さいわい、松原がすぐに出た。

「昨日、お邪魔した佐竹と申しますが。あの葛西一行の事件の件で」

そう言うと、松原は、

「ああ。はい」と思い出したように答えた。

「実はですね、あの件でもう少し伺いたいことがあるのですが」

「はあ、なんでしょう」

「ロスの事件で、葛西一行が助けたという新婚夫婦ですが、名前と住所、分かりますか」

「ああ、分かると思いますよ。彼らにも取材しましたから。それが知りたいんですか」

「そうなんです」

「ちょっと待っててください」

電話が保留になった。メロディが流れる。その間に、佐竹はメモの用意をした。二、三分ほどして、受話器が取られた。

「もしもし？　よろしいですか」

「あ、どうぞ」

「えーとですね。名前はカナイ・ミノル。金の井戸と書いて金井。ミノルは果実の実」

「奥さんの方は？」

「カオリ。お香の香に、織物の織で、香織」

「住所は？」

佐竹はメモを取りながら言う。

「えー。静岡県掛川《かけがわ》市――」

掛川か。遠いというほどではないが、新幹線を利用しても、およそ二時間というところか。佐竹は頭の中でそう計算しながらメモを取った。

「うちは農家のようですがね」

「あ、それと、電話番号も」

それもメモった。

「夫婦以外に家族は？」

「たしか、子供が二人と、旦那方の妹が同居していると聞きましたが」

そうか。それで、今まで夏場しか来たことがなかったのか。六年前に結婚したとすれば、子供は大きい方でも六歳を越してはいないはずだ。そんな小さな子供がいれば、夫婦揃ってクリスマスイヴに家をあけるのは難しかろう。

それなのに、今年に限って、夫妻は家をあけて軽井沢にやって来た。やはり、そこに並々ならぬ決意のようなものを感じた。ただの物見遊山《ものみゆさん》では決してありえない。

ただ子供を残してきたとなると、当然、世話をする大人が在宅しているはずである。金井実の妹というのが、おそらく子供たちの面倒を見ているのだろう。その妹と電話で話ができれば、わざわざ出掛けて行かなくても済むかもしれないと、佐竹は思った。

「あ、それと、その金井夫妻なんですが、旦那さんの方は——」

佐竹は、影山孝と名乗った男の特徴を言った。

「いやあ、私が会ったわけではないので、ちょっと」

松原は、電話の向こうで頭を掻いているのが目に見えるような声で言った。

「この夫婦に取材したスタッフに代わって貰えませんか」

「それが、今出払ってるんですよ。別の取材で」

「そうですか。いや、どうもお手数かけました」

佐竹はそう言って、いったん電話を切った。あらためて、殴り書きしたメモを見ながら、金井実の家の電話番号を押した。

呼び出し音。受話器を取られる気配はなかなかない。留守か。佐竹は舌打ちした。呼び出し音を十回ほど聞いたところで、あきらめて、電話を切ろうとしたとき、ようやく受話器のはずれる音がした。

しめた、と思ったと同時に、ガタガタという雑音が佐竹の耳を直撃した。慌てて電話に出たのか、相手が受話器を取り落としたような音だった。

「もしもし?」

佐竹はいらいらしながら呼び掛けた。

「もちもち」

もちもち? 喜んだのもつかの間、佐竹は厭な予感がした。出たのは、明らかに幼児を思わせる舌ったらずの声だったからだ。

「もしもし」

「もちもち」

「あの、誰かおとなの人にかわってくれないかな」

猫なで声でそう言うと、

「あのねー、これからおでかけするんだよ」

佐竹の依頼など完璧に無視して子供は楽しげに言った。

「ああそう、それはよかったね。それでね、誰かおとなの人に代わってください」

「おねえちゃんとねー、ぼくちんとねー、そいからねー」

ぼくちんはどうでもいいから、早く話の出来る大人を出せと、佐竹はいらついてどなりたくなった。

「おじいちゃんとおばあちゃんをおむかえにいくんだよ」

幼児は楽しげにしゃべり続ける。リカちゃん電話か何かと間違えているようだ。おじいちゃんとおばあちゃん？　ということは、子供にとっては祖父母にあたる人物が泊りにでも来るのか――

幼児の声の向こうから、「早くしなさい」という、やや甲高い大人の女性の声がした。これが同居しているという妹か。ああ、頼むからその女性に代わってくれ。佐竹は思わずそう言いそうになったが、子供はそんな佐竹の願いも知らず、無情にも、「そんじゃね、バイバイ」と一方的にしゃべったあと、ガチャリと電話を切ってしまった。

ああ……。

佐竹は溜息のような声を漏らした。

しかし、すぐに気を取り直すと、また同じ番号を押した。呼び出し音。七回ほど鳴ったところで、受話器がまた取られた。

どうかさっきの幼児ではありませんように。そう祈りながら、「もしもし」と言うと、「金井でございますが」と答えた声は大人の女性のものだった。

ああ、よかった。思わず吐息をはき、

「私、佐竹と言いますが、実は少々、伺いたいことがあって、お電話さしあげたのですが」

「セールスですか」

女性の声が急にきつくなった。

「いや、セールスなんかじゃ――」と慌てて言いかけたが、

「今、忙しいので」

そう言ったかと思うと、いきなりガチャンと電話が切れた。

「セールスじゃないんですよ――」

必死に呼び掛けたが、すでに切れたことを示す機械音が耳に響くだけだった。

くそっ。

人の話をよく聞けよ。

佐竹はどんと力まかせに電話機の本体を拳でぶちかました。

もう一度気を取り直してかけてみたが、二度と受話器が取られることはなかった。

6

フロントに陣取って、それとなく佐竹からの電話を待っていると、やや顔色を変えた

郁夫がやって来た。

「武蔵の遺体を掘り返したのはきみか」

郁夫は声をひそめて、いきなりそう言った。

「え？」

晶子はぽかんとした。

「違うのか」

郁夫の顔は少し引き攣っていた。

「何を言ってるの」

「きみじゃないのか」

「何のことだか分からないわ」

「武蔵の遺体を埋めたところを誰かが掘り返したみたいなんだ」

郁夫は囁くように言った。

「えっ」

「さっき、せめて花でも供えてやろうと思って、埋めた所に行ったら、目印に土に刺しておいたカラマツの枝がなくなっていたんだよ」

「誰かが掘り返したというの」

「そうとしか考えられないじゃないか。枝が風に吹き飛ばされたなんて考えられないし」

　郁夫は呆然としたように呟く。

「ねえ、やっぱり、武蔵は毒を盛られたんじゃないかしら」

　晶子は考えこみながら言った。

「なぜ？」

　郁夫はぎょっとしたようにたずねた。

「犯人は武蔵を殺したと思いこんでいた。それなのに、いつまでたっても、わたしたちが武蔵が死んだことを公表しないので、不審に思って、武蔵の遺体を探そうとしたんじゃないかしら。武蔵が死んだことを確認するために」

「し、しかし」

　郁夫はふと視線をそらして、自分の足元を見ながら言った。

「それとも、あなたの勘違いってことはない？　暗かったから埋めた場所を間違えたということは」

「それはないよ。少し掘ってみたら、武蔵の遺体の一部が見えた。たしかにあそこだ」

「どこなの」

「こっちだ」

　郁夫は先にたってエントランスを出た。晶子もそれに続く。

裏のカラマツ林まで行くと、郁夫は立ち止まった。

「ここだよ。土の色が変わっているだろう?」

「そうね」

小さな花束が落ちていた。たしかにそのへんの土が何か埋めて、そのあとで掘り返したようになっていた。

「誰が掘り返したのかしら」

晶子はそう呟きながら、ふと振り返って、ペンションの建物を見た。

そのとき、二階の窓のひとつに人影が立っているのに気が付いた。その人物は、まるで晶子たちの様子を監視するように窓辺に立っていた。

「ねえ、あの部屋からなら、夜でも、あなたがここに武蔵を埋めるのが見えるわよね」

「え?」

郁夫も振り返った。すると、窓辺の人影はさっと中に引っ込んでしまった。

「あの部屋はたしか——」

郁夫がある泊まり客の名前を言った。

7

調布を出た佐竹はいったん下高井戸の自宅に戻ると、車を置いて、ふたたび東京駅まで出てきた。この先は車でなく鉄道を利用しようと思ったからである。

東京駅の構内から佐竹はペンションに電話をかけた。

呼び出し音が十回鳴っても誰も出ないので、あきらめて切ろうとしたとき、受話器が取られ、「ペンション『春風』ですが」と、晶子と思われる声が出た。

「晶子さんですか」

佐竹は用心深くたずねた。

「そうです。佐竹さん？」

息をはずませているのは、電話の音に慌てて駆け付けてきたからだろう。

「影山夫妻のことですが、やはり偽物でした」

新幹線の時刻があるので、佐竹はすぐに用件に入った。

「本当ですかっ」

「あの住所を訪ねてみたら、全く別人が出てきましたよ。奥さんの方は似ても似つかぬ人でした。旦那の方も全く別人のようです。今、仙台に出張中とかで」

「それじゃ、やっぱり――」

「何か下心でもなければ、よその夫婦の名前を騙るはずがありません。脅迫状の主がまずあの夫婦と考えていいと思います。それで、例の一行が助けたという新婚夫婦の名前と住所が分かったので、これからそこへ行ってみようと思います」

佐竹は金井夫妻のことを手短に伝えた。

「あの二人が、その金井という夫婦かもしれないんですね」

晶子が興奮したようにたずねた。

「おそらく。家族か近隣の者に聞けば、そのことはすぐに分かるでしょう。十一時二十八分の『こだま』に乗るつもりなんですが、うまく行けば、そちらには七時すぎには戻れると思います。あの二人にはくれぐれも気をつけてください」

「分かりました」

電話を切ると、佐竹は腕時計を見た。午前十一時二十分になろうとしていた。

8

やっぱり、あの二人が——

晶子は受話器をもとに戻しながら、唇を噛んだ。ということは、武蔵の遺体を掘り返したのもあの二人だろうか。でも、あのとき、二階の窓から監視するように見ていた人物は——

そう思いかけたとき、電話が鳴った。晶子はぎょっとしたようにアイボリーの電話機を見た。また佐竹だろうか。

すぐに受話器を取って耳にあてた。

「ペンション『春風』ですが」

　そう言うと、低い女性の声で、

「そちらに、影山孝という者が泊まっているはずなんですが、ちょっと呼んで貰えないでしょうか」

「失礼ですが、どちら様ですか？」

「身内の者です」

　電話の向こうの女性はピシャリとたたきつけるような口調でそう言った。

　身内？

　晶子は不審に思いながらも、「少々お待ちください」と伝えて、保留ボタンを押すと、受話器を置いてフロントを離れた。階段を昇りかけると、ちょうどあずさがおりてきた。

「影山さん、お部屋かしら？」

　そうたずねると、

「みんなと談話室に居たよ」

　とあずさは答えた。

　談話室に入って行くと、他の泊まり客も全員そこに集まっていた。

「影山さん、お電話です」

　そう伝えると、影山孝は怪訝そうに眉を寄せて、

「誰からですか」

「お名前はおっしゃらないんです。ただ身内の者だとおっしゃるだけで」

「身内？」

影山の顔に明らかにぎょっとしたような色が浮かんだ。傍らの妻の顔を見る。友子も不安そうな表情で夫を見返した。

「誰かな。男ですか」

影山は無理に作った笑いを口元にへばりつかせるようにして、椅子から立ち上がった。

「いいえ。女性です」

「お、女。郷里のおふくろかな」

影山はまるで弁解するような口調で、友子にそう言った。友子は刺すような視線で孝を見ていた。

「お母様にしては、声がもっと若いような気がしましたけれど。こう男の人のような低い声で」

晶子がそう言うと、影山の顔色が目に見えて変わった。心あたりがあるらしい。

「ちょ、ちょっと失礼します」

他の泊まり客に軽く頭をさげると、泳ぐような足取りで部屋を出て行った。

友子は険悪な顔つきで爪を噛《か》んでいた。

四、五分して、影山は戻ってきた。冬だというのに、額にびっしりと脂汗のようなものをかいていた。目がうつろでひどく慌てているように見えた。
「どなたからでした？」

晶子がたずねると、

「や、やはり郷里のおふくろ、いや、妹からでした。父が今朝がた倒れたとかで。それで知らせてきたんです」

影山は手の甲で額の汗を拭きながら、もつれるような舌でそう言った。

「あら、あなた。郷里の妹さんに、わたしたちがここに来ること、わざわざ教えてきたの？」

友子が皮肉るような口ぶりで言った。

「あ、ああ。たまたま、ここへ来る前の日に、妹から電話があったもんだから、そのときつい」

影山はしどろもどろになりながら説明した。

「あらそうなの。わたし、ちっとも気がつかなかったわ」

友子の声は冷やかだった。

「き、きみがお風呂に入っているときだったから——そ、そんなわけなので、申し訳ありませんが、ハイヤーを呼んでくれませんか」

影山は晶子の方を見ながら言った。

「お帰りになるんですか」

晶子は驚いてたずねた。他の泊まり客も驚いたように影山を見た。

「し、しかたありません。どうも妹の話では、父の様子は一刻を争うようなので、すぐに駆け付けないと、死に目にあえないかもしれないんです。せっかく、みなさんと楽しいイヴを過ごせると愉《たの》しみにしていたのですが、残念です」

影山は泣き笑いのような表情で言った。

「それなら、うちのワゴンで送りますよ。その方が早い」

郁夫がそう言って、さっと立ち上がった。

「そ、そうですか。お願いします。それじゃ、みなさん、お先に失礼します」

影山は郁夫に続いて部屋を出て行こうとした。

しかし、友子はがんとして動こうとはしなかった。

「おい、友子」

開けたドアのところで、影山は促すように小声で妻の名前を呼んだ。

「なあに?」

友子は我関せずという声を出した。

「なあにじゃないよ。きみも早く支度しないと――」

「あら、なぜ？」

友子は影山の方を見ないで、自分の爪を見ながら言った。

「な、なぜって、ぼくの話を聞いていただろう。父が倒れたんだよ。今夜が峠《とうげ》だそうだ。きみも行くんだよ」

「どうして、わたしが行かなくちゃならないの」

「どうしてって――」

「帰るなら、あなた一人で帰ればいいじゃない。わたしはここでみなさんとクリスマスイヴを愉しみたいのよ」

友子は歌うような調子で言った。

「き、きみ」

影山の声が動揺のあまりに裏返った。

「奥さん。何言ってるんですか。ご主人のお父さんなら、あなたにとってもお舅《しゅうと》さんじゃないですか。その死に目に駆け付けない人がありますか」

三枝良英が幾分とがめるように友子に言った。

「そうですよ。友子さん、子供みたいな我がまま、おっしゃるものじゃありませんよ。クリスマスイヴなら来年もあるじゃありませんか」

敦子も夫に同調するように、やんわりとたしなめた。

「大きなお世話だよ」

友子は呟くように言った。

「え」

三枝敦子があごに一発くらったような顔をした。

「大きなお世話だって言ったんだよ。あんたたちに何が分かるって言うのよ。あたしがどれほど今日のクリスマスイヴを愉しみにしていたか、知りもしないで、分かったようなロきくんじゃないよ」

友子は今まで見せたこともないような、凄みのある口調と、ぎらつく目で三枝夫妻を睨みつけた。

「と、友子さん……」

三枝敦子は卒倒しそうな顔をしていた。

「何にも知らないくせして、えらそうに人に説教するんじゃないよ」

「友子。いいかげんにしろ」

たまりかねたように影山が一喝した。

「いいかげんにして欲しいのはあんたの方よ」

友子が怒鳴り返した。

北町も郁夫も毒気を抜かれたような顔で、二人を見詰めていた。見城美彦だけが、面白そうな顔つきで、壁に寄り掛かり、腕組みをしていた。

用足しに行って戻ってきたあずさも、俄かに険悪な雰囲気になった部屋の様子に驚いたように、ぽかんとしていた。

「とっくに死んだ父親がなんで危篤《きとく》になるのよ。いもしない妹がなんで電話かけてくるのよ。嘘をつくのもいいかげんにしなさいよ」

「……」

影山は青ざめた顔で立ち尽くしていた。

「ねえ、みなさん。この際ですから、本当のことを申しあげますわ」

友子は立ち上がって、一同を見渡すと、にたりと笑った。目が血走って据《す》わっていた。何か決心したような表情だった。

「や、やめろ……」

影山が弱々しい声で止めようとしたが、友子はきかなかった。

「わたしたち、みなさんにずっと嘘をついてきましたの。みなさんには夫婦と言ってきましたけれど、わたしたち、本当はそうじゃないんです。改めて、自己紹介させて戴きますわ。わたし、丸山明代《まるやまあきよ》と申します。ここにいる影山さんと同じ会社に勤めていた者です。元部下でしたの」

友子、いや、丸山明代は勝ち誇ったように、影山の方を見ながら、そう言った。

「影山さんにはれっきとした奥さまがいらっしゃいますの。さっき電話してきたのは、きっとその奥さまだと思いますわ」

明代は悪意をこめた馬鹿丁寧な口調で続けた。影山は塩をかけられたなっぱのように、悄然《しょうぜん》と立ち尽くしている。

「そ、それじゃ、あんたたちは、その、フリン——」

北町浩平がそう言いかけて、あわわと口を押さえた。

「あら、何も口を押さえなくてもよろしくてよ。おっしゃる通りなんですから。わたしたち、不倫の関係なんです。わたしがこの人の会社にいた頃からですから、かれこれ五年ごしになるでしょうか。そうですよね、影山課長代理」

明代はじろりと影山を見た。影山は女の視線を避けるように、いよいよ目を伏せた。

「それにしても、友子さんはどうしてあなたがここにいることが分かったのかしら。仙台支社へ出張だっていってきたんでしょ」

明代は腑に落ちないという顔になった。

9

「友子の話だと、今朝がた、自宅の方に軽井沢でおれたちに世話になったとかいう男が訪ねてきたんだそうだ。それで、不審に思って、会社へ電話をかけたら、おれが仙台に出張なんかしてないと分かって——」

影山は心臓に悪いというように、胸に手をあてながら言った。

佐竹だ、と晶子は咄嗟に思った。

「そ、それで、友子は、もしやこちらに来てるのではと思ったらしい。晶子さんから今年届いた年賀状を探し出してきて、そこに記載されていた電話番号を見て、電話をかけてきたんだ……」

「さすがは奥さん。良い勘をしてらっしゃる」

北町がその場のとげとげしい雰囲気を和《やわ》らげるようにおどけてみせたが、むろん誰も笑わなかった。

「友子さんはなんて言ってきたの」

明代は突き刺すような口調でたずねた。

「すぐに帰ってこなければ、ここに乗り込んでくると——」

影山は蚊の鳴くような声で答えた。

「上等じゃないの。なんで、わたしたちがこそこそ逃げなきゃならないのよ。良い機会だわ。いつもあなたがわたしに言っていることを、実行してみせてよ」

明代は腰に両手をあてて、影山を睨みつけた。

「な、なんの話だっけ?」

「ボケかますんじゃないわよ。あなた、いつも言ってるじゃないの。あんな女とはいつだって別れられるって。別れてみせてよ。五年間も言い続けてきたことを今夜こそやってみせてよ」

「ば、馬鹿なこと言うんじゃない。みなさんにご迷惑じゃないか。こ、ここはいったん東京に帰って、三人でゆっくり話しあおうじゃないか」

影山は涙目になって、おろおろと他の泊まり客の顔を見回しながら、

「ねえ、みなさん」

と、救いを求めるように言った。

「ぼくは別にかまいませんよ」

無情にもそう答えたのは、見城だった。相変わらずサングラスで覆われているので、目の色は分からなかったが、口元がにんまりと笑っていた。

「あたしも構わないけど。こういうことは証人がいるところで決着つけた方がいいんじゃない」

あずさも人ごとだと思って、楽しそうに言った。

「そ、そんな」

「みなさんもああおっしゃってるわ。ここでじっくり友子さんが来るのを待ちましょうよ」

「みなさんって、二人だけじゃないか、そう言ってるのは」

　影山がささやかな抗議をした。

「さあ、どうするつもり？　ここで友子さんを待つか。それとも口笛を吹かれた犬みたいにこそこそ戻るか。どちらかを選んでよ」

「きゅ、急にそんなことを言われたって」

「急にじゃないわ。ずっと考え続けてきたことよ。もう我慢の限界だわ。ここで選んでよ。あたしを取るか。奥さんを取るか」

　影山はうなだれた。

「奥さんを選ぶなら、二度とあなたに会う気はないわ。それを覚えておいて」

　影山はうなだれたまま、しばらく身じろぎもしなかった。それでも、やがて決心がついたのか、顔をあげると、今までとはうって変わったきっぱりとした口調で、ドアのそばに立っていた郁夫に向かって言った。

「すみませんが、駅まで送ってください」

　郁夫は黙って頷いた。

　その瞬間、明代の目に絶望の色が浮かぶのを、晶子は見逃さなかった。

表でバタンとドアの閉まる音がした。荷物をさげた影山孝がワゴンに乗り込んだようだった。

10

「ねえ、いいんですか。影山さん、本当に帰るみたいですよ」

談話室の窓から、子供のように鼻を押し付けて外を眺めていた北町浩平が振り返った。

ブルルとエンジンのかかる音。あえて、窓に背中を向けるようにして座っていた明代の肩がビクンと動いた。

部屋中の誰もが固唾《かたず》を飲むといった面持ちで黙り込んでいた。

次第にエンジン音の遠ざかる音。

「あああ、行っちゃった」

北町が悲鳴のような声を上げた。

「いいんです。これで」

丸山明代は背筋をピンと伸ばして椅子に座っていたが、呟くように言った声には、さきほどまでの凄みはなかった。道に迷ってしゃがみこんでしまった少女のような、疲れきった声だった。

「こうなることは分かっていたんです。いざとなれば、あの人が奥さんの方を選ぶだろうってことは。ふたことめには、いずれ妻と離婚するからっていう、あの人の言葉を聞きながら、どこかで、これは嘘だな、気休めだなって、わたし、分かっていたんですよ
ね。それなのに――」
明代の声と瞼が震えた。閉じた瞼からポロリと大粒の涙がこぼれ落ちた。
「それは違うと思うな」
壁に寄り掛かっていた見城がポツンと独り言のように言った。
「影山さんは奥さんを選んだんじゃなくて、今ある家庭を選んだんですよ」
「どう違うの？」
あずさがきょとんとしたような顔でたずねた。
「違うよ」
見城はあずさの方をちらと見てから、
「男にとって、すでにある家庭を壊して、また新しく家庭を作るというのは、けっこう
エネルギーがいることなんですよ。だから、たいていの男は、まだ修復可能なら、すで
に作り上げた家庭に戻ることを選ぶんです。その方が使うエネルギーが少なくて済むか
らね。影山さんもそう思ったんじゃないのかな。奥さんを選んだわけじゃなくて、今の
家庭がまだ修復可能だと思っただけだと思いますよ。ずるいといえばずるいかもしれな
いけど、一種の帰巣本能とも言える、半ば本能的なことだからなあ。

でも、もし女性として、どちらかを選ぶとしたら、おそらく、彼はあなたの方を選んだんじゃないのかな。そんな気がしますよ」

後の言葉は明代に向かって言った。

「そんな気休めを言ってくださらなくても結構です」

明代は涙を手の甲で払って苦笑した。

「気休めじゃないですよ」

見城はいささか気を悪くしたように言った。

「だって、どうしてそんなこと言えるんですか。影山さんの奥さんを見たこともないのに。あちらの方がわたしより奇麗な人かもしれないじゃないですか」

明代は自嘲するように唇を歪めた。

「あなたがたの美醜の問題ではなくて、家庭を持っている影山さんが、奥さんに嘘をついてまで、クリスマスイヴをあなたと過ごそうとしたってことがさ。ただの遊びだったら、そこまでやらないんじゃないのかな、って思ったんですよ」

「それはわたしがせっついたからです。一度でいいから、クリスマスイヴに二人で過ごしてみたいって。彼はいつも二十三日の夜、ケーキを持って、わたしのアパートに来るんです。それで、二人で一足早いクリスマスイヴをやるんです。お正月もそうなんですよ。わたしの大みそかもお正月も、人より一日早いんです。だから、一度でいいから、本当のクリスマスイヴやお正月を二人で過ごしてみたいってせっついたんです。そうしてくれなければ、別れるって。そうしたら、渋々、お正月は奥さんの実家に行かなくてはならないので無理だけど、クリスマスイヴなら、有給休暇を取れば、なんとかなるって言ってくれたんです。だから、わたし、この日がくるのをそれは愉しみにしていたんです。

さっき、三枝さんがクリスマスイヴなんて来年もあるっておっしゃったけど、わたしには来年はなかったんです。彼と過ごせるクリスマスイヴは今年が最初で最後だったかもしれないんです。だから、ついカッとして、あんなひどいことを言ってしまいました。ごめんなさい」

明代は三枝夫妻に向かって頭をさげた。いっときの興奮状態がおさまって、素直な気持ちになったらしい。

「いいんですよ。私たちも事情も知らずに、訳知り顔で、よけいなことを言ってしまって」

三枝敦子が椅子から立ち上がって、明代のそばにやって来ると、娘を抱くように、明代の肩を抱きながら、

「ねえ、元気を出して。あなた、まだ若いんだから、もっと素晴らしい男性にこれからいくらでも巡りあえますよ」

と月並みな慰《なぐさ》め方をした。

「いくらでも巡りあえなかったから、あんな男に五年間もくっついていたんじゃないのかなあ」

北町が思わずそう口走り、咎《とが》めるような敦子の視線に気が付くと、ばつの悪そうな顔で黙った。

「でも、恥ずかしいわ。こんなこと、みなさんに知られてしまって。わたし、もうここへは来れなくなってしまったわ」

明代は、男に去られたことより、その方がつらいというように、頰を両手で覆った。

「何言ってるんですか。ちっとも恥ずかしいことなんかありません。少し痛い思いをしてあなたが心のなかに隠していた腫物《はれもの》の膿《うみ》を出しただけじゃありませんか。膿を出し切らなければ治るものも治りません。あなたが抱えていた腫物は、膿が出尽くして、これからよくなっていくんですよ。ねえ、あなた」

敦子は笑顔で夫を振り返った。

「おまえ、本当にそう思ってるのか」

良英が苦い表情でいきなりそう言った。

「え?」

敦子の顔が笑顔のまま凍り付いた。

「たしかに、おまえの言う通りだよ。心のなかに抱えこんだ腫物は、思い切って外にさらけ出して、膿を出し切らなければ治らない。恥ずかしがって、いつまでも人目から隠していれば、腫物はどんどん大きくなって、痛みを増すばかりだ」

良英は今までの温厚さをかなぐり捨てたような厳しい表情でそう言った。

「あ、あなた。どうなさったの」

敦子は夫の突然の変化に戸惑ったように声を震わせた。

「おまえが本当にそう思っているなら、本気で、その娘さんを慰めたいと思っているのなら」

三枝良英は何かを決心したように、老いた妻の顔をじっと見詰めながら言った。

「私たちが抱え込んだ腫物も、みなさんの前にさらけ出して、膿を出し切ってしまおうじゃないか」

11

三枝敦子はまるで化物でも見るような目で夫を見ていた。唇がわなわなと震えている。

「わ、わたしたちがどんな腫物を抱えているっていうんですか。わたしたちには、何もそんなもの――」

「ないって言うのかね」

三枝良英は厳しいと同時にいとおしむような目で老いた妻を見詰めた。

「………」

「私たちがここのみなさんに話したことは、あれはみな真実だったと言うのか」

「あ、あなた」

「この際だ。友子さん、いや、丸山明代さんでしたか。この方のように、私たちも本当のことをみなさんに知って貰おうじゃないか」

「い、厭よ。あんなことを知られるくらいなら、わたし、ここから飛び降りて死んでやるわっ」

それまで穏やかだった敦子の目が別人のように吊り上がった。小柄な身体を精一杯背伸びするように伸ばして仁王立ちになった。

「そこから飛び降りたって、せいぜい足を骨折するくらいだよ」

良英はいささかくたびれたような微笑を見せて、そう呟くと、一同の方に視線を向けた。

「実は私たちも嘘をついていたんですよ。私が食品会社を経営していて、赤羽にある、プール付きの豪邸で悠々自適の生活をしているというのは、真っ赤な嘘だったんです」

痛みをこらえるような表情で、そう語りはじめた。

影山と明代のときは、幾分茶化すような顔つきで見物していた見城の顔が、今度はまじめなものになった。

晶子はその場の成り行きにただ呆然としていた。

「いや、全く嘘というわけではない。そういう生活をしていたことも過去にはあったんです。実際、十二年前まで、私は中規模ではあるが、食品会社を経営していましたし、世田谷にプール付きの家も所有していたんです。しかし、すべては会社の倒産によって泡のように消えてしまいました――」

「もうやめてっ。そんな話、聞きたくないっ」

敦子が両耳を押さえてかなきり声をあげた。晶子はその姿に、ムンクの絵を一瞬連想した。

「家屋敷、別荘をすべて手放し、それでもすぐに返しきれない借金だけが残りました。妻と二人、六畳一間のボロアパートに移り、私は職を探しましたが、六十をすぎた老人にそうおいそれと仕事などありません。しかも、債権者たちがアパートまで連日押し掛けてきて、それまでこんな経験などしたことがなかった、お嬢さま育ちの妻は、身も心もすっかり参ってしまいました」

三枝良英は淡々と過去を語った。咳ひとつする者はなかった。見城は背中を向けて窓の外を眺めている振りをしていた。

敦子は床にしゃがみこみ、両耳をしっかりと押えていた。

「借金を返すあてはないし、アパートの家賃さえ滞《とどこお》るしまつで、妻は神経衰弱ぎみで寝たきりになる。もう、このままでは心中でもするしかないと思い詰めたとき、借金を肩代わりしてくれる人物が現れたのです。娘婿でした」

「娘婿って、お嬢さんは子供のころになくなったんじゃないんですか」

北町浩平がびっくりしたように、口をはさんだ。

「本当は生きています。結婚して三人の子供の母親になっていますよ」

三枝は苦しそうな目でかすかに笑った。

「それなら、どうして、亡くなっただなんて」

北町はまだ腑に落ちないという顔。

「娘が私たちの反対を押し切って、駆落ち同然に結婚したとき、正子は死んだものとみなそうと、妻と話しあったのです。実際、娘は八歳のときに、自宅のプールでおぼれかけて、死にかけたことがあったものですから、それで、あのときに死んだことにしようと――それまで、私たちは、一人娘に養子を取るつもりで、年頃になるとそれなりの準備をしていたのですが、娘の方は、大学を出ると、さっさと自分で相手を見付けてきて一緒になってしまったんです。その相手というのが、高校を中退して自動車のセールスをしている男でした。私たちはその結婚を認めませんでした。相手の男が気にいらなかったのです。それは、私たちが理想に描いていた結婚とはあまりにもかけ離れていました。もちろん、結婚式にも出ませんでした。

　だから、私の会社が倒産するまで、娘夫婦とは音信不通になっていたのです。それが、どこからか聞き付けたのでしょう。娘の夫が借金を払ってくれただけでなく、赤羽の自宅に私たちを引き取ってくれたんですよ。もっとも、それは娘婿がというより、娘が陰で泣きついて、そうしてくれたんでしょうが。私たちは日当たりの一番悪い六畳間を与えられて、娘夫婦と同居をはじめましたが、娘婿は借金の肩代わりをしたことを、朝に夕に子供たちの前で話題にし、私を鼻先であしらうようなことをしました。昔、私が、彼に学歴がないというだけで、門前払いをくわせたことや、結婚式にも出席しようとしなかったことをけっして忘れてはいなかったんです。ずっと根にもっていたのです。こんな言い方をしてはなんですが、私の借金を払う気になったのも、親切心からというより、いわば、羽振りの良くなった自分の姿を見せ付け、私たちに昔とは立場が逆転したことを思い知らせるためだったのかもしれません。

　父親がそんな風だから、三人いる孫も、自然、父親をみならって、私たちを馬鹿にするようになりました。祖父母と同居しているというより、まるでじいやかばあやでも雇《やと》ったような気でいるのです。娘婿の仕打ちには、昔自分のしたことを思えば、仕方がないと耐えることもできましたが、幼い子供たちの父親の猿まねみたいな仕打ちには耐えられませんでした。私は屈辱にいたたまれなくなって、妻と二人、娘のうちを出たこともあります。またアパートを探そうとしました。しかし、老い先短い老人夫婦に部屋を貸してくれるようなアパートはなかなか見付からない上に、仕事もない。そうこうしているうちに、妻の体調がまた悪くなって、結局、野垂れ死にしないためには、恥をしのんで娘の嫁ぎ先に戻るしかなかったのです……」

敦子はいつのまにか耳を押えていた手で顔を覆い、啜り泣いていた。

「し、しかし、そんな悲惨な、いや、それほど質素な生活をしているようにはとても見えませんでしたよ」

北町がまた口をはさんだ。

「どこから見ても、立派な会社社長とその奥様という感じで」

三枝は苦笑した。

「精一杯の見栄だったんですよ。昔取ったきねづかとでもいうか。それに、そもそも八年前にここを訪れたのも、ただの物見遊山ではなかったんです。昔ならともかく、軽井沢に遊びに来るような経済的な余裕はまったくありませんでしたからね。あのとき、私はいっそ死のうかと思い悩んで、その前に、一目、昔私のものだった別荘を見ておきたいと思い、娘から費用を都合してもらって、やって来たのです」

「昔私のものだった——って、まさか？」

晶子ははっとした。あることを思い出したのだ。十一年前、ここを買うときに、不動産屋が、ここは以前会社社長の別荘だったと言っていたことを。しかし、会社が倒産したので、安く売りに出されたと――。その会社社長というのが、今目の前にいるこの老人だったというのだろうか。

「そうです。ここは昔、うちの別荘だったんですよ。だいぶ外装も内装も変わってしまいましたが、ところどころに面影はありました。栄華を偲《しの》ぶというか、二日だけ、昔の私たちに戻って、避暑地に遊びにきた優雅な会社社長夫妻を装ったのです。本当のことを打ち明けるのは、あまりにも惨めでしたから、旅の恥はかきすてとばかりに」

三枝は晶子の方を見ながらそう言った。

「そうだったんですか」

晶子はそれ以上言うべき言葉を知らなかった。

「それで、二泊ほどさせて貰って、あなたと前のご主人の心のこもった温かいもてなし、当時、まだ小学生だったあずささんの天真爛漫なかわいらしさに救われて、私は死ぬことを思い止まったのです。それからというもの、恥をしのんで、娘に無心しては、費用を作って貰い、毎年、ここにやって来るのが、私たちの唯一の生きがいになったのです。娘には申し訳ないが、娘の家族と一緒にいても、家族という気がしないのです。孫は父親がたの祖父母の方になついていますし、私たちのことは居候くらいにしか思ってませんからね、情が移りません。いつだったか、一番上の男の子が、私たちのことを、『あの人たち、いつ出ていくの』と娘に聞いているのを耳にして、何年暮らしても、たとえ血がつながっていても、家族にならない家族もあるのだなと思い知らされましたよ。それにひきかえ、ここへ来ると、ほんのいっときの夢にすぎないのでしょうが、家族に会いにきたという気持ちになりました。妻などは、あなたのことを、実の娘以上に、娘のような気がするとよく言っておりました。あずささんのことも、実の孫以上に孫のように思えると――」

晶子は目を伏せた。三枝敦子が言っていたことは嘘ではなかったのだ。

「あのウエディングドレスも妻は何日も徹夜で縫いあげたのです。昔、娘に作ってやれなかったのを、せめてあなたには作ってあげたいと言って。それから、明代さん。あなたは、私たちがあなたの気持ちなど分かるはずがないとおっしゃったが、私にも妻にも、あなたの気持ちは痛いほど分かりますよ」

三枝は丸山明代の方に優しい視線を向けた。

「クリスマスやお正月をたったひとりぼっちで過ごす寂しさは、私たちだってずっと味わってきたことなんですから。クリスマスも正月も、娘夫婦は子供たちを連れて、娘婿の実家ですごすのです。むろん、私たちは留守番です。今までのクリスマスイヴときたら、妻と二人で、安物の小さなケーキを買い、テレビを見ながら過ごしてきました。他の家庭では、家族がシャンペンを抜き、一つのケーキを分けあっている頃にね。数年前から、夏だけでなく、ここでイヴを過ごせるようになったのは、私たちにとっては、何にもかえがたい喜びなのです。

だから、互いに嘘をつき、隠し合い、いがみ合うのはやめようじゃないですか。ここにいる間だけでいい。ほんのつかの間の幻にすぎないとしても、ここにいる間だけ、私たちはかりそめの家族になろうじゃありませんか」

そう言って、三枝良英はその場にいる人達の顔を順々に見回した。

「三枝さんのおっしゃる通りだわ。わたしも、ここへ来て、影山さんといっときの夫婦ごっこをしていても、どこかむなしかったんです。嘘はどこまで塗《ぬ》り重ねても嘘にしかならないんだなって思って。でも、ここでひょんなことから、みなさんの前で大恥をかいてしまったら、なんだか、本当に、奥さんの言った通り、腫物の膿を出し尽くしてしまったような気分になりました。

あの、それで、あらためて自己紹介させて下さい。名前は丸山明代。三十一歳。独身です。新宿にあるファーストフードの店でアルバイトをしてます。住まいは、高田馬場のアパートです。これが嘘偽りのないわたしの姿です。これからは、影山友子ではなく、丸山明代として、お付き合い願えないでしょうか」

明代はひょいと椅子から立ち上がると、ぺこんと頭をさげた。

やや間があって、誰かが拍手をした。見ると、窓辺に立っていた見城だった。

12

郁夫の運転するワゴンが戻ってきたような音がした。それを聞き付けると、晶子はそれとなく立ち上がって、丸山明代と三枝良英の打ち明け話のおかげで、今まで以上に和気あいあいとしたムードになっていた談話室を後にした。

それにしても妙なことになってしまった。三枝の話は、佐竹治郎の調査とほぼ一致する。あの身の上話にもはや嘘偽りはないだろうと思った。

しかも、次に怪しいと感じていた影山夫妻まで、ひょんなことから、彼らの正体が分かってしまった。本物の影山友子は、佐竹の訪問を受けて、夫の行動に不審を抱き、あんな電話をかけてきたのだろう。

しかし、そうなると、晶子や佐竹の推理はまたもや粉砕されたことになるのだ。影山夫妻のうち、妻の方はたしかに偽物だったが、夫の方は本物だった。

ということは、彼らが葛西一行に助けられた新婚夫婦ではありえないということではないか。

わざわざ掛川まで行った佐竹は、またもや無駄足を運んだことになるのだろうか。

三枝夫妻も影山夫妻も、あの脅迫状とは無関係だったとしたら、あと残るのは——晶子は階段をおりながら首を振った。考えられない。あのひょうきんなお調子者が、肇を殺した犯人？　そんなこと、ありえない。それに、彼には三枝夫妻同様にアリバイがある。去年のイヴはここにいたという確かすぎるアリバイが。

それに、もし、彼だとしたら、葛西一行とはどういう関係だったというのか。

考えこみながら、フロントのあたりまで来ると、郁夫が入ってきたところだった。ジャケットには白いものがついていた。

「あら、雪？」

晶子は近付いて、夫の肩の白いものを払った。

「うん。この分だと今年もホワイトクリスマスになるようだね」

郁夫はジャケットのボタンをはずしながら言った。

「影山さん、帰ったの？」

「ああ」

郁夫は苦笑いした。

「ちょうど特急に間に合ったから。見送ってきたよ」

「どんな様子だった？」

「すっかりしょげてたよ」

「自業自得だわ」

「あの分だと、常連を一人失ったね。まず来年からは来ないだろう」

「そうね。残念だけど仕方ないわ」

晶子は肩をすくめてみせた。

「彼女の方は？」

郁夫は上を見上げた。

「最初は涙ぐんでたけど、三枝さんが身の上話をはじめたら、なんだか元気が出たみたいで、もう持ち直したみたい。彼女の方は来年も来そうな様子だわ」

晶子は談話室を出るとき、楽しそうに笑い声をたてていた丸山明代の顔を思い返した。今泣いたカラスがもう笑ったとは、ああいうことを言うのだろうか。ほっとしたような、いささか呆れたような気持ちだった。

「もう持ち直したの？」

郁夫も啞然としたような顔をした。

「おれたちが出て行くとき、この世の終わりみたいな顔してたじゃないか」

「この世の終わりみたいな出来事なんて、そうそうあるものじゃないわ」

「それに、なに、その三枝さんが身の上話をはじめたって？」

「ちょっとね。あとで話すわ」

「だけど、びっくりしたぜ。あの二人が本当の夫婦じゃなかっただなんてな。どう見たって夫婦にしか見えなかったのになあ」

「一生懸命、そう見えるように演じていたのね」

「まあ、人は彼女の方に同情するだろうけど、おれは影山さんに同情するね。ありゃ、しばらく立ち直れないよ」

「東京へ帰れば、奥さんが角はやして待っているでしょうしね」

「ああいうのを、前門の虎、後門の狼というんだろうね」

「良い教訓にして欲しいわね」

「え」

郁夫はきょとんとした。

「なんでもないわ」

「あ、そうだ。それより、きみ、最近ワゴンの中で缶ジュースなんか飲んだか」

郁夫は行きかけて、ふと思いついたように、振り返った。

「いいえ」

晶子はすぐに首を振った。

「そうか。だとすると、やっぱり、あれはおれが飲んだやつなのかな。記憶にないんだがなあ」

郁夫は頭をガリガリ掻きながら呟いた。

「缶ジュースがどうかしたの」

晶子は、なんとなく厭な胸騒ぎをおぼえてたずねた。

「いやね、危なかったんだよ」

郁夫は真顔になって言った。

「危なかったって?」

晶子の心臓がなぜか鳴りはじめていた。

「ブレーキの下にちょうどジュースの空き缶がはいりこんでしまっていてさ、ブレーキ踏んでも効かなかったんだよ」

「それでどうしたの!?」

「すぐに気が付いて、取り外したから大事には至らなかったけどさ。一歩間違えれば大事故につながるところだった。冷汗もんさ」

郁夫はそう言って笑ってみせた。

「まさか誰かが悪戯にあんなことするわけないし、きっと夏に飲んだやつがそのままになっていたのかもしれないな」

郁夫はこともなげにそう言ったが、晶子は足元がぐらつくようなショックを受けていた。

第七章　彼しかいない

1

佐竹治郎は掛川駅を出ると、タクシーを拾った。メモにある住所付近まで来ると、タクシーを降り、表札を見て歩くうちに、ようやく、金井という家にぶつかった。

おそらくここに間違いあるまい。松原の話では、たしか農家だということだった。納屋の前には大根や白菜が干してあった。

電話に出た幼児は、「これから、おじいちゃんとおばあちゃんを迎えに行く」というようなことを言っていたが、あれからすでに三時間以上がたっている。

それに、納屋の前には自家用車が停まっていた。外出には車を使っただろうから、その車があるということは、家人は帰ってきているに違いない。

玄関に近付いて、呼び鈴を鳴らした。奥の方から、「はいはい」という年配の女性の声がして、すぐに引き戸が開けられた。眼鏡をかけた七十年配の小柄な女性が顔を出した。そばには、五、六歳くらいの女の子と、三歳くらいの男の子がまとわりついている。

さっき電話に出て、佐竹を悩ませた幼児はこの男の子のようだ。ということは、この老婦人が、子供たちの祖母にあたる人なのだろうか。

佐竹はそんなことを咄嗟に思いながら、

「金井さんでいらっしゃいますか」とたずねた。

「いいえ、わたしは知り合いの者ですが――」

老婦人はやんわりと首を振った。知り合い？　祖母ではないのか。佐竹は少し意外に思いながらも、この老婦人に聞けば、何か分かるかもしれないと思い、

「あの、つかぬことを伺いますが――」

そう言って、六年前のロサンゼルスの事件の話をした。老婦人の顔が目に見えて変わった。手ごたえがあった、と佐竹は思った。これは何か聞いている顔だ。

「あのう、あなたはどういう？」

老婦人はおずおずと佐竹の身分をたずねた。

佐竹はまたもや松原の名刺を出し、それを見せた。テレビの取材のように見せようと思ったのである。

婦人は名刺を見ると、怪訝そうに上品な眉をひそめた。

「取材はお断りしたと聞いていますけれど？」

名刺を返しながらそう言った。

「あ、いや、そうですか。今日はほんの確認だけですので」

佐竹は慌てて言った。

「確認？」

「たしか、金井実さんは年の頃は三十四、五――」

影山孝の特徴を話した。すると、老婦人は即座に首を振って、

「いいえ。それは何かの間違いですよ。金井さんはそんな方じゃありません」

ときっぱりとした口調で答えた。

「えっ。違うんですか」

佐竹はいささかうろたえながらも、

「奥さんの方は――」

と、影山友子の特徴も話したが、それも首を振られてしまった。

それでは、あの影山夫妻は金井夫妻ではなかったのか。またもや自分の推理が崩壊したことを知って、愕然としていると、

「金井さんご夫婦なら、中にいらっしゃいますから、ご自分の目でお確かめになったらいかがですか」

そう言うと、老婦人は軽く頭をさげ、子供たちの手を引いて外に出て行った。

中にいる？

佐竹は思わず、半ば戸が開いたままの玄関を見た。

金井夫妻は在宅しているのか。軽井沢に現れたあの夫婦が金井ではなかったとしたら、当然、自宅にいてもおかしくはないのだが。

佐竹は今度の推理にはかなり自信を持っていただけに、頭が混乱して、すぐに整理がつかなかった。どうしようか、と玄関先で迷っているうちに、奥から、二十代後半と思われる女性が出てきた。

「何かご用でしょうか」

うろうろしていた佐竹の方をうさん臭そうな目付きで見ながらたずねた。

これが金井香織だろうか。それとも、金井実の妹とかいう女性だろうか。

佐竹は一瞬、迷いながらも、

「失礼ですが、金井香織さんですか」

と、たずねてみると、

「そうですが」

女性は、まだうさん臭そうな表情のまま、そう答えた。

「私、こういう者ですが」

ええいままよ、とばかりに佐竹は偽名刺を出した。松原は金井夫婦には会ってないということだから、この名刺を借用してもばれる心配はあるまいと思ったのである。

あの影山夫妻が金井実・香織ではないことは分かったが、ここまで来て、このまま帰るのも癪《しゃく》だった。せっかく来たのだから、ロスの事件について、もう少し詳しく聞き出してみようかという気になった。

「テレビの取材なら、もうお断りしたはずですけれど。それに、あの企画はボツになったとか聞きましたが」

金井香織は名刺を手にしたまま、眉を寄せた。

「ええそうなんですが、実は、私の個人的な興味で、もう少しあの事件について伺いたいことがあったものですから。十分でいいんです。お時間いただけないでしょうか」

ここで門前払いをくわされたら、立つ瀬がない。佐竹は必死に頼んだ。

金井香織は困ったように頰に指をあてていたが、「まあどうぞ」と、佐竹を中に促した。

「どうも。失礼します」

喜びいさんで、佐竹は靴を脱いだ。

「主人は今ちょっと出てますけれど」

そう言いながら、金井香織は佐竹を広い茶の間に通した。茶の間には、先ほどの老婦人の連れ合いらしい、老人がテーブルに広げた写真を見ていた。

「お客さんですか。それじゃ、私は——」

老人は佐竹を見ると、気をきかして、テーブルの写真をかき集めると立ち上がろうとした。

「あ、よろしいんですよ。ここにいらしてください。テレビ局の人なんですって。例の事件のことで」

香織が老人を制した。

「テレビ局？」

鶴のように痩せた老人の喉仏がゴクリと動いた。

「あの件は取り上げないということになったはずだが」

じろりと佐竹の方を見た。

「この方の個人的な興味なんですって」

香織がそう説明した。

「ほう。それなら、私も同席せねばなりますまい」

老人は威厳をしめして座り直した。

同席せねばなりますまい？

佐竹は怪訝に思った。なぜ、この老人が同席しなくてはならないのだ。さきほどの老婦人の口ぶりでは、たんなる知り合いで、金井夫婦の両親というわけでもなさそうだったのに。

「あの、こちらの方は？」

佐竹は香織にたずねた。

「あら、お会いしたことないんですか」

香織は驚いたように言った。

「え」

佐竹はぽかんとした。

「こちらにも取材なさったんでしょう？」

「え」

「うちへ来たのはもっと若い男だった。この方とは初対面だよ、香織さん」

老人がぶすりと言った。

取材？

どういうことだ。

「あらそうだったんですか。それじゃ、紹介しますわ。こちらが、わたしたちを助けてくれた葛西一行さんのおじいさま」

「えっ」

佐竹は思わず目を剝いた。

「大場宗一郎です」

老人は座ったまま、軽く頭をさげた。

2

この老人が大場宗一郎？

佐竹は思いもかけないところで、思いもかけなかった人物に巡り会って、ただ呆然としていた。

ということは、さっき玄関先で会った老婦人が、一行の祖母の大場峰子か。そういえば——

佐竹は立川の酒屋の若主人、山崎良伸が言っていたことを思い出した。大場夫人がフレームの大きな、薄紫の色のついた眼鏡をかけていたと。さっき会った婦人は、まさにそんな眼鏡をかけていたではないか。

「あ、あなたが大場さんでしたか」

佐竹はようやく我にかえると、松原の名前を借りて自己紹介した。

「しかし、どうして大場さんがここに？」

佐竹は立ったまままたずねた。

「白浜、熊野と旅したついでに寄らして貰ったんですよ」

大場宗一郎はそう答えた。テーブルの上にあったのは、旅行先で撮ったスナップ写真だったのだろうか。

そうかと佐竹は合点した。大場邸の前で会った主婦は、大場夫妻は、信州か紀州の方に旅に出たと言っていたが、行き先は信州ではなく、紀州だったのだ。

「以前から、一度うちの方にも寄ってくださいと申しあげていたんですよ。なかなかその機会がなかったんですが、今回白浜の方に旅なさると伺って、ぜひ帰りにでも立ち寄ってくださいってお願いしていたんです」

金井香織は茶の用意をしながら言った。

「お言葉に甘えて、こうして寄らせて貰ったわけです。それに、去年、金井さんがうちにみえたとき、撮った写真をお渡しするついでもありましたからね」

大場宗一郎はそう言って、いったんしまいかけた写真をまたテーブルの上に広げた。数枚のスナップ写真は、今回の旅行先のものではなく、去年のものらしかった。

「わたしたちのせいで、大場さんの大切な孫息子さんをあんな目に遭わせてしまったんですから、どんなことをしても償《つぐな》えるものではないのですけれど」

金井香織は佐竹の方に茶を差し出しながら、しんみりとした声で言った。

「その話はよしましょうと何度も申し上げたじゃありませんか、奥さん。一行があんな目に遭ったのは、なにもあなたがたのせいではない。天命だったんですよ。あれがあの子の天から授かった寿命だったんです。それは、笠井君にも言ったはずです」

大場宗一郎は、たしなめるように香織を見た。

「ええ、でも」

香織はうなだれた。

「その笠井君というのは、たしか一行君の高校時代の親友のことですね」

佐竹は素早く口をはさんだ。

「そうです。高校時代はうちにも遊びにくるほど仲が良かったんですが、一行が受かった大学に、笠井君の方は二度も続けて落ちたことから、少し気まずくなっていたんですよ。それが、ある日、ずっと音信不通だった笠井君から、『遊びに来ないか』という内容の絵葉書が来て、一行はそれはもう大喜びで、ロサンゼルスに旅立ったんです。一週間ほど笠井君の下宿先に滞在する予定が、よりにもよって着いて二日めにあの事件に巻き込まれたのです――」

大場宗一郎は沈痛な面持ちで語った。

「笠井君も、金井さん同様、少なからず一行の死には責任を感じたようで、すぐに帰国するや否や、私どもの家に来てくれました」

「その笠井君が作家としてデビューしたことをご存じですか」

佐竹はたずねた。

「存じております。処女作が刷り上がったとき、真っ先にうちに持ってきてくれました。

一行の仏前に供えたいからと言って」

「その本をお読みになりましたか」

「ええ、拝読しました」

「たしか、二十一年前の一行君の一家を襲った事件を題材にしたものだったようですね」

大場宗一郎は苦いものでも飲みこんだような表情で頷いた。

「そうです。笠井君は高校のときに、一行からあの事件のことを聞いていたのでしょう。一行は興味半分の目で見られるのを厭がって、誰にもあの事件のことは話さなかったようですが、親友の彼にだけは、詳しいことまで打ち明けていたようです。読んでみると、当事者でなければ知らないことまで書いてありましたから」

「あれを読むと、一行君を思わせる主人公の青年は、両親と姉を殺した犯人を執拗《しつよう》なまでに憎んでいたようですが、あれはそのまま作者である笠井君の心情と一致するものなのでしょうか」

そうたずねると、大場はかすかに首をかしげ、

「そうかもしれません。あの事件にかんしては、当事者の一行よりも、むしろ笠井君の方が、結局つかまらなかった犯人にたいして腹をたてていたようです――」

「もし、もしもですね。あの事件の犯人が分かったとしたら、笠井君は何らかの形で復

讐をしようとしたでしょうか」

「さあ。そこまでは——。でも、あの事件を題材にした本を出版したこと自体が、すでに時効を迎えて、どこかでのうのうとしている犯人に対する、ペンによる復讐だと言っていたのを聞いたおぼえはありますが」

「笠井君の他に、同じような気持ちを抱きそうな人物に心あたりはありませんか。たとえば、亡くなった葛西家の人間の縁者とか、あるいは、一行君と非常に親しくしていた人物とか」

佐竹はある人物の顔を心に思い浮かべながら、思い切ってたずねてみた。三枝夫妻も影山夫妻もシロだとしたら、唯一残ったのはあの男しかいない。

「さあて」

大場は痩せ細ったあごに手をあてて考えていたが、

「年の頃なら、三十五、六の男性で——」

佐竹がそう言いかけると、

「ああ。それなら一人だけいますよ。一行と同じくらい、いや、もしかしたら、一行以上に、あの事件の犯人を憎んでいた男が」

大場は思い出したように言った。

「誰です、それは」

佐竹は思わず身を乗り出した。

「一行の叔父です」

「おじ？」

佐竹は聞き返した。予想もしていない返答だった。

「一美さんの弟にあたる人ですよ」

「一美さんというのは、たしか」

「一行の母親です。一美さんは長女で、下に二人弟さんがいたんですが、上の弟は子供の頃に病気で亡くなりましたが、下の弟は生きています。年の頃は、ちょうど三十五、六でしょう」

「葛西家には一行君以外に生き残りがいたというわけですか!?」

佐竹は驚いて叫ぶようにたずねた。村上晶子はこのことを知らないようだった。葛西家の人間はみな亡くなったと思い込んでいたようだ。その晶子の話を、佐竹もそのまま鵜《う》呑《の》みにしてしまったわけだが――

一行には叔父にあたる人物がいたという。これはまさに残った男の条件にピッタリとあてはまるではないか。

名字が違うのは、おそらく偽名を使っているからに違いない。北町というのは本名ではあるまい。それに――

あることをふいに思い付いて、佐竹は身震いした。あの脅迫状にあった言葉。「おれは両親と姉を殺した犯人をけっして許さない」たしかこんなセリフがあのなかにあったはずだ。あれをてっきり葛西一行からのものと勘違いした晶子は、あの「両親と姉」を、葛西友行・一美夫妻と、その娘の緑のことだと思い込んでしまったが、そうではなかったとしたらどうだろう。

葛西一行の叔父という人物が生きていたとしたら、この人物にとって、「姉」とは、葛西一美のことを指し、「両親」とは、その一美の両親である葛西院長夫妻、つまり一行にとっては祖父母にあたる夫妻を指すのではないか。

渡辺肇を殺し、今、村上晶子とその家族に向かって牙をとぎはじめている犯人は、葛西一行の振りをしたわけではなかったのだ。彼は、「両親と姉」を殺された自分の心情をそのままストレートに伝えていたのだ。それを、読み手が勝手に誤解しただけだった。

「つかぬことを伺いますが」

佐竹は舌をかみそうな勢いで言った。

「その叔父という人が、去年、あなたの家をたずねてきませんでしたか。クリスマスのあとあたりに」

「ええ。みえましたよ。彼は一行が子供の頃からうちにはよく出入りしていたんです。たしか暮れ近くになって訪ねてきたことがありました」

「そのときにですね、おたくの暗室を使わせてくれと言いませんでしたか」

佐竹は身を乗り出してたずねた。

「暗室？」

大場宗一郎は眉を動かした。

「おたくには暗室があるとうかがいましたが」

「ああそういえば、たしかにそんなことがありましたね。ちょっと街の写真屋に現像を頼むのが憚《はばか》られるような写真だからと言って」

「自分で現像したんですね⁉」

「え、ええ」

大場は佐竹の勢いにたじろいだように頷いた。

もう間違いない。今度こそ間違いない。佐竹はそう確信した。しかし――佐竹ははっと思い出した。北町浩平にはアリバイがあるではないか。昨年のクリスマスイヴには佐竹たちと一緒に村上ペンションに滞在していたという確かなアリバイが。

これはどういうことだ。共犯の見城、いや笠井美彦の方は片足を骨折して病院に担ぎこまれていたというのだから、渡辺を倉庫に呼び出して殺害するのは無理だ。しかし、北町にはもっと確かなアリバイがある。

これは一体――

そのとき、佐竹の頭にひらめくものがあった。そうか。そういうことだったのか。どうして、こんな簡単なことに気が付かなかったのか。

「そういえば、彼なら、ここに一緒に映っていますよ」

佐竹の興奮を冷ますような、のんびりとした声で、大場宗一郎はそう言いながら、テーブルに広げた写真から何枚かを取り出した。

「これは去年の夏、一行の命日に、金井さんや笠井君が集まってくれたときに撮ったものです。彼も一緒に映っていますよ。ほら、ここに」

大場は写真の一枚を佐竹に差し出した。

3

談話室へ行くと、郁夫がソファに寝そべって見城の本を読んでいた。

「急にお客になれって言われても、案外時間の潰しようがないもんだな」

晶子の姿を見ると、郁夫は本から顔をあげて苦笑した。

イヴの夜のディナーセッティングから料理までの一切をゲストたちに任せるという提案に承知はしたものの、暇で困っているようだった。

「みんな、どうしてる？」

郁夫はソファから起き上がるとそう言って、あくびをした。

「下で何やら密談中。あずさがね、これから夕食の買い出しに行くから、ワゴンのキーを貸して欲しいって」

「いいよ」

郁夫はズボンのポケットから車のキーを出して、晶子に渡した。

「ねえ、ワゴンのキーはいつも持ち歩いてるわよねえ？」

晶子は何気ない声を作ってたずねた。

「ああ」

郁夫は肩が凝ったというように、手で揉みほぐしながら言った。

「誰かが、ジュースの空き缶をこっそりブレーキの下に忍ばせるなんてこと、できるわけないわよね」

晶子は郁夫の顔色を窺いながら、さらに言った。

「もちろんだよ。キーがなければ中に入れない――」

郁夫はそう言いかけたが、はっとしたように、

「ただ、昨日の夜、武蔵を車から運び出して、裏の林に埋める間、車のドアは開いたままになっていたけれどね……」

「そ、それじゃ、まさか、その間に誰かが――」

「何、考えているんだ？」

郁夫はぎょっとしたように晶子を見た。

「まさか、誰かがブレーキを効かなくしようとして、わざと空き缶を忍び込ませたなんて言うんじゃないだろうな」

「でも、最近、あの中でジュースなんて飲んでないし、夏に飲んだのがそのまま残ってたなんて考えられないわ。今まで車の掃除をしたとき、気が付かなかったなんてこと、考えられる?」

「おい、一体何を言い出すんだよ。まるで、空き缶を使って、誰かがおれにわざと事故を起こさせようとしたって言ってるみたいに聞こえるぜ」

郁夫は鋭い目になった。

「だ、だって、そう疑えない? 武蔵のこともあるし。あなただって、武蔵の遺体を誰かが掘り返したみたいだって言ってたじゃない」

「ああ、あれか。あれなら、そんなにたいしたことじゃないよ。たぶん、掘り返したのは北町さんじゃないかな。ほら、おぼえてるか。朝、おれたちがあそこにいたとき、部屋の中から覗いていただろう?」

郁夫はあっさりと言った。

「たいしたことないって、どういう意味?」

「武蔵の遺体を掘り起こしたのが彼だとしても、だから、彼が武蔵を毒殺したなんてことにはならないってことさ。たんなる好奇心じゃないのかな。きっと、おれが武蔵を埋めるところを部屋から見ていたんだよ。何を埋めたんだろうって気になったんじゃないのか。それで、あとで掘り返してみた。それだけのことじゃないのかな」

どこまで人がいいんだろう、この人は。晶子は絶望的な目付きで夫を見詰めた。

「それなら、どうして、北町さんは武蔵の遺体を見付けたとき、もっと騒がなかったのかしら。いつものあの人なら、大騒ぎすると思わない？」

「ねえ、きみは、彼が武蔵を毒殺し、おまけに、おれまでどうにかしようとしたって思ってるのか」

「そ、そこまでは言ってないけど」

「でも、まるでそう言ってるみたいに聞こえるぜ。なんで、そこまで、あの人たちを疑うんだよ。それに、なんで、おれや武蔵が命を狙われなきゃならないんだ。何か、そうされる理由をきみは知ってるのか」

藪《やぶ》をつついて蛇を出してしまったような気がして、晶子は黙った。

郁夫がさらに何か言おうと、口を開きかけたとき、談話室のドアが開いて、あずさが顔を出した。

「ねえ、ワゴンのキー、早くしてよ」

足踏みしながら、じれったそうに言う。

「あ、そうだったわね」

晶子はこれさいわいと、郁夫のそばを離れた。

「サンキュー。あ、それからさ、晶子ちゃんに電話だよ。また佐竹さんから。なんかすっごく興奮してるよ」

あずさが目を丸くして言った。

「あ、そう」

晶子は郁夫に聞かれないようにするために、急いでドアを後ろでにしめた。あずさと一緒に部屋の外に出た。

「なんだか佐竹さん、変だね。電話ばっかしかけてきてさ。しかも、かけてくるたびに、慌ててるみたいなんだよ」

「上田にいるお姉さんの容体が急変したのかもしれないわ。何かあったら、知らせてって言ってあったから」

晶子は階段を駆け降りるようにしておりると、サロンを小走りに抜けて、保留状態にしてあった受話器を飛び付くように取った。

「晶子です」

そう言うと、あずさの言った通り、ひどく慌てふためいた声で、

「あ、佐竹です」

という返事が返ってきた。

「あの、実は影山さんのことなんですが、あのあと――」

晶子がそう言いかけると、佐竹には珍しく、高飛車に遮って、

「いいですか。これから私の言うことをよく聞いてください。テレカの度数が残り少ないんで、一方的にしゃべりますが、いいですか」

「は、はい」

「今、掛川の金井夫婦の家に行ってきたんですが、そこでとんでもないことが分かったんです。葛西家の人間はみな亡くなったわけじゃなかったんです。一人だけ生き残っている人物がいたんですよ」

「えっ、本当ですか」

「本当です。葛西一美の弟で、一行には叔父にあたる人物です。一美には弟が二人いて、上の方は亡くなったそうなんですが、下の方が生きているんですよ。大場宗一郎の話では、その叔父というのが、生前から一行と親しくしていたというんです」

「大場って、大場宗一郎に会ったんですか」

晶子はついそうたずねてしまった。

「ええ。実は――いや、その話はあとだ。いいですか。驚かないでよく聞いてください。影山夫妻じゃなかったんです。犯人はその叔父です。今度こそ間違いありません。証拠

もあります。その叔父というのは――」

突然、電話が切れた。

「もしもし。佐竹さん？」

晶子は受話器に向かって声をかけ続けたが、プップッーという、切れたことを示す機械音が響くだけだった。

テレカの度数が残り少ないと言っていた。おそらくそれが切れたのだろう。すぐにかけ直してくるかもしれない。そう考えて、晶子はいったん受話器を元に戻した。

4

佐竹は思わず天を呪った。

ああ、くそ。こんなときに。

用済みのテレカを握り潰すと、財布を取り出した。テレカはこれ一枚しか持っていなかった。小銭入れを見ると、なんとも間の悪いことに、十円玉と五円玉が数個しか入っていなかった。

佐竹は血走った目で公衆電話ボックスの中からあたりを見回した。道路を挟んで斜め向こうに、煙草屋の看板が見えた。あそこで煙草でも買って、両替して貰おう。

そう思い付くと、電話ボックスのドアを体当りで開けた。

左右も見ずに道路を走って渡ろうとした。

そのとき、鋭いクラクションの音が炸裂《さくれつ》した。佐竹は駆け抜けることも、戻ることもできずに、道路の真ん中で立ちすくんだ。

クラクションを鳴らし続けたまま、その小型トラックは佐竹に襲いかかってきた。

彼が最後に見たのは、煙草屋の窓から顔を出して、あっという表情で自分の方を見ている老女の顔だった。

一瞬のうちに、強い衝撃とともに、目の前が真っ暗になった。

5

晶子は佐竹からの電話を待っていた。しかし、十分過ぎても電話は鳴らなかった。

どうしたんだろう？

いらいらと爪を噛みながら、電話の鳴るのを待った。

一行に叔父がいたなんて。ショックだった。そんなことは考えたこともなかったからだ。葛西家の人間はみな死んだとばかり思っていた。

あの事件のあと、目につく限りの新聞や週刊誌の記事を漁《あさ》って読んでみたが、葛西一美の弟のことに触れた記事はなかったような気がする。見落としていたのだろうか。

そのとき、晶子の脳裏にかすかにうごめいた記憶があった。そういえば——

写真！

葛西家の暖炉のマントルピースの上にあった、二組の家族を写した写真。オルゴール箱と一緒に置いてあった古い写真。

あれだわ。

晶子は思わず叫びそうになった。二組の写真の、古い方の写真に写っていた、四、五歳の幼児。あれが葛西一美の下の弟、一行の叔父にあたる人物だったのだ。

どうして今まで思い出さなかったんだろう。

晶子は自分の頭を殴りつけたいような衝動に駆られた。

一行の叔父なら、二十一年前の事件に対して、一行と同じように、両親と姉を殺されたことになるではないか。一行以上に、あの事件に執着し、犯人を憎んだとしても不思議はない。

あの脅迫状にあった文句。「両親と姉を殺した犯人を許さない」という文句は、葛西謙三・良子夫妻と、その娘、葛西一美のことを意味していたのだ。

そうだったのか。

晶子は今さらながらに、自分の迂闊《うかつ》さを呪いたい気分になった。

しかし、これで北町浩平の正体が割れた。一行の叔父というなら、年齢的にもあてはまる。やはり、最後に残った男が真犯人だったのだ。

武蔵を毒殺し、ワゴンのブレーキに細工して、郁夫に事故を起こさせようとしたのは、やはり北町浩平だった。

でも、渡辺肇を殺したのは北町ではありえない。彼にはアリバイがある。これは一体どういうこと？

去年のクリスマスイヴの午後八時から九時頃といえば、パーティの真っ最中で、北町は8ミリカメラを持って、あちこちを飛び回っていたではないか。

一人の人間が東京と軽井沢に同時刻に存在することはできない。ということは、肇を殺したのは北町ではないのだろうか——

「佐竹さんのお姉さんの具合どうだった？」

突然話しかけられて、晶子ははっと我にかえった。

あずさがワゴンのキーを振り回しながら、立っていた。傍らには、当の北町浩平と見城美彦が控えていた。

「え？」

「佐竹さんのお姉さんだよ。容体が急変したんじゃないの」

あずさは怪訝そうに母親の顔を見詰めた。

「え、ええ。そうでもないみたい」

晶子は曖昧に答えた。

「ええ、そうでもないみたい、ってどっちなんだよ。急変したの、しないの?」

あずさは口をとがらせた。

「だ、大丈夫だったみたいね」

「それじゃ、佐竹さん、今夜はパーティに出席できるよね」

「そ、そう思うけど」

「なんだか頼りないなあ。じゃ、佐竹さんの分も用意していいんだね」

「そ、そうね」

「ホント、変だよ、晶子ちゃん」

あずさは二人の男をボディガードのように引き連れて、後ろを振り返りながら、フロントを通り抜けて行った。

晶子はそれから一時間近くフロントに陣取って、佐竹からの電話がかかってくるのを待っていたが、どういうわけか、電話は鳴らなかった。

6

佐竹からの電話を待つのをあきらめて、厨房へ入って行くと、調理台の上で、三枝敦子と丸山明代が仲良くケーキ作りに専念していた。

「ちょうどいいところへいらしたわ」

晶子の姿を見ると、敦子はベーキングパウダーで白くなった両手を素早く洗いながら言った。

「さっき、ドレスのウエストの部分を直してみたのよ。この前試着して貰ったとき、少しきつそうに見えたから。今度はもっと楽だと思うわ。もう一度着てみてくださらない？」

「え、ええ」

晶子が頷くと、

「あとはお願いね」と明代に言い残して、敦子は晶子を自分の部屋に案内した。

白いドレスはハンガーにかけられていた。敦子はそれをはずして、晶子に手渡すと、

「着たら呼んでね」と言って、部屋を出て行った。

晶子は部屋の壁についた大きな姿見の前に行くと、服を脱ぎ始めた。下着だけになると、白いドレスを身につけた。たしかに、ウエストのあたりが少し楽になっていた。

敦子を呼ぼうとして口を開けかけたとき、姿見に映ったデジタル式の置き時計の数字が、カタリと動くのが見えた。

その瞬間、晶子の頭にひらめくものがあった。

あの写真の日付！

渡辺肇が殺害されるところを時間を追って撮影した、あの写真の右下にあった日付の

ことが頭を電光のようによぎった。デジタル式の時計からの連想だった。

肇が殺されたのが、去年のイヴの午後八時から九時の間だというのは、あくまでも写真の日付と時刻表示を根拠にしているということに、あらためて気付いたのである。

なぜ、あの写真の日付を鵜呑《うの》みにしてしまったんだろう。脅迫状には偽りの表現があった。それは、犯人が晶子や洋一のことを、去年、肇から聞いてはじめて知ったというところだ。あれは自分の正体をカムフラージュするために、犯人がわざとついた嘘であることは既に分かっている。

もし脅迫状の方にそんなトリックを弄《ろう》していたとしたら、写真の方にだって、何らかの小細工を弄していてもおかしくはないではないか。

写真の右下に刻まれていた日付を信用するいわれは全くなかった。

新聞記事によれば、肇の遺体は発見が著しく遅れたために、死亡推定時刻を断定するのが難しく、おそらく、殺害されたのは、十二月二十二日の夜から二十四日の夜にかけて、という幅のあるものだった。

つまり、肇は二十二日に殺されたのかもしれないし、二十三日だったのかもしれないということだ。

北町が、去年ここにやってきたのは、二十三日の午後だった。もし、彼が肇を二十二日の夜に殺していたとしたら、彼にはアリバイなどないとも考えられるではないか！

そして、それは共犯の見城にも言えることだった。見城が新宿の飲屋で怪我をしたのは、二十三日の夜。二十二日の夜なら、犯行は可能だったはずだ。もしかすると、肇を倉庫におびき出し、襲ったのは二人だったのかもしれない。

そして、カメラの日付をわざと狂わせて撮影し、肇が殺されたのがイヴの夜だったように見せ掛けたのだ。

こんな簡単なトリックにまんまと騙されてしまったのも、犯人が二十一年前の事件を再現するような形で、晶子たちに復讐するという宣告をまともに受け取ってしまったからだ。犯人が両親や姉が殺された日と時刻にこだわっていると思いこんでしまったのだ。

しかし、犯人はもっと狡猾だった。最後の最後まで、自分の正体を明かさないために、脅迫状にも写真にも、こんな小細工を弄していたのだ。

あの写真も脅迫状もただの予告だけの目的で送りつけてきたわけではなかった。晶子の目をくらます目的もあったに違いない。

おそらく、共犯の見城の方に晶子の注意を向けておき、最後の最後で自分の正体を明かすつもりだったに違いない――

「晶子さん、まだ？」

ノックの音と、敦子の声がした。

「あ、どうぞ」

晶子は慌てて、そう返事をした。

姿見の中でドアが開いた。目を細めた敦子が入ってきた。いや、入ってきたのは彼女だけではなかった。驚いたことに、敦子の後ろに郁夫の姿があった。晶子が着替えている間に、敦子が呼びに行っていたらしい。

郁夫は目を丸くしていた。

「いかが。花嫁さんのあですがたは？」

敦子がたずねると、郁夫は言葉もなく、眩《まぶ》しそうな目で晶子を見詰めるだけだった。

7

「内緒って、これのことだったのか」

郁夫がようやく口を開いた。三枝敦子が気をきかして、そっと部屋から出て行くのを、晶子は姿見を通して見ていた。

「この年で、白無垢《しろむく》なんて気恥ずかしいんだけど」

「照れることないよ。とても奇麗だ」

郁夫が近付いてきた。うなじに息がかかる。郁夫の両腕が背後から腹部に回された。

「本当に奇麗だよ」

郁夫は姿見の中の晶子の顔を見詰めたまま、もう一度呟いた。

夫の手の暖かさが腹部にかいろでもあてたように感じられた。

今この瞬間を凍結させて永遠に保存できたらと切実に願ったほど、晶子は幸福を感じた。前夫の村上と一緒になったときでさえ、こんな幸福は感じられなかったと言い切れるほどに。

洋一を愛してはいたが、もしかすると、今の夫の方がもっと愛しているのかもしれない、と晶子はふいに思った。

失いたくない。

この人も、この人とこれから築きあげていく生活も。絶対に失いたくないと思った。

「ねえ」

郁夫が背後から抱いたまま言った。

「なあに」

「本当におれでよかったのか」

「なにが？」

「だからさ」

郁夫の手が離れそうになったので、晶子は離すまいと自分の手でしっかりと押えた。

それは、半ば本能的な仕草だった。この人の手が離れたら、ようやく手に入れた幸せがするりと指のすきまからこぼれ落ちてしまう。ふと、そんな不安に駆られたのだ。

「再婚相手、おれでよかったのか」

どことなく、頼りなさそうな声だった。

「あなたでなければ、誰がいるというの」

晶子は姿見に向かって笑った。

「たとえば」

郁夫はそう言って、少し黙った。

「たとえば？」

「佐竹さんさ」

吐き出すように言った。

「まだそんなこと言ってるの」

晶子は呆れたような声をあげた。意外に嫉妬深いところがあるんだな、と思いながら。

「おれを選んだのは、おれがコックだったからじゃないのか」

郁夫はしばらく沈黙したあとで、思い切ったようにたずねた。

「コックを夫にすれば、給料払わなくてすむもんな」

自嘲めいた笑いで口の端を歪めた。

晶子はくるりと振り向いた。

「あなた」

厳しい目で郁夫を見詰めた。

「二度とそんなこと言ったら許さないわよ。わたしがそんな打算的な女に見える？」

「――ごめん」

郁夫は、まるで女教師に叱られた小学生のように、目を伏せた。

「今みたいな言い方は、わたしを侮辱しただけじゃなくて、あなた自身も貶《おとし》めているのよ」

「………」

「前から思っていたんだけれど、あなた、どうしてもっと自分に自信がもてないの」

「自信？」

「そうよ」

「そんなもの、もてないよ」

郁夫は目を伏せたままポツンと言った。

「なぜ？」

「なぜって」

郁夫は言い澱《よど》んだ。

「おれなんか――」

「どうして、そうなのかしら」

晶子は溜息をついた。郁夫には、どこか芯に脆《もろ》いところがあるというか、自分という存在に自信がもてないまま、三十七になるまで生きてしまったというところがある。

容姿も頭脳も人並み以上だと思えるのに、今まで独身でいたのも、いざというときに見せるこの精神的な脆さが災いになっていたのではないかと、晶子は思った。

佐竹にいわれもない嫉妬をするのも、彼の人格を作りあげている土台の弱さが原因のような気がした。

「あなた、人に誇れるようなもの、いっぱい持ってるじゃない。たとえば、料理の腕前」

晶子は親指を折った。

「でも、村上さんの方が上だったと、本当は思ってるんじゃないのか」

郁夫は卑屈な上目使いをした。

郁夫の癖のなかで、晶子が唯一嫌いだったのは、時々、こういう目付きをすることだった。こんな目で見られるといらいらした。そんなぶたれることに慣れた犬みたいな目をしないでよ。

そうどなりたくなった。

「そんなこと思ってないわ。だいたい、どうやって較べるのよ。あなたは洋風で、洋一は和風が専門。ジャンルが違うのに、どっちが上でどっちが下なんて言えるわけないじゃない。でも、一つだけ言えることがあるわ。あなたが来てくれたおかげで、遠のきかけたお客が戻ってきてくれたということよ。これだけでも、あなたがけっして洋一に負けないコックだってことの証《あかし》にならない？」

「……」

郁夫は黙ってしまった。

「でも、だからといって、わたしはコックとしてのあなたを好きになったわけじゃないわ。こんなこと、口に出して言わなければ分からないのかしら」

「分かったよ」

郁夫は言った。しかし、本当に分かったとは思えない顔つきだった。たぶん、この人の自信のなさは、子供の頃に親戚筋に養子に出されて、そのあとですぐに弟が生まれたということに、すべての原因があるのではないだろうか、と晶子はふと思った。

郁夫は持前の勘の鋭さで、自分が養い親にとって、もはや不要の存在になったと思い込んでしまったのではないだろうか。それはその通りだったのかもしれないし、郁夫の妄想だったのかもしれない。晶子と佐竹との仲を疑うように、養子先の両親が、自分をもう必要としていないという妄想を抱いてしまったのだ。

郁夫の心のどこかに自分は親から必要とされていない子供だという意識がずっと根強くつきまとっているのではないだろうか。それが、長じてからも、何をするときでも、自信のなさとなって現れるのではないか。

でも、と晶子は思った。

もし、郁夫が厭味なほどに自信たっぷりの男だったら、はたして心ひかれることがあっただろうか、と自問自答してみた。答えは否だ。皮肉にも、この自信のなさが、実は、晶子が彼のなかで一番心ひかれたところでもあるということだった。

臆病な猫のように、しっかりつかまえていないと、するりと腕を擦り抜けて逃げて行ってしまいそうな、そこはかとない気配のようなものが彼にはあった。

晶子はそんな気配にひかれていた。それは洋一にも佐竹にも感じられなかった、郁夫独自の雰囲気のようなものだった。

この幸福を爪をたててでも守りたいと思わせるものが、そこにはあった。

「ねえ、今」

晶子はふいに目を輝かせた。

「動いたわ」

郁夫の両手をつかんで言った。

「え」

「触ってみて。動いたわ。赤ちゃんが蹴ったわ」

郁夫の手がおそるおそるという感じで、晶子の腹部に触れた。

「本当だ。動いてる」

感動したような声で夫は言った。

その瞬間、晶子のなかである決心がかたまった。わたしはどんなことをしても、この子供を無事に生んでみせる。そして、この子供の父親である目の前の男にも、わたしの娘にも、誰にも指一本触れさせない。

炎のような熱く強い意志が身のうちからわきあがるのを感じた。

わたしは自分の愛する家族を誰にも傷つけさせない。

「ねえ」

晶子はなにげない声を装って言った。

「前に、あなた、不眠症になったことあるでしょう?」

「え、ああ。そういえば」

郁夫は顔をあげた。

「あのとき、お医者さんからしばらく薬貰ってたわよね」

「ああ」

郁夫は何を言い出すのかという顔をしていた。

「あの薬まだある?」

「どうするんだ。きみが使うのか。妊娠中にあんなもの飲んだら危ないぞ」

郁夫は眉をひそめた。

「わたしじゃないわ。北町さんが」

晶子は乾いた唇をなめてから言った。

「北町さん？」

「よく眠れないんで、良い薬があったら貰えないかって、さっき聞かれたもんだから」

晶子は郁夫の目を真っすぐ見て、嘘をついた。

8

夕方になって、買い出しに出掛けていたあずさたちが帰ってきた。晶子はそれとなく北町浩平に近付くと、「折りいって話がある」と伝えた。

北町はきょとんとしていたが、「いいですよ」と気軽に応じた。

「あなたの部屋で話しましょう」

そう言うと、北町は不審そうな顔をしたまま頷いた。北町の部屋は二階の角部屋だった。中にはいると、晶子は後ろ手に鍵をかけた。

「なんですか、お話って」

北町は笑顔のまま言った。

「わたし、分かってるのよ」

晶子はサイドテーブルに置いたお茶セットのそばに近付きながら言った。

「分かってるって、何がですか」

北町は聞き返した。目が探るようにきょろきょろと動いている。

「あの脅迫状を書いたのがあなただってこと」

晶子は北町に背中を向け、お茶を入れる用意をしながら、興奮を押えた声で言った。

「脅迫状!?」

北町はすっとんきょうな声をあげた。

「なんのことですか、それは」

「しらばっくれてもむだよ。あなたは見城さんをうまくダミーに使ったつもりかもしれないけど、本当はあなたが首謀者だってことは分かってるんだから」

「………」

北町は黙っていた。

「あなたが本当は葛西一行の叔父だってことは、佐竹さんに調べて貰って、分かっているのよ」

「佐竹さんて、あの佐竹さんですか」

北町は驚いたようにたずねた。背中を向けているので、その顔色は分からなかったが、おそらく顔色は変わっているに違いない、と晶子は思った。

急須にポットの湯を注ぎながら、手が震えそうになった。二つの湯飲みに急須の茶を注ぎわける。それから、こっそりスカートのポケットに手を入れて、郁夫から貰った睡眠薬の残りを取り出すと、包みを開いて、そっと中身を湯飲みの一つに滑りこませた。

「そうよ。あの佐竹さんよ。彼は今掛川にいるわ。金井夫婦に会うためにね。そこで大場さんに出会って、何もかも聞いたのよ。あなたが葛西一行の叔父だってことをね」

晶子はくるりと振り向くと、湯飲みの一つを北町に差し出した。北町は無表情だった。湯飲みを受け取ると、すぐには口をつけず、手に持っていた。

「どうして、肇があの事件の犯人だということが分かったの」

晶子は北町の目を覗きこむようにして、思い切ってたずねた。

「肇？　あの事件って何のことです」

北町は聞き返した。

「とぼけないで。肇をあんな目に合わせたのはあなただってこと、分かってるんだから。あの写真の日付のトリックもね。あなたが倉庫で肇を殺したのは、去年のクリスマスイヴじゃない。本当は十二月二十二日だってことも――」

「ねえ、さっきから訳の分からないことを言って、ぼくをからかってるんですか」

北町の唇にアルカイックスマイルのような薄笑いが浮かんだ。

「カサイカズユキの叔父だとか、ハジメがどうしたとか、ぼくには何のことだか、さっぱり分かりませんよ」

やっぱり、北町はおいそれと自分の正体を明かそうとはしなかった。あくまでもしらばっくれるつもりらしい。そのことは、晶子としても十分考慮に入れていた。

「肇がなんて言ったか知らないけれど、わたしも洋一も、あなたの家族には指一本触れてないわ。あれは全部肇がやったことなのよ。わたしも洋一も、あのあと、どれほど後悔したか、どれほど悪夢に悩まされたことか。十分苦しんだわ。だからもう、こんなことはやめましょう。こんなことをして、何になるの。あなたがもし、わたしの夫や娘に手を出すようなことがあれば、わたしはためらわずにあなたを——」

ドアがノックされた。と同時に、ノブをガチャつかせる音。あずさの声がした。

「晶子ちゃん、いるんでしょ」

ドンドンとドアをたたく音。

「どうしたのよ。鍵なんかかけて」

晶子は慌ててドアのそばへ駆け寄ると、鍵を開けた。

「ちょっとお、どういうつもり。二人っきりで鍵なんかかけて閉じこもって」

あずさは晶子の顔と奥にいる北町の顔を見較べながら言った。

「相手が北町さんじゃなかったら、疑いのまなざしで見ちゃうところだよ」

「ぼくじゃ、疑いのまなざしで見てくれないんですか」

北町はいつものおどけた調子で言った。

「北町さんじゃねえ。どうトチ狂っても、うちのハハがよろめくはずがない」

「お言葉ですねえ」

北町の苦笑混じりの声。

「何の用なの。今、北町さんと大事な話、してるのよ。邪魔しないで」

晶子は思わず腹をたててそう言った。

「おおこわ。どならなくてもいいじゃない。パーティグッズのしまい場所、どこか聞きにきただけなのにさ」

「一階の一番奥の物置よ」

晶子はそっけなく答えた。

「あ、そ。それじゃ、どうぞごゆっくり」

そう憎まれ口をきいて、あずさは笑いながら顔をひっこめた。

晶子はほっとして、ドアを閉めた。

北町が手にした湯飲みを口に運ぶところだった。晶子はどきりとした。

「ねえ、北町さん。いえ、葛西さんかしら。取引しない？」

晶子は思い切って言った。

「取引？」

茶をすすりながら、北町は一瞬、目を光らせた。

「もし、わたしの家族に何もしないと約束してくれたら、あなたのしたことをわたし、誰にも言わないと誓うわ」

「ぼくが何をしたというのです」

北町がせせら笑うように言った。

「最後までしらばっくれるつもりなのね」

声が途中で掠れてしまった。緊張と興奮で喉がからからになっていた。晶子は、サイドテーブルに置いてあった自分の湯飲みを手に取ると、半分ほどいっきに飲み干した。

「あなたが肇を殺したということよ」

「殺した？」

北町は驚いたような声をあげた。しかし、晶子の耳には、それがどことなく芝居じみたわざとらしいものに聞こえた。

「殺したとは、また話が穏やかじゃないな」

北町はからかうような口調で続けた。

「妊娠中は、何かと精神的に不安定になるって聞いたことがあるけれど、まさかそんなひどい妄想の虜になるとはねえ」

「これが妄想じゃないことは、あなたが一番よく知っているはずよ。それなのに、そんなことを言うのは、取引に応じるつもりはないというわけね」

「応じるもなにも、ぼくには全く身におぼえのないことですからね。応じようがないじゃありませんか」

北町は肩をすくめてみせた。

「分かったわ。でも、これだけはおぼえておいて。わたしの家族に手を出したら」

晶子はドアの方に向かって歩きながら言った。

「髪の毛一筋でも傷付けたら——わたしはあなたを殺すわよ」

半ば空になった湯飲みを持ったまま、北町浩平は無表情で立ち尽くしていた。

9

階段をおりる足ががくがくと震えていた。心臓も早鐘のように鳴っている。やった。あの男は睡眠薬入りのお茶を全部飲み干した。あの薬の効き目は、今年の春先にひどい不眠症にかかった郁夫の身体で証明ずみだった。おそらく、北町はこのまま明日の昼近くまで眠りこけることになる。

最初から話し合いでケリがつくとは思っていなかった。話し合う振りをして、北町に睡眠薬を盛ることが目的だったのだ。話している間中、北町がなかなか湯飲みを口にしないので、はらはらしたが、うまくいった。

あと十分もすれば、北町の意識は朦朧としてきて、立っていることも困難になるだろう。イヴの夜に何をたくらんでいたか知らないが、北町が不覚にも睡眠薬で眠りこけてしまえば、見城一人では何も手が出せないだろう。こうして、時間をかせげば、今夜中には佐竹治郎も戻ってくる。彼が戻ってくれば力づよい——そういえば、佐竹から電話がかかってこない。

晶子は一抹の不安を抱きながら、サロンに降りてきた。あずさや見城、丸山明代たちが、サロンをパーティ用に飾りつけしている真っ最中だった。

晶子はフロントに陣取って、佐竹からの電話を待つつもりだった。

「大事な話は終わったの、晶子ちゃん」

テーブルの上に乗って、金モールの飾りつけをしていたあずさが茶化すように言った。

「え、ええ、まあね」

晶子は口から出かけた生あくびを手で押さえながら答えた。

「ねえ、電話なかった?」

あずさに聞いてみる。

「ううん」

あずさはすぐにそう答えた。

「そう」

佐竹は一体どうしてしまったのだろう。もうこちらに向かっているのだろうか。

「北町さんは?」

あずさがたずねた。

「部屋にいると思うけど」

晶子がそう答えると、

「明代さん。北町さん、呼んできてくれない。自分だけ部屋で休憩なんてずるいよ」

「はあい」

丸山明代は明るく返事をすると、階段を上って行った。

呼びに行くだけむだよ。今ごろ北町さんは、ベッドの中で高いびきだわ。晶子はまたもや出そうになった生あくびをこらえながら思った。

しかし、ものの五分もしないうちに、明代といっしょに北町が下におりてきた。晶子はえっというように目を剝いた。北町は元気いっぱいで、眠そうな様子は微塵《みじん》もない。ど、どういうこと、これは。

「北町さん、さぼっちゃだめじゃない」

テーブルの上に乗ったまま、あずさが腰に両手をあてて睨んだ。

「ごめん、ごめん。ちょっと着替えていたもんで」

晶子は信じられない気持ちで、北町を見詰めていた。北町には何ら異常は見られなかった。眠そうな顔もしていなかったし、足元もふらついていない。

薬は効かなかった？　そうだ。薬は効かなかったんだ。春先に医者から貰った薬だから、もう効力が薄れていたのかもしれない。

晶子は愕然とした。

そんな――

そのとき、フロントの電話が鳴った。

晶子ははっとした。

佐竹だ。佐竹からに違いない。

そう咄嗟に思い、目の前の受話器を取ろうとした。しかし、目の前にあるはずの受話器がひどく遠くにあるように感じた。意識が朦朧としはじめている。受話器をつかんだつもりの手が空気をつかんだ。と、同時に、膝の下から力が抜けるのを感じた。

猛烈な睡魔が晶子に襲いかかってきた。

ああ、もう目を開けていられない――晶子は崩れるようにその場に倒れ込んだ。

第八章　ホーム・スイート・ホーム

1

　何か恐ろしいものに追われて、鬱蒼《うっそう》とした森のようなところをさまよっていた。遙か彼方に人家の明かりのようなものが見える。あそこまでたどりつけたら、助かる。晶子はそう思った。

　棒のようになった足をひきずって、人家の明かりをめざした。切り株につまずいて転び、突き出した木の枝に額を打ち、傷だらけになりながら、走り続けていると、ようやく、目の前に、暖かそうな人家の明かりが迫ってきた。

　怪物の息づかいがすぐ背後で聞こえた。晶子は倒れこむように戸口にすがると、両手で戸をたたいた。

「はいはい、今開けますよ」という優しい声がして、ガタガタと戸が開かれた。人の良さそうな老婆が立っていた。

「助けてください。怪物に追われて」と訴えると、老婆は同情するような声で、「それは怖かったでしょう。さあ、もう大丈夫ですよ。中にお入りなさい。ここなら怪物なんて入ってきませんから」と言って、晶子を中に招きいれた。

部屋のなかは明るく、暖かそうな暖炉の火が燃えていた。夕餉《ゆうげ》の匂い。テーブルの上には、白い皿やナイフやフォークがピカピカに磨かれて光っている。ああ、助かったんだわ。晶子はほっとして全身から力が抜けた。

「ちょうどよかった。息子が狩りから帰ったら、夕食にしようと思ってたんですよ。あなたも食べてお行きなさい」

そのとき、戸が外からノックされた。「誰だい」と老婆は鋭い声を出した。「母さん、おれだよ」という声。

「なんだ。息子ですよ。狩りから帰ってきたんですよ」

老婆はほっとしたようにそう言い、戸を開けた。

「狩りの収穫はあったかい」

外に立っていた息子に優しい声でたずねた。

「あったよ。今日は大収穫さ」

「獲物はどこさ。早く料理しなくちゃ。お客さんがみえてるんだ」

「獲物なら、ほらそこに」

怪物は笑いながら、晶子を指さした。

「いるじゃないか」

悲鳴のような声をあげて、目を覚ます直前まで、そんなおとぎ話のような夢を見ていた。汗びっしょりになって、目を開けると、心配そうに覗きこんでいるあずさと郁夫の顔があった。

「大丈夫?」

あずさが言った。

夢? あれは恐ろしい夢だったのか。

晶子はあたりをきょろきょろ見回した。ここがどこで、自分がなぜここにいるのか分からなかった。

「ここはどこ?」

そう口走ると、

「その次は、『わたしは誰?』なんて言うんじゃないだろうね」

あずさが白けたような口調で言った。

「どこなの」

「うちに決まってるじゃない」

うち? ああそうか。そうだわ。ここはうち以外のどこでもないわ。

混濁していた意識がハッキリするにつれて、うちのベッドの中にいるのだということが分かってきた。

「何があったの」

「それはこっちが聞きたいよ」

仏頂面をした郁夫がボソリと言った。

「きみは昨日から眠り通しだったんだぜ。妊娠しているのに睡眠薬なんか飲んで、どういうつもりなんだ」

怒ったような声で言う。

「昨日から眠り通し？」

晶子はうつろに繰り返した。

「そうだよ。まるで眠り姫みたいにね。グースカ高いびきでさ」

とあずさ。

「ちょ、ちょっと待って。昨日って、今日は何日よ!?」

晶子はがばっと跳ね起きた。いきなり起き上がったので、脳貧血を起こしたのか、頭がくらっとした。

「今日は二十五日です。ついでに年号も言おうか」

「二十五日って、それじゃ、昨日の夕方からずっと？」

晶子は信じられない思いで、二人の顔を見比べた。

「そ。寝こけてたってわけ。おかげでイヴのパーティは台なし。肝心の花嫁がグースカ寝てるんじゃ、披露宴どころの騒ぎじゃないよね。オトーサンから睡眠薬を貰ったたって言うから、自殺でも図ったのかと、医者を呼ぶわ、なにわで、もうめちゃくちゃだったんだから」

「今何時？」

晶子は時計を見ようと、首をのばした。

「もうお昼です」

あずさは呆れたように言って、自分の腕時計を見せた。

「みんなは？」

「もう帰ったよ」

郁夫が言った。

「帰った——」

晶子は呆然と呟いた。

「北町さんも？」

「ああ。三枝さんも、丸山明代さんも、午前中にね」

「本当に帰ったの？」

晶子はぽかんとした。

「なに驚いてるんだ。最初からそういう予定だったじゃないか。みんな、残念がってたよ。せっかくおれたちのことを祝うために、こうして集まってくれたのに、それができなかったって。三枝さんの奥さんなんか、きみのためにドレスまで用意してくれたのに、結局それを無駄にしてしまったんだからな。まったくどういうつもりなんだよ。ここ数日、どうも変だと思っていたが、ここまでおかしくなってたとは思わなかったよ」

郁夫も呆れ果てたように腕組みしたまま言う。

「そうだよ。晶子ちゃん、本当に変だったよ。北町さんも言ってたよ。妊娠して、妄想癖か何かが出たんじゃないかって。わけの分からないことばかり言ってたって」

そうか。晶子はようやく事情が飲み込めてきた。そういうことだったのか。あのとき、北町は、おそらくわたしが湯飲みに何か入れたのに気が付いていたのだ。それで、あずさが来たとき、わたしがあずさに気を取られている隙に、湯飲みをすり替えたに違いない。

わたしは愚かにも自分でしこんだ睡眠薬をそれとは知らずに飲んでしまったのだ。

晶子は自分の馬鹿さかげんに唇を噛んだ。

なにが、家族を守ってみせるだ。守るどころか、自分でしこんだ睡眠薬で寝こけてしまうなんて。

それにしても——

晶子は目の前の夫と娘をまじまじと見た。二人とも生きている。傷ひとつない。ピンピンしている。ふだんと少しも変わらない。ということは、北町も見城も、二人には手を出さなかったということなのか。

いや、もしかすると、わたしは図らずも二人を守ったことになるのかもしれない。あずさが『医者を呼んだり、大騒ぎをした』と言っていた。きっとこのアクシデントが、二人の計画を阻止する役目を果したのではないだろうか。

しかし、まだ見城がいる。

「見城さんは？」

晶子はあずさにたずねた。

「見城さんならまだいるよ」

ああやっぱり。見城はまだ残っているのか。それなら、まだ安心はできないではないか。

「でも、夕方までには帰るんだって」

あずさが残念そうに付け加えた。

「え。帰る？」

「うん。ここが気にいったから、クリスマスが過ぎても滞在したいなんて言ってたんだけどね。今執筆中の小説に必要な資料をマンションにおいてきてしまったんだって。だから、それを取りに帰るんだってさ。でも、また来るかもしれないって言ってたよ」

「そう――」

なんとなく気の抜ける思いで、晶子はつぶやいた。これはどういうことだろう。脅迫状の主はあれほど「イヴの夜」と強調していたのに、結局、何もしなかったなんて。最初から、威しだけのつもりだったのだろうか。それとも、案外、北町は晶子の話を信じてくれたのだろうか。洋一も晶子も、彼の家族には指一本触れなかったということを。

「それと、佐竹さんのことだが」

郁夫が沈痛な面持ちでおもむろに言った。

「佐竹さん？」

晶子ははっとした。そうだ。佐竹のことを忘れていた。佐竹はどうしたのだ。あのとき、フロントの電話が鳴った。てっきり佐竹からの電話だと思って、取ろうとしたとき、気分がおかしくなってしまったのだ。

「あの電話。あの電話は佐竹さんからだったんじゃない？」

晶子はかみ付くようにたずねた。

「いや、病院からだったんだよ」

郁夫がそう答えた。

「病院？」

「しかも、掛川の病院からだった。佐竹さんは交通事故にあって、その病院に運びこまれたって言うんだよ」

「交通事故!?」

「ああ。小型トラックに跳ね飛ばされて、頭と両足を骨折したらしい」

「………」

晶子は絶句した。あの電話のあと、すぐに事故にあったのだろうか。

「それで容体は?」

「だいぶ悪いらしい。電話があったときは、まだ集中治療室にいるということだった。意識が回復してないらしい。きわどいところじゃないのかな。頭をやられてるからね……」

「どうして、その病院はうちのことを?」

「佐竹さんが半ばうわごとで、きみの名前と軽井沢という地名を繰り返していたんだそうだ。それで、身内に連絡を取ろうとしても誰も出ないので、きみが身内か親戚に違いないと思ったらしい。佐竹さんの身につけていた手帳のアドレス欄を見て、うちの電話番号を知ったということらしい」

「そうだったの……」

晶子は呆然としたまま呟いた。

「もう少し容体がはっきりしたら、また知らせてくれって言っておいた。回復したにしろ、万が一のことがあったにせよ、明日あたり病院へ行ってみるよ。あの人、家族がいないから――」

「そうね」

「しかし妙な話だな」

郁夫は首をひねった。

「きみの話だと、佐竹さんは上田のお姉さんのところに行ったってことだったはずだ。それなのに、静岡の掛川で事故にあうなんて。これは一体どういうことなんだ」

郁夫は咎めるような目で見た。

「さ、さあ。なぜかしらね。わたしには、上田と言って、掛川に行ってたのかしら」

晶子は白々しく首をひねってみせた。

「本当に上田に行くって言ってたのか？」

郁夫は疑わしそうな目付きで言った。

「え、ええ、もちろんだわ。わたしにはそう言ってたのよ」

「どうしてそんな嘘なんか――」

そのとき、ドアがノックされた。

「どうぞ」と郁夫が応えると、ドアが開いて、見城が顔を出した。

「どうですか、容体は？」

そう言って、中を覗きこんだ。

「今、ようやく目が覚めたところですよ」

郁夫が苦笑混じりに答えた。

2

夕方の五時ともなれば、あたりはもうすっかり闇に包まれていた。その闇の中を白い粉雪が舞い落ちる。晶子は窓からボンヤリと雪を見ていた。

ドアが開いて、郁夫が顔を出した。

「また雪が降ってきたわ」

振り返ってそう言った。

「うんそうみたいだね」

郁夫は短く答え、

「見城さんがこれから帰るそうだ」

「そう？」

晶子はカーディガンを羽織ると、郁夫と一緒に部屋を出た。

サロンの椅子にあずさと見城が腰掛けて何か話していた。晶子の顔を見ると、見城が立ち上がった。

「お帰りになるんですか。雪も降ってきたし、夕食くらい食べていらっしゃればいいのに」

晶子は心にもないお愛想を言った。むろん、心のうちでは一刻も早く見城に立ち去って欲しかったのだが。

「そうよ。あたしも口が酸《す》っぱくなるほどそう言ったのに」

あずさが口を尖《とが》らせた。

「いや、クリスマスの夜くらいは家族水いらずで過ごすべきですよ。また寄らせて貰いますから」

見城はそう言って、ショルダーを肩にかけると立ち上がった。

「車で帰るんですか」

晶子はたずねた。

「ええ」

「大丈夫かな。チェーン付けてないのに」

郁夫が心配そうに言った。

「車、置いて、列車にした方がいいんじゃないですか」

「大丈夫ですよ。雪もたいしたことないし、これでも車の運転には自信を持ってるんです。それに、明日、車を使う用事があるんで、置いていけないんですよ」

見城は笑ってそう答えた。

「あ、ここで結構です」

エントランスのところまで来ると、見城はそう言って、晶子と郁夫を手で制した。

「あたし、車のところまで見送るわ」

あずさだけがそう言って、見城のあとにくっついていった。

晶子と郁夫は並んで立っていた。

粉雪の舞い散るなか、見城は停めてあった愛車まで行くと、中に乗り込んだ。エンジンをかけながら、あずさと何か話していた。やがて、エンジンがかかると、晶子たちの方に軽く頭をさげて、走り去った。

あずさが雪の中でいつまでも手を振っていた。晶子は郁夫の身体にもたれかかるようにして、見城のテールランプが小さくなっていくのを見守っていた。

終わった。これでようやく終わった。わたしは自分の家族を守り通したんだ。

晶子は心の中で呟いた。

「さあ、もう中に入ろうか。こんなところに立っていると、身体にさわるから」

郁夫が耳元でそう囁いた。

3

七時をすぎても雪は止まなかった。

「本格的なホワイトクリスマスになったね」

食堂の窓から外を眺めていたあずさが振り返って、晶子に言った。

「そうね」

晶子は今までになく穏やかな気分で、カーテンを開いた窓の外を見た。あずさと自分の顔が窓ガラスに映っている。

「見城さん、大丈夫かしらね」

あずさが心配そうに言う。

「事故ったりしないかな。そうだ。事故るっていえば、佐竹さん、どうなったんだろ」

「意識が戻るなり、容体が変わるなりしたら、また連絡してくれるってことでしょ。だったら、電話がかかってくるまで待つしかないわね」

佐竹のことを考えると、この幸福感に暗い影がさした。佐竹がこんな目にあったのも、すべて自分のためだ。あんなことを頼まなければ、佐竹が事故にあうこともなかっただろうに。そう思うと、佐竹に済まないという気持ちでいっぱいになった。とにかく、持ちこたえて欲しい。意識を取り戻して欲しい。晶子は神にそう祈りたいような気がした。

「そろそろ始めようか。あずさちゃん、運ぶの手伝ってくれ」

隣の厨房にいた郁夫が顔を出した。

「はあい」

あずさは機嫌よく窓辺を離れた。

「そうだ。晶子、あれを着てくれないか」

郁夫がふと思い付いたという顔で、戸口のところで振り返って言った。

「あれ？」

「あのウエディングドレスだよ。三枝さんからプレゼントされた。昨日、着ることができなかったから、せめて――」

郁夫はやや照れくさそうに鼻のあたりを掻いた。

「そりゃいいや。そうしなよ、晶子ちゃん」

あずさも目を輝かせて賛成した。

「わかったわ」

晶子ははにかみながら頷くと、椅子から立ち上がった。食堂を出て、部屋に行った。クローゼットの中には、ハンガーにかけられた白いドレスが人待ち顔で待っていた。ハンガーからはずし、姿見の前でそれを身につけた。

食堂に戻ると、ターキーの大皿をテーブルに載せていたあずさが歓声をあげた。

「ヒョー。奇麗。馬子にも衣装じゃない、晶子ちゃん」

「馬子にも衣装とは何よ。母親にむかって」

晶子は苦笑した。

「本当に奇麗だよ。こうしてみると、晶子ちゃんてけっこう美人だったんだね」

「今まで何だと思ってたのよ」

「まあ、ブスとまでは言わなくても、せいぜい十人並かなと」

「………」

あずさは晶子の回りを子犬のようにはしゃいでぐるぐる回った。

「あたし、ずっと父親似かと思ってたけど、こうして見ると、母親似でもあるんだ」

「どういう意味よ、それは」

「この晴姿、みんなに見せたかったね、オトーサン」

オードブルの皿を運んできた郁夫に、あずさはそう言ってウインクした。

「本当だね。いびきかいて寝てる姿じゃなくてな」

郁夫が意地悪く言った。

「いびき？　わたし、いびきなんかかいてた？」

晶子はぎょっとして声を張り上げた。

「かいてたよ。それも、冬眠中のヒグマみたいな凄いやつ」

あずさが面白がって言った。

「う、嘘よ」

「嘘じゃないよ」

「ほ、本当？」

晶子はおそるおそる郁夫にたずねた。

「嘘だよ」

郁夫はあっさり白状すると、

「あずさちゃん、きみも着替えてこいよ。こんなオバサンに負けていいのか」

あずさに向かって笑いながら言った。

「こんなオバサン——」

「負けられませんわ、こんなオバさんには。ちょっと待ってて。今磨きをかけてくるから」

あずさは腕まくりするような仕草をしたかと思うと、食堂をはやてのように出て行った。

しばらくたって、ドレスアップしたあずさが戻ってきた。手に赤いリボンの付いた四角い箱を持っている。

「これ何かしら。あたしの部屋にあったんだけど」

箱を見ながら首をかしげている。

「ああ、それなら、クリスマスプレゼントだよ」

郁夫が言った。

「わあ。開けていい？」

今にもリボンを解こうとした。

「まだだめ。食事の方が先だよ」

郁夫は笑いながらそう言った。

4

静かだった。

食堂の古い柱時計が腹に響くような音で、ボーン、ボーンと八回鳴った。しんしんという雪の降る音が聞こえてきそうな静けさの中で、三人は黙って食事をしていた。

スープを啜る音や、ナイフやフォークを使うカチャカチャという音だけがやけに耳につく。

食べ始めた頃は、大学の友人のこととか、名物教授の物まねなどして賑やかだったあずさも、話題が種切れになったのか、次第に黙りがちになり、あとは食べることに専念していた。

しかし、晶子は、この沈黙がちの食事に居心地の悪さは感じなかった。むしろ、安らぎに近いものを感じていた。他人とならば、黙りがちの食事は緊張感を増すもの以外の何物でもない。しかし、今はそうではなかった。無理に話題を探さなくてもいい。咀《そ》嚼《しゃく》の音やナイフやフォークがたてる音を気にしなくてもいい。信頼しあった家族だけでする食事には、もはや、言葉は必要なかった。沈黙が最高のスパイスだった。

「ばかに静かだね」

あずさが幾分痺《しび》れを切らしたように、スープ皿から顔をあげて、晶子と郁夫の顔を等分に見比べた。

「なんか話すことないの」

「いいじゃない。無理に話題なんか探さなくても」

晶子はそう言った。

「昨日まではお客がいて、望まなくても騒々しかったんだから。たまにはこんな静かな夜もいいもんだわ」

「そうかなあ。あたしはちょっと退屈だな」

「あずさちゃんは若いんだなあ」

郁夫が羨ましそうに口をはさんだ。

「そうだよ。まだ二十歳だもんね。くたびれかけてるオジサンやオバサンと違って、こういう静かなのは苦手なんだ。ねえ、オトーサン、何か話してよ」

「おとぎ話でもするか」

「冗談よしこさん。おとぎ話なんか聞く年じゃないよ。ねえ、オトーサンが子供の頃、こうしてクリスマスには家族で食事なんかしたの」

晶子はやれやれという目で娘を見た。この子には、この沈黙のもつ安らぎが分からないのかしら。どうにでも話題がないと済まないらしい。

「そうだなあ。そういうときもあったし、そうでないときもあったな」

郁夫はロールパンをちぎりながら、そんな答え方をした。

「殆《ほとん》ど答えになっていない答えだね」

あずさはほっぺたをふくらませた。

「そうか。でも、事実なんだからしょうがないよ」

郁夫はそう言って笑った。

「どういう家庭だった？　けっこう金持ちだったんでしょ？」

「うん、まあね」

郁夫は渋々という感じで答えた。

「前から聞こうと思ってたんだけどさ」

あずさは腕を伸ばして、肉切り包丁をつかむと、ターキーの肉をスライスして、自分の皿に取った。

「オトーサンの家族って、晶子ちゃんとのことに反対なの。誰も何も言ってこないじゃない」

「あずさ」

晶子はたしなめるように鋭い声を出した。

「聞いちゃいけないことだってのは分かってるけどもさ、やっぱ、娘として気になるじゃない。うちのハハのどこが気にいらないのか」

「あずさってば。よしなさい」

「いや、いいよ」

今度は郁夫が晶子の方をたしなめるように見た。

「あずさちゃんとしては、そりゃ、気になるよな」

「なりますよ。ご覧の通りの不肖《ふしょう》のハハですけれど、まあ世間一般の母親に比べて、そう見劣りするとは思えないんだよね。チチなきあと、こうして女の太腕ひとつでペンションを守ってきたけなげなハハでもあるわけですし。だからさ、オトーサンのおうちの人に反対される理由はないと思うんだけどなあ」

あずさは皿の中のターキーの肉をフォークでグチャグチャと突き刺した。

「七面鳥って、恰好だけであんまりうまくないんだよね」

　そんな罰あたりなことを呟きながら。

「べつに晶子が気にいらないということじゃないんだ。あの人たちが現れないのは、おれに原因があるんだ」

　郁夫はそう言って、自分が中条家の養子であることと、実子の弟に家を継がせたがっていた両親のひそかな心情をくんで、二十歳のときにわざと勘当同然のことをして家を出たこと。それ以来、中条家とは音信不通になっていることを、あずさに話した。

「え。そうだったの。ちっとも知らなかったよ」

　あずさはびっくりしたように目をまるくした。

「けなげー」

「けなげってほどでもないけどね」

　郁夫は苦笑した。

「こういうのを子の心、親知らずって言うんだね。あたしなんか小さい頃からいつもそうだったから、オトーサンのせつない気持ちがようく分かりますわ」

　あずさはうんうんと頷いた。

「分かったようなこと言って」

　晶子は思わず噴き出した。

「それじゃ、二十歳のときに家を出て以来、おうちの人には会ってないの？」

「まあね。フランスから帰ってきてからは、ひとつ所に落ち着かなくて、あちこちを転々としてたからね。向こうも、居所を知ろうにも、つきとめた頃には引っ越したあとなんて状態で、そのうち、あきらめたんじゃないのかな。風の噂で聞いたところによると、弟がちゃんと家を継いだらしい」

「ふーん。そうだったの。でもさ、それならかえっていいじゃない。こっちはこっちで新しい家族を作ればいいんだから。子供もこの子だけじゃなくて、作れるだけジャンジャン作れば。家族でサッカーできるくらいにさ」

あずさは明るく笑いとばした。

「何を能天気なこと言ってるのよ」

晶子は赤くなりながら娘を睨んだ。

「でもさ、中条家に養子に出されたってことは、オトーサンの生家というのは子供も育てられないほど貧しかったわけ？」

あずさがまたたずねた。継父の生い立ちに興味を持ったらしかった。

「いや、そういうことじゃないんだ。実家もけっして貧しくはなかったらしい。ただ、中条家というのは由緒のある家柄だったからね、養父母になかなか子供が出来なくて、養子を迎えることになったとき、なるべく血のつながった親戚からってことになったんだ。実母は、中条家の人間、つまり養父の妹だったんだよ」

「はあ、その関係で」

あずさは大きく頷いた。

「でも、いくらお家大事とはいえ、よく自分の子供を手放したね、オトーサンのお母さんて人も」

あずさがずけずけと言った。

「ちょっと。そんな言い方、失礼でしょ」

晶子は郁夫が気を悪くしたのではないかと気を遣って、たしなめたが、あずさはケロリとして言った。

「え。だって、晶子ちゃんなら、そういう場合、子供を手放す？　たとえば、あたしを、ナントカ家の跡取りにするからよこせとか言われたら、スンナリ渡してしまう？」

「馬鹿なこと訊くもんじゃないわよ。それに、あんたみたいなじゃじゃ馬、誰も欲しがらないわよ。おあいにくさま」

「あー。頭にくるな、その憎たらしい言い方」

「あずさちゃんの言う通りだよ」

郁夫はふいに言った。

「おれもそのことはもの心つきはじめて、なんとなく疑問に思っていたんだ。さっきも言ったように、生家もけっして貧しくはなかった。いや、かなり裕福だったと言っていい。経済的な意味でなら育てられないはずはなかった。それを簡単に手放したんだから、母にとって、実の子供よりも、自分の育った家の存続の方が大切だったのかなと思ったこともある。でも、そうじゃなかった。おれが中条家に養子に出されたのは、もう一つ理由があったんだよ。あまり人に知られたくない裏の理由がね」

「へえ、なんなの。裏の理由って」

あずさが興味しんしんという顔で身を乗り出した。晶子も思わず持っていたナイフを置いた。こんな話はいままで聞いたことがなかったからだ。中条家のことは折りに触れて聞いたことがあるが、生家のことまでは聞いたことがなかった。

「養母の口から聞いてしまったんだよ。その裏の理由をね。あれは、たしか小学校の四年のときだった――」

郁夫は思い出すような目をした。

「弟が生まれた年だった。夜中にトイレに起きて、茶の間のそばを通ったとき、ふすまごしに両親のひそひそ話を聞いてしまったんだ。養母はくやしそうな声で言っていたよ。養子を貰うのが早すぎたって。もう少し待ってれば、ちゃんと子供が生まれたのにって。そして、そのときの養父母の会話から、あることを知ってしまったんだ――」

郁夫の目に傷を負った獣のような色が浮かんだ。養父母からうとまれていたというのは、被害妄想ではなく、ある程度は事実だったのかと晶子は胸をつかれる思いがした。

「おれが中条家の養子になった本当の理由は、実母の苦しい立場を救うためだったということをね」

「どういうこと、それ？」

あずさがきょとんとした。

「おれはね、母が浮気して出来た子供だったんだよ。そのことが原因で、父と母の仲が険悪になっていたらしい。このままでは離婚寸前というところまでいっていた。それで、養父が妹の窮状《きゅうじょう》を救うために、おれを養子にくれと言い出したらしいんだ。おれさえそばにいなければ、父も母を許す気になるんじゃないかと考えたらしい。おまけに中条家の跡取りもできるし、一石二鳥の名案というわけだ。実際、養父の考えた通りだったよ。おれが中条家に貰われて、しばらくたって、父と母はもとのさやにおさまった。そのあとは雨降って地かたまるというか、二人とも亡くなるまで、離婚どころか、喧嘩ひとつしない、評判のおしどり夫婦として過ごしたらしいからね」

郁夫は皮肉な微笑で口元を歪ませた。

そうだったのか。

晶子はあらためて、郁夫の性格の根底にある、精神的不安定さの原因がわかったような気がした。彼は養父母にうとまれただけでなく、実の父母に拒否された子供だったのだ。幼いうちにそれを感じ取ってしまったために、親から愛されることで、人を愛する能力を培う大事なこの時期、彼は誰からも必要とされていないという不安の中で過ごさなければならなかったのだ。

郁夫が人を愛することにひどく臆病なのは、たぶん子供の頃に受けた心の傷が完全に癒《い》えてはいないからかもしれない。

「お母さんが浮気して出来た子供って、それ本当なの？」

晶子は思わずそうたずねた。

「まあ、結果的には浮気ということになってしまったけどね」

郁夫は肩を竦ませた。

「母としてはそれなりに本気だったんじゃないのかな。相手はうちにもよく出入りをしていた内科の医者だった。父としては、母が若い男と浮気しただけでも我慢がならなかっただろうに、それが、自分のやっている病院の医師だったというのだから、よけい面白くなかっただろうね」

郁夫はさりげなくそう言ったが、晶子は聞き逃さなかった。

自分がやっている病院？

背筋に奇妙な戦慄が走った。

「あなたのお父さんって、お医者さんだったの？」

そうたずねる自分の声がかすかに震えているのが分かった。

「あれ、きみに言ってなかったっけ。生家はけっこう大きな病院を経営していたんだよ」

郁夫は微笑を浮かべた顔でそう言った。

「い、いいえ。はじめて聞くわ、そんな話」

何か厭なざわめきが胸の奥から聞こえてきた。

「そうだったっけ？　しゃべったような気になっていたんだが」

郁夫の顔に何か面白がるような色が浮かんでいた。

「あなたの生まれた家のことは何も聞いてないわ。話すのを厭がっているように見えたから、それで、わたし」

「話すのを厭がった？　そんなはずはないよ。おれの生まれた家は素晴らしかった。今でも家族という言葉、家庭という言葉を聞くたびに、あの家のことを思い出すんだ」

郁夫はうっとりしたように言った。晶子の二の腕にさっと鳥肌がたった。郁夫が小さな声で何かメロディを口ずさんでいたからだ。

もう食事が喉を通らなくなっていた。何を食べているのかさえ分からない。喉がからからに乾き、心臓が壊れそうに鳴っていた。

まさか。そんな馬鹿なこと。

そんなことがあるわけがない。

「ねえ、もっと話してよ。その家のこと」

あずさが無邪気にせがんだ。

「そうか。きみたちには生家のことはなにも話してなかったのか。それじゃ、これから全部話してやるよ」

郁夫はハミングをやめ、突き刺すような視線で晶子の目を見ながら、楽しげに言った
——

「おれの父親はね、産婦人科の医者で、病院をやっていたんだよ。葛西病院という名前の大きな病院をね」

5

衝撃で頭が痺れたようになっていた。

「あなた、だったの？」

晶子はようやく声を出した。自分でもぞっとするような、しわがれた老婆のような声だった。

あの脅迫状を書いたのも、オルゴールを食堂のテーブルに置いたのも、武蔵を毒殺したのも、そして——

「家族は全部で五人だった。父と母と姉と兄とそしておれ」

郁夫は晶子の質問を無視して、話し続けた。

「兄は父の秘蔵っ子だったが、かわいそうに、成人する前に肺炎で死んだよ。そのあと、姉が父の病院の小児科の医師と恋仲になり、婿養子に迎えた。名前は大場友行。なかなかハンサムな腕の良い医者だった。姉の名前は一美。その名前の通り、美人だったよ。二人の最初の子供は女の子で、名前は緑。次に生まれたのは、男の子で、名前は一行──」

郁夫はナイフの先でトントンと皿の上の肉をつつきながら、目だけは晶子の目をじっと見ていた。

晶子は蛇に睨まれた蛙のように身動きひとつできなくなっていた。

あずさがなんとなくそわそわしはじめた。二人の様子がどことなくおかしいのに気が付いたらしい。

「ねえ、ちょっと、二人ともどうしたのよ」

「黙って聞くんだ」

郁夫が恐ろしい声で一喝した。

あずさは脅えたような目で継父を見た。

「黙って聞いてくれよ。これから大事な話をするんだから。きみときみのお母さんにと

って は、命にかかわるほど大事な話なんだから」

そう言いながら、郁夫はゆっくりと立ち上がった。晶子はただ目だけを動かして、郁夫の動きを追っていた。身体が金縛りにでもあったように動かなかった。

郁夫はターキーの皿に添えられていた肉切り包丁を手にとると、それの切れ味を試すような振りをしていたが、素早い身のこなしで、あずさの背後に回り、晶子が「あっ」と声をあげたとき、包丁をその首に突き付けていた。

あずさは驚きのあまり声も出せないようだった。

「ねえ、あずさちゃん。頼むからおとなしくしていてくれ。きみが動いたり、よけいなことをしゃべったりすると、この包丁がきみの首を切り裂くことになるんだ。おれはこの話を全部終えるまでは、そうはしたくないんだよ」

郁夫はあずさの首に包丁をあてたまま、妙に優しい声で言った。

晶子は悪夢でも見ているような気分になっていた。これは現実ではない。こんなことが実際に起こるわけがない。晶子の理性がそうささやき続けている。

しかし、それは現実に目の前で起きていた。ちょうどあの日のように。二十一年前のクリスマスイヴの夜のように。

あずさの首に包丁を突き付けている郁夫の顔が、幼い少女の首に包丁を突き付けていた肇の顔に重なった。少しも似たところのない二人の男の顔がひどく似通って見えた。

「さあ、話を続けようか。晶子も聞きたいだろう？　この理想的な医者一家がその後どうなったのか。あずさちゃん、どうなったと思う？」

「あら、しゃべってもいいの」

あずさは怒ったような声で言った。

「面白い子だね、きみは。こんな立場になっても、まだユーモアのセンスを忘れないとは、見上げたもんだ」

郁夫は愉快そうに笑った。

「ただその強がりがいつまで続くかな。これからおれが話すことは、きみには少しつらいことかもしれないからね」

「やめて。その子に罪はないわ。聞かせないで」

晶子は声を絞り出すように言った。

「葛西緑にも罪はなかったよ。たった八歳の子供だったんだからな。それでも、あんな目にあったんだ」

郁夫が鋭い声で言った。

何かを察知したように、あずさの顔が真っ青になっていた。唇がかすかに震えている。

「おっと、話が脱線してしまったじゃないか。せっかくこれから佳境に入るというのに。医者一家に何が起きたか。そこまで話したっけね。なんと、ある夜、金めあてで押し入った強盗に殺されてしまったんだよ。一番下の男の子以外は全員ね。今から二十一年前のクリスマスイヴの夜のことだ。ひどい話だろう。何も悪いことをしていないのに、頭のおかしなチンピラに全員縛られたまま、包丁でめった刺しにされたり、喉を掻き切られたんだぜ。八歳の女の子まで、一人残らずさ。

ところで、その強盗だが、つかまったと思うか。とんでもない。まんまと逃げおおせたんだよ。医者一家を殺した犯人はつかまらなかったんだよ。何人もの人間が容疑者として警察の取り調べを受けたが、どれも証拠不十分で最後には釈放された。

その中に、葛西家に出入りしていたクリーニング屋の青年がいた。この男も当初は取り調べを受けたようだが、あいにく犯行の夜、クリーニング屋の店主夫妻とイヴを過ごしていたことが、店主の証言で分かった。アリバイがあったんだ。彼もシロということになった。

結局こうして犯人はつかまらないまま、十五年がすぎ、とうとう時効が成立した。しかし、時効が成立したということで、犯人は安心したんだろうな。ある日、飲屋で酔っ払ったあげくに、あの事件の話をおおっぴらにはじめたのだ。自分が真犯人だって得意そうに言いながらね。回りにいた人間は誰もが、それを酔っ払いのたわごとだと思って聞き流していたが、一人だけ、その男の話を信じた人間がいた。おれだよ。その男の話には、関係者でなければ知らないようなことが混じっていたんだ。しかも、その男はその当時クリーニング屋の店員をしていたと言った。自分も疑われたが、店の主人が偽のアリバイを申し立ててくれたために助かったとな。人手不足に悩んでいた店主は、やっとつかまえた店員を失いたくなかったんだ。それで、嘘のアリバイを申し立てたんだよ。その男が飲屋を出るのを待って、おれはあとをつけた。そいつは小さなこ汚いスナックをそのまま住居にしていた。酔っ払って寝込んでいるところを押し入って、あの事件のことをすべて白状させた。

男は何もかも吐き出したよ。やつの他にあと二人の共犯者がいたということ。いや、やつの話だと、首謀者はこの二人の方で、やつは共犯にさせられたということだった。その首謀者というのは、同郷の幼なじみで、板前の修業をしている男だという。もう一人は、驚いたことに女だった。板前の恋人だったんだ。病院長一家を狙った理由は、この板前の恋人というのが妊娠したからなんだ。二人は結婚して子供を生みたがっていた。ところが、二人にはそれだけの金がなかった。そこで、医者の家に強盗に入ったというわけだ。そして、弾みで、病気の末っ子を看病するために家に残っていたお手伝いを殺してしまった——」

郁夫は晶子の目を見ながら話し続けた。

「二人は、医者の家から盗み出した血まみれの金を使って、赤ん坊を生み、アパートを引っ越した。それだけじゃない。やつの話だと、二人は今は軽井沢でペンションを経営しているというんだ」

　あずさの目が信じられないものでも見るように大きく見開かれた。

「やめて」

　晶子は悲鳴のような声をあげた。

　あずさは蒼白な顔で晶子を見ていた。

「おれはこの二人のことを探偵を使って調べさせた。すると、男の方は病死していて、女と娘だけが残っていることが分かった。調査書によれば、腕の良い調理人でもあったオーナーが死んだことで、客が離れはじめているという。それを知って、おれはある決心をした。おれの家族を殺した犯人に、ゆっくりと時間をかけて復讐してやろうと思ったんだ。かわいがっていた一行がロスであんな死に方をしたのも、天が、あの事件を通して、おれに二十一年前の事件のことを思い出せ、けっして忘れるなと忠告したのかもしれないと思った。

　それで、それまで勤めていた青山の店を辞めると、客を装って、このペンションにやって来た——」

「あなたはそれじゃ、はじめから？」

　晶子は喘《あえ》ぐように言った。

「そうだよ。はじめから知っていたんだよ。でも、すぐに復讐したんじゃ面白くない。

それに、あの渡辺という男の言うことを鵜呑みにしたわけじゃなかった。ここでコックとして働きながら、あの男が言ったことがどこまで真実か、それを探り出すつもりだった」

「わたしに近付いたのはそのため？」

「そうだよ」

郁夫は冷たい目で頷いた。

「もちろん、そのためだけに近付いたんだ。恋人になれば、他人に打ち明けられないことまで話すかと思ってさ」

「それだけ？」

晶子はささやくようにたずねた。

「それだけだよ。他にどんな理由があるっていうんだ。まさか、おれが本気できみを愛したなんて思ってるんじゃないだろうね」

郁夫はおどけるような仕草をした。

「肇を殺したのはあなたなの」

晶子はさらにたずねた。

「そうだよ。あの写真はなかなかよく撮れていただろう。豚にはふさわしい最期だったよ」

「彼を殺したのは、本当は二十二日ね？」

二十三日以降は郁夫はずっと軽井沢にいた。しかし、二十二日だけ、東京に用があると午後から車で出掛けて、翌日の朝方帰ってきたことを晶子は思い出した。

「ああそうだ。写真を撮るときに、ちょいと日付を狂わせておいたのさ。きみに犯行日がイヴの夜だと錯覚を起こさせるためにね」

「見城さんも共犯なのね？」

「まあね」

「彼は知っていたのね？　わたしが葛西家の事件にかかわっていたことを。だから、偶然のような振りをしてあずさに近付いたのね」

「そうだよ。ちなみに、あのラブレター誤配のテクニックはおれが教えてやったんだ。ただ、やつは、おれが渡辺肇を殺したことまでは知らない。きみのこともまさかここまでやるとは思っていないだろう。ちょっと脅かすだけだと言っておいたからな。あいつも、最初のうちは一行の敵をとるつもりで、この計画に乗り気になっていたんだが、あずさちゃんと知りあってから、気が変わったようだ。どうやらミイラ取りがミイラになったらしい」

郁夫は薄く笑った。

「この計画から手を引くと言い出した。でも、おれはやつのちょっとした弱みを握っていたんだよ。やつが書いたということになっている処女作だが、あれが実は盗作だってことを知っていたからね」

「盗作――」

「そうだ。あれは見城が書いたんじゃない。いや、正確に言うと、やつが書いたのは、全終わりの三分の一だけだ。あの作品の前半、批評家がこぞって褒めたたえた部分は、全部一行が書いたんだ。あれは一行の作品なんだよ。それを見城が自分で全部書いたような顔をして出版社に持ち込んだんだ。ま、もっとも、見城の言い草では、最初から盗作しようとしたわけじゃなくて、志半ばで倒れてしまった一行の遺志をくんで、自分が原稿を完成して本にしてやろうという純粋な友情から出た行為だったらしいが、いかんせん、あの作品は世間の注目を集めすぎてしまった。見城としては、小さな出版社から出せば、たいして話題にもならず、それほど売れもしないだろうと思ったらしい。ところが、しばしば幸運の女神はこういう無欲な人間にほほ笑みかけるもんでね。あの本は見城が考えていた以上の反響を呼んでしまった。そうこうしているうちに、あの作者が実は亡くなった親友であるということを公表する機会を失ってしまったというわけさ。結果的に盗作ということになってしまったんだ。おれはたまたま、一行がロスに行く前に、あの原稿のコピーしたものを預かっていた。だから、あの本が出たとき、すぐにあれが一行のものだと分かったんだ。

見城に、このことをばらされたくなかったら、言う通りにしろと言って、計画を続行させた。やつをダミーとして使うつもりだった。あのうさん臭い恰好を見れば、きみがやつを真っ先に疑うだろうと思ったからだ。

しかも、やつの本を読んで、やつの本名や年齢を知れば、十中八九、やつを一行と思いこむだろうということもね。たとえ、きみが六年前に一行が死んだことを知っていたとしても、見城に何らかの疑いの目を向けることは絶対だと思った。

ただ、おれもひとつだけミスをしたよ。あのオルゴールの件だ。見城があずさちゃんとドライブに出掛けたことも知らずに、うっかり、ここのテーブルに置いてしまった。あのときは、ひやりとしたが、どうやら、きみは見当違いの疑惑を他の客に向けはじめたらしいな」

郁夫は笑い出した。

「最後には、あの北町浩平まで疑っていたとは、お笑いぐさだ。彼はきみが睡眠薬を飲んだときの状況を、おれだけにこっそり打ち明けてくれたよ。きみが部屋に入ってくるなり、訳のわからないことをしゃべりはじめ、あげくの果てに湯飲みに、何か薬のようなものをしのびこませるのを鏡ごしに見て、薄気味悪くなったとね」

鏡ごし？　そうか。あのとき、北町は鏡を見て、わたしが薬を入れるのを知ってしまったのか。

「彼はきみの神経が少しおかしいんじゃないかって心配してたよ。おれは妊娠中だから、何かと精神状態が不安定なんだろうって言っておいた。ホルモンのバランスが狂って、精神状態がおかしくなる妊婦というのも珍しくないからね。ついでに、きみがあれほどかわいがっていた武蔵を毒殺したのも、やはりそうした不安定な精神状態のせいだろうとも言っておいたよ」

郁夫はにやりとした。

「わたしが？　わたしが武蔵を毒殺した？」

晶子は思わず叫んだ。

「北町君はそう思い込んだようだった。彼は、前の夜、おれが武蔵を裏の林に埋めているのを窓から偶然見てしまったんだよ。それで、不審に思って、翌日の朝、確かめに行ったそうだ。武蔵の死体を発見して驚いたようだが、お調子者に見えるが、あれでけっこう思慮深いところがあって、みなには黙っていたらしい。例の睡眠薬騒ぎがあったあと、こっそりおれにだけ話してくれたのだ。だから、彼の想像どおり、あれは晶子がやったのだと言っておいたよ。彼はやっぱりという顔をしていた」

「武蔵を殺したのはあなただったのね」

晶子は郁夫を睨みつけた。

「うん、まあね。かわいそうだが、しかたがなかった」

郁夫は幾分悪びれた表情をした。

「なぜ。なぜ、武蔵にあんなことをしたの。あなたが一番武蔵をかわいがっていたんじゃない。それなのに」

「きみに家族が狙われているという恐怖感をもたせるためには、てはじめに武蔵に犠牲になって貰うしかなかったんだよ。あいつには気の毒だったが、そのうち手厚く葬ってやるつもりだよ。

さあ、これできみの聞きたいことはすべて話したはずだ。そろそろはじめようか。こうして包丁を持っている手も疲れてきたしね」

郁夫の顔から薄笑いが消えた。晶子ははっとした。こんな表情、こんなセリフをどこかで聞いたことがあった。いつか、どこかで。そうだ。あれはあのとき、葛西一家を前にして、肇が口にした言葉とそっくりそのまま同じだった。

郁夫の背後に何かいる。目には見えない悪霊のようなものが、郁夫にとり憑いて、彼にこんなことをさせようとしている。

晶子はふとそんな思いにとらわれた。

それは肇の霊なのか、それとも——

「さあ、あずさちゃん、もうプレゼントを開けてもいいよ」

郁夫は猫撫で声で言った。

あずさは軽口をたたく気力もなくなったような顔で、言われるままに、震える指で赤い包装紙をはがしはじめた。

出てきたのは、あのオルゴールだった。

6

「すてきなプレゼントだろう。蓋を開けてごらん。美しいメロディが流れるから」

郁夫は催眠術でもかけるような優しい声で言った。あずさはその通りにした。白い指が蓋を開くと、あのメロディが、ホーム・スイート・ホームの懐かしくも甘美なメロディがこぼれるように流れ出た。

「母はこの曲が好きだった。ときどき、蓋を開けて、この曲に耳を傾けていたよ。母は父を裏切るべきじゃなかった。若い男なんかに色目を使わず、子供たちと夫のことだけを考えていればよかったんだ。あの素晴らしい家庭を守ることだけを考えていればよかったんだ。そうしたら、父がおれを追い出すこともなかっただろうに。おれは、あの家にいつまでも兄や姉と一緒にいられただろうに」

郁夫は独り言のように呟いた。

「いや、おれはあんたの子だ。母が浮気して出来た子供なんかじゃない。あんた、勘違いしてんだよ。今からそれを証明してみせるよ、父さん。それを見たかったんだろう。

だから、いつもいつも夢の中に現れて、おれに証を見せろとせっついたんだろう。おまえが本当におれの子なら、あの女とあの女の娘をおれたちと同じ目に合わせてくれと言ったんだろう。だから、やるよ。今やってみせてやるよ。そうしたら、また昔みたいに、家族になれるんだね。あの家に戻れるんだね。おれはずっとあの家に戻りたかったんだよ」

郁夫は見えない誰かと話していた。

父親だ。晶子はそう直感した。

郁夫の背後にいる、いや、心の奥深くに住み着き、彼を支配してきた悪霊の正体が分かったような気がした。

父親だった。

三十年も前に彼を拒否した父親だったのだ。

晶子ははっとした。

なぜ、今、あずさの首に包丁を突き付けている郁夫と、記憶の中の肇の顔がひどく似通って見えたか。郁夫の端正な顔が、なぜかくも幼く醜く歪んでみえるのか、その理由が分かったような気がした。

いつだったか、見城美彦が言っていた言葉がふいに脳裏に蘇った。

人にとって最初に出会う小さな社会である家庭は、孫悟空が乗ったというお釈迦さまの掌のようなものかもしれない。どこまで行ってもそれから抜け出すことはできない。郁夫は三十年間、ずっと、この釈迦の掌の上にいたのだ。葛西謙三、いや葛西家という名の掌の上に。

ちょうど、渡辺肇が、心の中に住み着いた酒乱の父親の亡霊に支配されていたように。彼は今、六、七歳の子供に戻っている。そして、目には見えない、彼の記憶のなかにしか存在しない父親に話し掛けている。

晶子は、郁夫の背後に、亡くなった葛西家の人々が立っていて、かれらが郁夫に取り憑き、向こうの世界に連れて行こうとしているのを感じた。

オルゴールの蓋を閉めれば消えてしまう、幻の家族。思い出の中だけに存在する理想的な家庭。郁夫を向こうの世界に引きずっていこうとしているのは、この蜃気楼のような美しい幻だった。

あの蓋を閉めなければ。郁夫は夢を見ているのだ。覚めることのない悪夢を。もうなくなってしまった家庭に帰れると思っている。でも、それはもうどこにもないのだ。それは食べてしまったお菓子のように、かけらすらも残ってはいない。彼を帰らせてはならない。なにもない、虚無の世界に彼を行かせてはならない——

「あずさ。オルゴールの蓋をしめなさい」

晶子は言った。自分でもびっくりするような力強い声だった。

ふいに怖いものが何もなくなっていた。もはや隠すべきことは何もない。そう思うと、不思議に力が身内からわいてきた。

あずさが弾かれたような視線で、母親を見た。指がオルゴールの蓋にかかった。蓋が閉じられ、幻の家が消えた。

それと同時に、郁夫の目からうっとりするような陶酔の色が消えた。冷たくせせら笑うような目で晶子を見ながら言った。

「さあ、これでおしゃべりはおしまいだ。きみはどっちを選ぶ?」

「選ぶって?」

晶子は聞き返した。もう声は震えていなかった。郁夫をつき動かしているものの正体が分かった以上は、それと戦うしかなかった。

「娘よりも前に死ぬか、それとも、娘より後に死ぬか。好きな方を選べよ」

「………」

「最愛の娘が目の前で喉を切り裂かれるのを見たくはないだろう。だったら、先に死ぬのを選ぶんだな。そこのナイフを喉に突き刺してもいい、刃物が厭なら、二本めのワインに武蔵をやったときの毒物が入っている。それを飲んでもいい。どんな方法でもいいから、自殺しろよ」

「………」

晶子は郁夫の目から視線をそらさなかった。郁夫の方が視線をそらした。

勝てるかもしれない。

晶子はふと思った。

郁夫を支配している幻の父親に、もしかしたら、わたしは勝てるかもしれない。

「わたしはたしかに二十一年前、あなたの生家に泥棒に入ったわ。でも、誓って言うけれど、あなたの家族には指一本触れなかった。肇が何を吹きこんだか知らないけれど、あの事件の首謀者はわたしたちではなかった。それでも、わたしと娘を殺すの？」

晶子は言った。

「さっきも言っただろう。渡辺肇の話を鵜呑《うの》みにしたわけじゃないって。おれはそれほど馬鹿じゃない。おそらく、きみの言うことが本当なんだろう。それはおれも信じるよ。でも、それできみたちの罪が消えると思ったら大間違いだ。きみたちは何もしなかった。おれの家族には指一本触れなかった。だが、同時に、渡辺を止めようともしなかったじゃないか。なぜ黙って、やつにやらせた。止めようとしなかったんだ」

「止めようとしたわ。でも――」

「きみたちも同罪なんだよ。あいつと同じなんだよ。いや、ある意味ではあいつ以上の重罪かもしれない。あの男は自分の手と魂を汚して、金をつかんだ。でも、きみたちは自分の手は汚さずに、汚れた金だけをつかんだんだからな。おまけにペンションまで手にいれて、人並みの家庭まで作って」

「後悔したわ。いくら子供を生みたかったからって、肇の誘いに乗って、あんなことをしてしまったことを。わたしも洋一もずっと後悔したのよ」

「もう遅いよ」

郁夫は冷然と首を振った。

「おれの家族は戻らない。きみときみの娘がここで死ぬことでしか、償うことはできないんだ。さあ、早くしろ。それとも、娘の喉が切り裂かれるのをそんなに見たいのか。それなら、こっちを先にやってもいいんだぜ」

「このあと、どうするつもり?」

晶子は声を押し殺してたずねた。

「え?」

郁夫は一瞬虚をつかれたような顔をした。

「わたしたちを殺したあとよ。死体をどうするの。武蔵のようにはいかないわよ」

「なんだ、そんなことか。それなら、ご心配には及ばないよ。ちゃんと考えてあるさ」

「それを冥土の土産に聞かせてよ」

「いいとも。きみはこの数日間おかしかった。あんな脅迫状と写真を送り付けられたのだから、おかしくなっても当たり前だが、残念ながら、誰もそのことを知らない。泊まり客はみな、きみが妊娠中で、それで精神のバランスを崩したと思っているようだ。とりわけ、北町君なんかはね。だから、ここで、おれがちょっと目を離したすきに、きみがあずさちゃんに肉切り包丁で切りつけ、そのあとで自殺したとしても、それほど不思議に思われないんじゃないのか。おれは妻と継子を目の前で失った悲劇の男を演じてみせるよ。きみたちが死んだら、おれはすぐに警察を呼ぶよ。そして、泣きながら、妊娠してからのきみの精神状態がずっとおかしかったと打ち明けるよ。今日も、あずさちゃんと見城のことで、きみがあらぬ疑いをかけて、親子で激しい口論になったともね」

「佐竹さんが知ってるわ」

晶子は短く答えた。

「あの脅迫状も写真のことも」

郁夫の顔が醜く歪んだ。

「やっぱり、そうか。佐竹にはあれを見せたのか。何もかも話して相談したんだな。だから、佐竹はあの事件のことを調べに東京に戻ったんだろう。そんなことじゃないかと思ってたよ」

郁夫は吐き捨てるように言った。

「しかし、あいにくだったな。たとえ佐竹が知っていたとしても、証拠がなければどうしようもないさ。あの脅迫状と写真は警察を呼ぶ前に焼き捨ててしまうよ。それに、その佐竹だが、不運にも、頭を怪我して病院の集中治療室にいるというじゃないか。助かるという保証はどこにもない。たとえ助かって、妙なことを言い出しても、頭を打った後遺症くらいにしか思われないさ。

しかし、きみも馬鹿な女だな。なぜ、佐竹に相談した？　なぜあいつの方に助けを求めたんだ。おれは待っていたんだよ。きみが二十一年前のことを打ち明けてくれるのを。もし、すべてを打ち明けて、おれに助けを求めてくれていたら、ここまではしなかったかもしれない。でも、きみはおれにではなく、佐竹に打ち明けた。なぜだ。やつの方を信頼していたからだろう？　あいつの方を愛していたからだ。だから、いざというとき、あいつの方に頼ったんだ」

「違うわ。わたしは佐竹さんに相談なんかしなかった。誰にも相談しようなんて思わなかった。偶然、あの人に写真を見られてしまったのよ。だから、問い詰められて、説明しないわけにはいかなかったのよ」

「口ではなんとでも言えるさ。おれには分かってるんだよ。いくらごまかそうとしてもね。きみがおれを夫に選んだのは、このペンションを手放したくはなかったからだ。コックを身内にしてしまえば、給料を払う必要もないし、よそに引き抜かれる心配もないからな。だから、おれを愛してる振りをして、ここにつなぎとめておこうとしただけだ」

「何が分かってる、よ。あなたは何も分かっていないわ。何も分かっていないのよ。自分のことも、わたしのことも」

「分かってるさ。きみがおれよりも、佐竹のことを愛していて、その腹の子供も本当はやつの子だってこともな。知らなかったと思ってるのか」

郁夫は血走った目で歯を剝き出した。

晶子は思わず目をつぶりたくなった。子供のことまで疑っていたのか。三十年前に父親がしたことを、そのままそっくり繰り返そうというのか、この男は。

「あなたはわたしのことがまるで分かっていないわ。でも、それ以上に、自分自身のことも何も分かっていないでしょうね」

「おれが自分の何が分かっていないっていうんだ」

郁夫の顔にかすかに不安の影がよぎった。

「あなた、さっき、わたしに復讐するためだけに近付いたって言ったわね。そのために青山の店をやめて、ここに来たと」

「ああいったよ。その通りだからな」

「嘘だわ」

晶子は吐き出すように言った。

「嘘？　なにが嘘だっていうんだ」

「あなたがわたしに近付いたのはそれだけじゃないわ。いえ、最初はそうだったかもしれないけれど、今はそうじゃないはずだわ」

「それだけじゃないって、他に何があるっていうんだ」

「あなたはね、わたしを愛しているのよ。わたしがあなたを愛しているように」

晶子はゆっくりとそう言った。郁夫の耳にではなく、心の奥底までに言葉が染み込むように。

郁夫は声をあげて笑い出した。しかし、それはどこか無理をしてたてている笑い声のように晶子の耳には虚ろに響いた。

「まったく、どうやったら、そんなに自惚れることができるんだ。教えて欲しいよ」

「教えてあげるわ。ただ素直に信じればいいのよ。頭でああだこうだと考えるのでもなく、計算するのでもなく、ただ信じればいいのよ。幼児が目の前にあるものをふっとつかむように、それをつかめばいいのよ。あなたはわたしを愛しているわ。理屈じゃない。わたしはそれを感じ取ることができる。あなたは演技をしているつもりでも、そうじゃないのよ。芝居なら、わたしが割れたお皿を拾おうとしたとき、あんな風に咄嗟にかばうようなことはできないわ。頭よりも身体が先に動いたって風にかばうことなんか、絶対にできないのよ」

晶子は、いつだったか、厨房の洗い場で郁夫が見せた行為のことを思い出していた。あれに似たことは何度もあった。

「なんのことを言ってるんだ。おれにはさっぱり分からないね。きみをかばったことなんかないよ。夢でも見たんじゃないのか」

郁夫はせせら笑おうとして、失敗したような顔で言った。

「おぼえがなくて当たり前だわ。あれはあなたの無意識から出た行為だったんですもの。頭で計算してやったことなら、かえっておぼえているはずだわ。あなたはね、自分で考えている以上に、わたしのことも、あずさのことも愛しているのよ。だから、あなたにはできないわ。わたしたちを殺すことはおろか、髪の毛一本傷つけることは、あなたには決して出来ないのよ」

晶子は椅子を引いた。立ち上がろうとした。遠くで電話が鳴っていた。フロントの電話だ。

「動くな」

郁夫は叫ぶように言った。しかし、その声に脅えのようなものが混じっていた。

「電話が鳴ってるじゃない。掛川の病院かもしれないわ」

晶子は立ち上がった。あずさが脅えたような目で母親の姿を追っていた。

「電話なんか放っておけば、そのうち切れる。席に戻るんだ」

「いいえ。わたしは電話に出るわ。佐竹さんの容体が知りたいのよ」

晶子は郁夫に背中を向けた。戸口に向けて一歩踏み出した。

「これは威しじゃないぞ。おれはもう一人殺している。あと何人殺したって同じなんだ。そんなに娘の死ぬのが見たいなら、先にやってやる。あと一歩でも動いてみろ。あずさの首から血が噴き出すぞ」

郁夫の声が聞こえた。

「それなら、やってごらんなさい」

晶子はそう答えた自分の声が信じられなかった。ひどく落ち着いていて、晶子が知っている晶子よりもずっと年配の女性のような声だった。自分の中にすむ、めったに表に現れない、もうひとつの人格がしゃべっているという気がした。

いつもの晶子の人格はすみに押しやられてガタガタと震えていた。

「なんて言ったんだ、今」

「あなたにはできないわ。肇を殺せても、その子を殺すことはできないわ」

「で、できるさ」

「あなたこそどっちを選ぶの」

晶子は夫の方に振り返って、ふいにたずねた。

「選ぶ?」

郁夫の目が宙を泳いだ。ひどく動揺している。晶子が土壇場《どたんば》で意外な行動に出たことが信じられないという顔だった。

「あなたを今まで縛りつけてきた古い家族か。それとも、これからわたしたちで作り上げていく新しい家族か。今、ここでどちらかを選びなさい」

「……」

「古い家族を選ぶなら、幻でしかない亡霊を選ぶのなら、今そこでその娘《こ》の喉を掻き切るといいわ。わたしもあなたを殺して死ぬから。わたしたちは一緒に滅びるのよ。でも、わたしたちを選ぶなら、その包丁をテーブルの上に戻して、その娘を放すのよ」

「……」

郁夫は蒼白な顔のまま、どちらもしようとしなかった。心の中で、父親の亡霊と必死に戦っているように見えた。

「電話が切れてしまうわ」

晶子はそう呟くと、郁夫に再び背中を向けた。戸口にむかって歩き出す。

「晶子」

郁夫の声がした。と同時に、あずさの凄まじい悲鳴。

晶子の心臓が一瞬鼓動をとめた。足は凍り付いたように動かなかった。

わたしは間違ったかもしれない。

一抹の不安がさっと脳裏をよぎった。

彼は古い家族を選んだのかもしれない。やっぱり、釈迦の掌から逃げ出せなかった猿のように——

「ママっ」

あずさの声がした。晶子は振り返った。

喉から血を噴き出して、郁夫が昏倒していた。あずさがその身体に折り重なるようにしてわめいていた。

「自分で自分の喉を」

郁夫の切り裂かれた頸動脈から噴き上げる血をあずさは両手で押さえ込もうとしていた。あんな目に合ったというのに、半ば本能的に義父になろうとしていた男の命を助けようとしていた。

これがあなたの選択だったの?

晶子は呆然と血の気を失っていく夫の顔を見ていた。

「そうやって傷口を手で押さえているのよ。今、救急車を呼ぶから」

晶子はフロントまで走った。電話はすでに切れていた。その切れた電話にとびつくと、119番を押した。

救急車を要請して、受話器を置くと、それを待っていたかのように、また電話が鳴った。

　受話器を取ると、

「もしもし、村上晶子さんですか。こちら掛川の××病院ですが」

　看護婦らしい女性の緊迫した声がした。

「佐竹治郎さんの意識が回復しました。それで、村上晶子さんに、ぜひ伝えたいことがあるというので、お伝えします。カサイカズユキのおじはナカジョウイクオだ。彼に気を付けろ——あの、これでお分かりになりますか」

「ええ、よく分かります」

　晶子は短く答えた。

「佐竹さんにこう伝えてください。よく分かったから、わたしのことは心配しないで、ゆっくり休んでくださいと。そのうち、わたしも病院に伺いますから」

　そう言って、晶子は受話器を静かに置いた。

7

「大場宗一郎からあの写真を見せられたときは、自分の目を疑いましたよ」

　病室のベッドに横たわったまま、佐竹治郎は言った。検査では脳には異常はないらしく、両足の骨折だけで被害は済んだようだった。

「てっきり北町浩平が写っていると思っていたのに、そこに写っていたのは、ご主人だったんですからね。そのことを一刻も早く伝えたかったのに、あんな形で電話が切れてしまって――」

「わたしも佐竹さんから電話を貰って、北町さんが一行の叔父だと思い込んでしまったんです。もう疑うのは彼しかいなかったし、その前にも疑わしいところがあったので」

晶子は言った。

「それで、彼に睡眠薬を飲ませて眠らせてしまおうとしたんですか」

佐竹は苦笑した。

「今から思えばなんて馬鹿なことをって気がしますが、あのときは、それしか思いつかなかったんです。あなたからはプッツリと連絡が途絶えてしまうし、イヴの夜は近付いていたしで」

晶子も苦笑を返した。

「しかし、彼も気の毒な人でしたね」

佐竹はふと窓の外に視線をはずして呟いた。

「自分で自分の頸動脈を断つなんて。あなたの言う通り、やはり、最後まで父親の亡霊から逃げ切れなかったんでしょうか」

「そうかもしれません。でも――」

晶子はそう言って、少し言葉を切り、思い直したように続けた。

「もしかしたら、彼は父親から自由になれたのかもしれません」

「え？」

「だって、救急車の中で、息を引き取る直前、わたしに言ったんです。よく聞き取れないような小さな声でしたが、たしかにこう聞こえました。『子供を頼む』って」

「……」

「彼は最後の瞬間、それまでどうしても抜け出しきれなかった父親の掌から自由になったんだと思います。わたしのおなかの子供を認めることで、自分の子供を拒否するしかなかった父親を乗り越えたんです」

「だとしたら、彼はあなたに救われたことになりますね」

佐竹は視線を窓の方に向けたまま言った。

「そうでしょうか。わたしは最初から間違っていたのかもしれません。あの脅迫状と写真が来たときに、真っ先に彼に何もかも打ち明けて相談していたら、こんなことにはならなかったのかもしれません。彼はそれを待っていたんです。今から思えば、何度もわたしに打ち明けるきっかけを投げ掛けていたんですけど、わたしにはそうする勇気がなかった。それどころか、赤の他人のあなたに助けを求めたりして。郁夫が、あなたとのことで、あんな根も葉もない妄想の虜《とりこ》になったのも無理はなかったのかもしれません」

「根も葉もない妄想、ですか」

　佐竹が独り言のように呟いた。

「え？」

「いや、べつに。それで、あずさちゃんはどうです？　今回のことでは相当ショックを受けたんじゃないですか」

　佐竹はふいに言った。

「ええ。さすがのあの娘《こ》も今度ばかりは——でも、わたしが恐れていたよりは、気強く事実を事実として受け止めてくれたようなんで、ほっとしてます。一番知られたくなかった出生のことについても、『そこまでしてあたしを生もうとしてくれたんだから、むしろ感謝しなきゃならないかな』なんて言ってましたよ。でも、そう言った口で、『でもね、晶子ちゃん。生まれて来る子供に、もう、嘘つきは泥棒のはじまりよ、なんて教えられなくなるね』」

　晶子はしかめっ面であずさの口真似をした。

「あの娘らしいや」

　佐竹は声をあげて笑った。

「三枝さんの言い草を借りると、大きな腫物を破って膿を出し尽くしたって感じです」

「なんですか、それは」

佐竹はもの問いたげな顔で晶子を見た。

「ああ、そうか。佐竹さんはあのときいなかったんですね」

晶子はそうつぶやき、本物の影山友子からの電話で、影山夫妻と名乗っていた二人の関係がばれたときの話をした。

「そうだったんですか。そんなことがあったのか」

佐竹は笑うに笑えないという顔をした。

「あの二人はそういう関係だったのか。まさかそんな秘密があるとは知らず、てっきり別の夫婦が影山夫妻に化けてるんだと思いこんでしまいましたよ、私は。そりゃ、影山さんに悪いことをしちゃったな」

佐竹は頭を掻いた。

「でも、おかしいな。影山さんの特徴を言ったとき、奥さんは、『うちの主人じゃない』って即座に否定したんですけれどね」

「恥ずかしかったんじゃないですか。ご主人がよその女性と浮気しているのを知られるのが。それで、佐竹さんの前では、知らぬ存ぜぬで押し通して、あとであんな電話をかけてきたんです」

「これだから女は怖いなあ」

佐竹はおどけたように言って、笑った。

「しかし」

ひとしきり笑うと、ふっと真顔になって言った。

「これからどうするつもりですか。郁夫さんがあんなことになって、ペンションの方も大変でしょう？　子供ももうすぐ生まれてくるというのに」

気遣わしげに晶子の膨らんだ腹に視線をやった。

「大変だろうということは覚悟しています。でも、なんとかなるような気もしてるんです。村上がなくなったときも、この先どうなるかと途方に暮れましたが、なんとかなりましたもの。とにかく、今は子供を無事に産むことだけ考えていようと思います」

「そうですね。それがいい」

佐竹は大きく頷き、

「もし良いコックが見付からなかったら、不肖、この私が俄か調理人として駆け付けますよ」

冗談めいた口調でそんなことを言い出した。

「佐竹さんがですか」

驚いたように晶子は目を丸くした。

「これでも、料理の腕前は捨てたもんじゃないんです。独身の時代が長かったですからね、非番のときなんか自分で作ってたし。亡くなった妻からも、刑事なんかやめて、そっちの道をめざせばよかったのになんて言われたこともあります」

「へえ、そうだったんですか。それは心強いわ。本当に力になって貰うかもしれません」

晶子は腕時計をちらと見ながら、あまり本気にしてないような口調でそう言うと、

「こんなに話してお疲れでしょう？　わたし、そろそろ失礼します」

「そうですか……」

佐竹はややがっかりしたような顔になった。

「また折を見て寄りますから」

「ええ」

晶子は軽く頭をさげると病室を出て行こうとした。

「あの、晶子さん」

佐竹が突然声をかけた。

「はい？」

晶子は戸口のところで振り返った。

「うちのリビングの棚に――」

佐竹はそこまで言った。

晶子は先を促すような目でこちらを見ていた。

妻が途中まで編みかけていた小さな白い靴下があるんです。あれをあなたが編み上げてくれませんか。

そんな言葉が喉もとまでせりあがってきた。

「何でしょうか」

「妻が――」

そう言ったきり、言葉が出てこなかった。

「美好さんが？」

「……」

「あの？」

ドアが開いて看護婦が入ってきた。

「いや、何でもないんです」

佐竹は舌の先まで出かかっていた言葉をかろうじて飲み下した。

晶子はおそらくこの言葉の言外の意味に気が付くだろう。そして、その返事はおそらく――。

「何でもないんです」

佐竹は微笑したまま、もう一度繰り返した。

あとがき

本作はノベルス版の執筆は一九九三年で、刊行は一九九四年です。

ジャンルは「サスペンス」で、いわゆる「本格推理小説」ではありません。あまり身構えず、気楽に読んでください。

「本格」モノならば、「邪道だ！」と言われかねない（言われました）手口を使っていますが、ま、「サスペンス」ですから……。ふふふ。

なにせ、書いたのが九三年なので、携帯電話などという便利なモノは、まだ一般に普及されていませんでした。登場人物の一人が、旅先から電話をしようと、公衆電話を探して、アタフタする場面がありますが、ケータイを持っていたら、このハラハラドキドキ感は出なかったでしょう。まあその、持っていたケータイを無くしたとかなんとか設定することはできますが。

さらに、舞台になっているペンション「春風」は、当時の編集者と実際に軽井沢へ行って、あるプチホテルを「取材」させてもらいました。ですが、ここがモデルというわけではなく、この夜、泊まった、中央公論社の山荘が中々面白い建物でして、こちらの方がモデルに近いかもしれません。食堂を兼ねた広いサロンを中心に両側に部屋がズラリと並んでいて、鳥が翼を広げたような構造になっていました。サロンもくつろげるレトロな趣きがあって、訪れたのが、ちょうど、枯葉の舞い散る頃だったので、窓から見える庭の景色がとても美しかった。小奇麗に改造してありましたが、トイレが水洗式ではなく、ボットン便所だったのが、やや衝撃的でしたが。かなり古い建築物だったのでしょう。今となっては、懐かしい思い出です。

二〇一〇年八月吉日

今邑　彩

『七人の中にいる』　一九九四年九月　C★NOVELS（中央公論社）

中公文庫

七人《しちにん》の中《なか》にいる

1998年12月18日　初版発行
2010年 9 月25日　改版発行
2013年10月25日　改版 7 刷発行

著　者　今《いま》邑《むら》 彩《あや》

発行者　小林 敬和

発行所　中央公論新社
〒104-8320　東京都中央区京橋2-8-7
電話　販売 03-3563-1431　編集 03-3563-3692
URL http://www.chuko.co.jp/

DTP　嵐下英治
印　刷　三晃印刷
製　本　小泉製本

Published by CHUOKORON-SHINSHA, INC.
Printed in Japan　ISBN978-4-12-205364-9 C1193

各書目の下段の数字はISBNコードです。978－4－12が省略してあります。

中公文庫既刊より

い-74-5
つきまとわれて　今　邑　彩
別れたつもりでも、細い糸が繋がっている。ハイミスの姉が結婚をためらう理由は別れた男からの嫌がらせだった。表題作の他八篇の短篇集。〈解説〉千街晶之
204654-2

い-74-6
ルームメイト　今　邑　彩
失踪したルームメイトを追ううち、二重、三重生活を知る春海。彼女は、名前、化粧、嗜好までも変えて暮らしていた。呆然とする春海の前にルームメイトの死体が？
204679-5

い-74-7
そして誰もいなくなる　今　邑　彩
名門女子校演劇部によるクリスティー劇の上演中、連続殺人は幕を開けた。台本通りの順序と手段で殺される部員たち。真犯人はどこに？　戦慄の本格ミステリー。
205261-1

い-74-8
少女Aの殺人　今　邑　彩
深夜の人気ラジオで読まれた手紙は、ある少女が養父からの性的虐待を訴えたものだった。その直後、三人の該当者のうちひとりの養父が刺殺され……。
205338-0

い-74-10
i《アイ》　鏡に消えた殺人者　警視庁捜査一課・貴島柊志　今　邑　彩
新人作家の殺害現場には、鏡に向かって消える足跡の血痕が。遺された原稿には、「鏡」にまつわる作家自身の恐怖が自伝的小説として書かれていた。傑作本格ミステリー。
205408-0

い-74-11
「裏窓」殺人事件　警視庁捜査一課・貴島柊志　今　邑　彩
自殺と見えた墜落死には、「裏窓」からの目撃者が。少女に迫る魔の手……。衝撃の密室トリックに貴島刑事が挑む！　本格推理＋怪奇の傑作シリーズ第二作。
205437-0

い-74-12
「死霊」殺人事件　警視庁捜査一課・貴島柊志　今　邑　彩
妻の殺害を巧妙にたくらむ男。その計画通りの方法で死体が発見されるが、現場には妻のほか、二人の男の死体があった。不可解な殺人に貴島刑事が挑む。
205463-9

い-74-13
繭の密室 警視庁捜査一課・貴島柊志
今邑 彩
マンションでの不可解な転落死を捜査する貴島は、六年前の事件に辿り着く。一方の女子大生誘拐事件の行方は？ 傑作本格シリーズ第四作。〈解説〉西上心太
205491-2

い-74-14
卍《まんじ》の殺人
今邑 彩
二つの家族が分かれて暮らす異形の館。恋人とともに訪れたこの家で次々に怪死事件が。謎にみちた邸がおこす惨劇は、思いがけない展開をみせる！ 著者デビュー作。
205547-6

い-74-15
盗まれて
今邑 彩
あるはずもない桜に興奮する、死の直前の兄の電話。十五年前のクラスメイトからの過去を弾劾する手紙——ミステリーはいつも手紙や電話で幕を開ける。
205575-9

い-74-16
ブラディ・ローズ
今邑 彩
薔薇園を持つ邸の主人と結婚した花梨。彼の二番目の妻は墜落死を遂げたばかりだった——。花嫁に届く脅迫状の差出人は何者なのか？ 傑作サスペンス。
205617-6

い-74-17
時鐘館《とけいかん》の殺人
今邑 彩
ミステリーマニアの集まる下宿屋・時鐘館。姿を消した老推理作家が、雪だるまの中から死体となって発見された。犯人は編集者か、それとも？ 傑作短篇集。
205639-8

い-74-18
赤いべべ着せよ…
今邑 彩
「鬼女伝説」が残る町で、幼い少女が殺され、古井戸から発見された。20年前に起きた事件と、まったく同じ状況で……。戦慄の長篇サスペンス。
205666-4

い-74-19
鋏《はさみ》の記憶
今邑 彩
物に触れると所有者の記憶を感知できる、「サイコメトリー」能力を持った女子高生の桐生紫は、未解決事件の捜査を手助けすることに……。傑作ミステリー連作集。
205697-8

あ-61-1
汝の名
明野 照葉
男は使い捨て、ひきこもりの妹さえ利用する——あらゆる手段で、人生の逆転を賭けて「勝ち組」を目指す、麻生陶子33歳！ 現代社会を生き抜く女たちの「戦い」と「狂気」を描くサスペンス。
204873-7

各書目の下段の数字はISBNコードです。978 - 4 - 12が省略してあります。

あ-61-2
骨　肉
明野照葉
それぞれの生活を送る稲本三姉妹。そんな娘たちの目の前に、ある日、老父が隠し子を連れてきた！　家族関係の異変をユーモラスに描いた傑作。〈解説〉西上心太
204912-3

あ-61-3
聖　域　調査員・森山環
明野照葉
「産みたくない」と、突然言いだした妊婦。最近まで、生まれてくる子供との生活を楽しみにしていた彼女に、何があったのか……。文庫書き下ろし。
205004-4

あ-61-4
冷ややかな肌
明野照葉
外食産業での成功、完璧な夫。全てを手にしながらも、異様に存在感の希薄な女性取締役の秘密とは？　女性の闇を描いてきた著者渾身の書き下ろしサスペンス。
205374-8

く-19-1
白骨の語り部　作家六波羅一輝の推理
鯨統一郎
死後一年が経過した女性の白骨死体が発見された。だが昨日、彼女は生きていた⁉　民話の郷・遠野で起こる忌まわしき事件の謎に作家・六波羅一輝が挑む！
205214-7

く-19-2
ニライカナイの語り部　作家六波羅一輝の推理
鯨統一郎
海の彼方にあるという楽園〈ニライカナイ〉伝説が残る沖縄の村で、殺人が‼　容疑者は死者⁉　六波羅一輝の推理が冴え渡るシリーズ第二弾。〈解説〉西上心太
205265-9

く-19-3
京都・陰陽師《おんみょうじ》の殺人　作家六波羅一輝の推理
鯨統一郎
一輝の元へ「鬼に恋人を殺された」女性から手紙が届く。陰陽師が出した犯行声明によれば、殺害方法は「呪詛」、実行犯は「式神」⁉　鯨流旅情ミステリ、舞台は怨念渦巻く京都へ。
205370-0

く-19-4
小樽・カムイの鎮魂歌《レクイエム》　作家六波羅一輝の推理
鯨統一郎
小樽運河に浮かんだ美女の他殺体。彼女は一年前に自殺した親友の遺言に従い「アイヌの秘宝」を探していた。六波羅一輝は事件の真相と秘宝に辿り着けるか⁉
205411-0

こ-24-1
彼方の悪魔
小池真理子
孤独な留学生が持ち帰ったペスト菌と、女性キャスターに男が抱いた病的な愛。平穏な街に恐怖の二重奏が響く都会派サスペンス長篇。〈解説〉由良三郎
201780-1

こ-24-2
見えない情事
小池真理子
けだるい夏の午後、海辺のリゾートでの出会いが、女の心に夫への小さな不信を芽生えさせる――。サスペンスとホラーの傑作六篇。〈解説〉内田康夫
201916-4

こ-24-3
やさしい夜の殺意
小池真理子
十三年ぶりに再会した兄。美しい妻といとなむ幸福な家庭には、じつは恐ろしい疑惑と死の匂いが……。サスペンス・ミステリー五篇。〈解説〉新津きよみ
202047-4

こ-24-4
唐沢家の四本の百合
小池真理子
洒落者の義父をもつ三人の嫁と、血のつながらない娘。雪の降りしきる別荘で集う四人のもとに届いた一通の速達が意味するものは……。〈解説〉郷原　宏
202416-8

こ-24-7
エリカ
小池真理子
急逝した親友の不倫相手と飲んだのをきっかけに、エリカは、彼との恋愛にのめりこんでいく。逢瀬を重ねていった先には何が……。現代の愛の不毛に迫る長篇。
204958-1

こ-40-1
触発
今野　敏
朝八時、地下鉄霞ヶ関駅で爆弾テロが発生、死傷者三百名を超える大惨事となった。内閣危機管理対策室は、捜査本部に一人の男を送り込んだ。
203810-3

こ-40-2
アキハバラ
今野　敏
秋葉原の街を舞台に、パソコンマニア、警視庁、マフィア、そして中近東のスパイまでが入り乱れる、ノンストップ・アクション&パニック小説の傑作！
204326-8

こ-40-3
パラレル
今野　敏
首都圏内で非行少年が次々に殺された。いずれの犯行も瞬時に行われ、被害者は三人組で、外傷は全く見られない。一体誰が何のために？〈解説〉関口苑生
204686-3

こ-40-8
とせい
今野　敏
日村が代貸を務める阿岐本組は今時珍しく任侠道を弁えたヤクザ。その阿岐本組長が、倒産寸前の出版社経営を引き受けることに……。〈解説〉石井啓夫
204939-0

各書目の下段の数字はISBNコードです。978-4-12が省略してあります。

こ-40-15
膠着 今野 敏
老舗の糊メーカーが社運をかけた新製品は「くっつかない接着剤」⁉ 新人営業マン丸橋啓太は商品化すべく知恵を振り絞る。サラリーマン応援小説。
205263-5

ほ-17-1
ジウⅠ 警視庁特殊犯捜査係 誉田哲也
都内で人質籠城事件が発生、警視庁の捜査一課特殊犯捜査係〈SIT〉も出動するが、それは巨大な事件の序章に過ぎなかった！ 警察小説に新たなる二人のヒロイン誕生‼
205082-2

ほ-17-2
ジウⅡ 警視庁特殊急襲部隊 誉田哲也
誘拐事件は解決したかに見えたが、依然として黒幕・ジウの正体は摑めない。捜査本部で事件を追う美咲。一方、特進をはたした基子の前には謎の男が！ シリーズ第二弾。
205106-5

ほ-17-3
ジウⅢ 新世界秩序 誉田哲也
〈新世界秩序〉を唱えるミヤジと象徴の如く佇むジウ。彼らの狙いは何なのか？ ジウを追う美咲と東は、想像を絶する基子の姿を目撃し……⁉ シリーズ完結篇。
205118-8

ほ-17-4
国境事変 誉田哲也
在日朝鮮人殺人事件の捜査で対立する公安部と捜査一課の男たち。警察官の矜持と信念を胸に、銃声轟く国境の島・対馬へ向かう。〈解説〉香山二三郎
205326-7

ほ-17-5
ハング 誉田哲也
捜査一課「堀田班」は殺人事件の再捜査で容疑者を逮捕。だが公判で自白強要の証言があり、班員が首を吊った姿で見つかる。そしてさらに死の連鎖が……誉田史上、最もハードな警察小説。
205693-0

ほ-17-6
月光 誉田哲也
同級生の運転するバイクに轢かれ、姉が死んだ。殺人を疑う妹の結花は同じ高校に入学し調査を始めるが、やがて残酷な真実に直面する。衝撃のR18ミステリー。
205778-4

ほ-17-7
歌舞伎町セブン 誉田哲也
『ジウ』の歌舞伎町封鎖事件から六年。再び迫る脅威から街を守るため、密かに立ち上がる者たちがいた。戦慄のダークヒーロー小説！〈解説〉安東能明
205838-5